宇宙中
最微小的光

The
Smallest Lights
in the
Universe

Sara Seager [美]萨拉·西格尔 ○ 著　　刘晗 林海博 ○ 译

北京联合出版公司
Beijing United Publishing Co.,Ltd.

┃ 前言 ┃

　　并非所有行星都有宿主恒星。有些行星甚至不是太阳系中的成员。它们是孤独的旅行家，我们称之为"流浪行星"。

　　流浪行星没有宿主恒星的约束管控，居无定所。它们没有固定的环形轨道，只能在漫无边际的宇宙大洋中四处漂泊，接收不到恒星散发的光和热。PSO J318.5-22 是一颗已知的流浪行星，它从星系上跌跌撞撞、蹒跚而过，就像一艘无人掌舵的轮船，在永无白昼的海上航行。行星表面狂风席卷、黑云笼罩、暴雨如注，可是这云、这雨并不是水，很可能是熔化的铁水。

　　很难想象液态的金属会像雨一样落在行星的表面，但在流浪行星上确实如此。我们从未想过会存在这样的天体，但像我一样的天体物理学家却真的在天球图上找到了它们。宇宙中，像地球一样的系外行星可能超过万亿颗，它们有着各自的宿主恒星。而且，单单在银河系就有千亿颗恒星。但是，在无数对引力和斥力之间的缝隙中，在那些无尽的有序天体间，还有一个被忽视的群体，那就是流浪行星。其中，PSO J318.5-22 就是最好的例子，它跟地球一样真实存在。

　　有好多天，我一觉醒来，恍惚中都无法分辨出它与地球的区别。

一天早晨，我正赖床不想起来，但是听到儿子们在远处的笑声，还是打起精神下了床。八岁的马克斯和六岁的亚历克斯正望着窗外，脸上洋溢着小孩子特有的喜悦。那是一个一月的周末，天高云淡，下了一夜的大雪终于给冬天增加一抹亮色。我们可以去滑雪橇了，这是我家最喜欢的消遣方式之一。早餐后，马克斯和亚历克斯穿上防寒衣，把塑料雪橇塞到后备厢，我们驱车前往纳沙图克山（Nashawtuc Hill）山顶，不一会儿就到了。

这座山是马萨诸塞州康科德市的一大热门地。山体陡峭，滑行速度极快，成年人都会觉得刺激无比。有时候人很多，但一般早上比较清静。其实那天雪不算大，长得高一点的草丛和杂草会从积雪中露出来，还不能去滑雪橇。但为了儿子们，我依然竭尽全力，装出"即便如此，滑雪橇也很好玩"的样子。其实我自己都说服不了自己。我一生都在寻找黑暗中的亮光，而现在，我看到的却只是一片漆黑。不过，既然我们历经千辛万苦爬到了山顶，也不妨让孩子试试一冲到底的感觉。

山顶还有两个母亲，孩子们在她们身旁玩耍。她们自己则交谈甚欢，时不时地迸发出一阵笑声。这两个母亲长得很漂亮，但精致的打扮却让我十分不爽。我冷眼看着她们，心中暗想："谁会在星期天一大早爬起来，就像她们这样化这么浓的妆啊？"她们看上去就像画册上的人一样。

马克斯已经是个大孩子了，可以一路滑下山。就算撞到杂草也没关系，因为他的体重和速度足以让他压过杂草一路而下。从物理学上讲，亚历克斯则不太行。杂草总是挡住他下滑的路。试了几次都以失败告终，亚历克斯终于放弃了。看到哥哥一路畅通无阻地滑到山脚，亚历克斯心态彻底崩了。他一屁股坐在山腰上，噘着嘴。他没有哭，只是把自己像路障一样摊在路中间一动不动——他玩不好，谁都别想玩。

看到这样的场景，其中一个母亲走了过来，和我打了个招呼，问我能否请亚历克斯挪个地方。他就这样挡在路中间，她担心其他小孩子会撞到他，让他受伤。我当然明白这个道理。她来之前，我就跟亚历克斯说了，可说得天花乱坠也没有用。而现在，我不想让一个像她这样的漂亮女人给我下命令，不管谁的命令我都不想理。我瞪着她，摇了摇头。

她又请求了一遍。

"不，"我说，"他心情不好。"

她轻轻笑了一下，甚至没忍住咧开了嘴。"嗯，我明白，"她说，"我的意思是，就是……"

我没搭理她。

"就是那座小山……"

"他心情不好！我丈夫死了！"

一个人身处悲痛之时，那种情绪是可以喝退大多数人的。因为大家都不知道在你面前该说些什么或该做些什么。大家都有些畏惧你的情绪。从某种程度上说，你也希望他们能感同身受。大家对此保持距离以示尊重：我给你的悲伤留出私人空间。于是你开始变得渴望拥有这种影响他人行动的能力，你的悲伤就是最强大的武器，是你最不同寻常的特质。你会变得想让所有人都给你留出空间。

我以为那个女人会感到震惊。我以为她会吓得后退。没想到她做了一件我意想不到的事。她只是微微一笑，眼睛还是那么亮，仿佛变身小太阳，散发着温暖的光辉。

"我也是个寡妇。"她说。

我惊呆了。我问她当寡妇多久了。"五年。"她说。我才仅仅六个月。"才五年而已，她就忘记那种悲伤的感觉了？"我心中暗想，"她竟敢嘲笑我。"

我想逃离这个地方，回到自己的床上。我心中卷过一场铁水风暴，把我打得支离破碎，但马克斯在山头玩得正起劲。我当时就是这种感觉，好像自己被一分为二，我能意识到自己是多么孤独。这时，就要给这个无法解决的问题找一个解决方案了。我决定载两个孩子回家，给亚历克斯买他想要的 iPad。然后我们再回来，让亚历克斯坐在车里玩，马克斯继续去滑雪橇。希望我们回来时，那个寡妇会消失。

没想到我们回来时，她还在那儿。即使万事俱备，我也不擅长结识漂亮的新朋友，更别说这种远非理想的情况下了。我不知道下一步该怎么做。我尽量站得离她远一点，显得很抗拒。但这并没用。她朝我走了过来。我惊魂未定。她看不懂我的表情吗？她不知道该让我一个人静静吗？但是这一次，她对我的态度稍有不同。她走得小心翼翼，仿佛不想吓到我似的。她仍面露笑容，只是笑得没有那么兴高采烈。

她手里拿着一张纸，上面写着她的名字：梅丽莎（Melissa），还有她的电话号码。她说，康科德有一群寡妇，大家都差不多大。她谈论她们的语气，就好像她们是个惊天杂技团，要在团名处大大标上"康科德寡妇团"一样。她说，这里只有五个人，她们第一次见面就互帮互助，让彼此适应新生活，作为被丢下的另一半，尽快适应自己这个新身份。她说，下次聚会时，我应该一起来。然后她露出温暖的笑容，又回到她朋友那里。

我要成为这第六个人吗？我站在山顶，心里算着概率。在这样一个小镇上，似乎不太可能有这么多年轻的寡妇（康科德的人口不超过 2 万）。我也是这么跟梅丽莎说的："这在统计学上不可能。"然后我想起了去年夏天，当时我打电话给马克斯和亚历克斯露营的地方，跟他们的领队说他们的爸爸快死了。领队让我冷静下来："我们经常听说这些事。"当时我很吃惊，但现在我明白了。康科德没有爸爸的孩子比预想的要多，这里离破碎之城不远了。

我把梅丽莎的电话号码放在口袋里。我每天都会把它拿出来，日复一日地看，确保它是真的。我怕把它弄丢了，但是我也不敢打电话。我从没见过跟我一样的人。我已经很不合群了，为什么要到现在才让我遇到她们，遇到这些跟我一样的人呢？我不想打电话过去后发现那些人根本不欢迎我。几个月前，在我正悲痛欲绝的时候，我曾经尝试加入当地报纸上看到的一个寡妇群体，但接电话的那个女人拒绝了我，她说这个社群是给老寡妇服务的，不接待年轻寡妇。她的话让我觉得自己像个怪胎。在那样的悲伤中，似乎世界上没有人能懂我的感受。可是，在我们小镇上，不知何故，竟然真的有一小撮和我有一样经历的人，她们真的明白我的感受。每当我拿出那张纸，我都感觉自己是在暴风雨中紧握着最后一根未燃的火柴。

大概过了一周，我终于鼓起勇气给梅丽莎打电话。那时候那张纸已经被揉得稀烂了。

电话响了。梅丽莎接了起来。她问我最近过得怎么样。几乎没有人敢再问我这个问题，而且我也不知道该怎么回答。

"还行吧，"我说，"不怎么样。"

梅丽莎说她们即将要举办聚会。她问我想不想去。

"想，"我说，"非常想。什么时候聚？"

电话那头一阵迟疑。

"情人节。"

目 录
·CONTENTS·

| 第一章 |

星空守望者

在我 10 岁时，满天繁星第一次映入我的眼帘。我从城里来，甚少经历伸手不见五指的黑夜，多伦多的街道就是我的小宇宙。年幼时，父母离异，无论上下地铁，还是走街串巷，我和哥哥妹妹总是独来独往。有时候，父亲会请一些比我们大不了几岁的人临时照看我们，汤姆就是其中一个。他征求父亲的意见，想带我们去露营。

不过，露营不是我父亲的消遣。虽然加拿大人一有机会就往"乡村小屋"跑，每逢周末就想逃离城市的喧嚣。他们伴着车流，一路蜿蜒曲折，直达山灵水秀之地。而我的父亲戴维·西格尔是个在周末也常常打着领带的英国医生。对他来说，在树林里睡觉无疑是动物才会有的行为。

汤姆肯定是把他说动了。因为话音刚落，我们就驱车北上，一路开到了回音谷（Bon Echo）省立公园。公园位于安大略省的一个"小口袋"里，距离多伦多三四个小时的车程。这儿有一湾清澈的湖水，在绿树的掩映下尽显深邃。这儿既有白色的沙滩，又有粉色花岗岩的悬崖峭壁，正适合登高后纵身一跃，落入潭水清凉的怀抱中。漫山遍野铺着厚厚的红色松针床，如此美景，我此前从未遇见过。

入夜，耳畔少了城市的喧嚣，我竟然辗转难眠。我和哥哥妹妹待在帐篷里，把小行李箱当成床头柜隔在中间。他们都已酣睡，发出轻柔的呼噜声。我们被放养惯了，都是自己的事情自己做，这次打包行李也是一样。之所以会带着行李箱，是因为没人告诉我们，一般露营不用带。

杰里米（Jeremy）是大哥，在同龄人中身姿挺拔。他只比我大一岁，但一年的差距就让他成了老大。他常常如大权在握一般地指挥我们的生活。朱莉亚（Julia）年龄最小，天生丽质，有一双会说话的大眼睛，十分灵动，是每个人的宠儿。方方面面，我都夹在他俩中间，卑微渺小，沉默寡言。我是如此黯淡无光。杰里米和朱莉亚都是金发碧眼，而我却是棕发褐眼。那一晚，也只有我一人睁着双眼，夜不能眠。

我拉开帐篷的拉链，钻入黑夜。只身夜游，向森林深处走去。抬头仰望夜空的一瞬间，我的心跳仿佛漏了一拍。

多年以后，那种怦然心动的感觉仍令我记忆犹新。新月之夜，成百上千颗星星浮在头顶。我想知道究竟如何能够造就这般美景，想知道为何从未有人告诉过我，竟会有这般的存在。我一定是第一个看到夜空的人，我一定是人类历史上第一个敢于走到野外、仰望夜空的人。不然，人们总该谈到过它。孩童刚睁开双眼的一瞬，大人就该带他们去仰望繁星。我站在原地凝望，仿佛时间已经静止。那时，这个小女孩虽然早已熟谙如何应对大城市的混乱和家庭的支离破碎，但却是第一次感受到真正的神秘。

太多星光将我征服，太多知识一时无法领悟。我跑回了帐篷，蜷缩在熟睡的妹妹身边，伴着她那甜美的呼吸声，努力让自己活成 10 岁小孩该有的样子。

———————— ◆ ◆ ————————

我父亲居住在多伦多郊外，那里一排排公寓和平房错落有致。母亲贾妮斯（Janis）和我继父则住在阿奈克斯区南部的破落出租房里，家里摆着成堆的旧报纸，还养了一群猫。我母亲是作家、诗人，所以那群猫的名字都是各种文学角色。

我向来不和其他小孩一起玩，所以也从未意识到我的家庭和别人的有什么差别。而当我发觉自己豁达开朗，我告诉自己，我们不像传统家庭的小孩那样需要遵循那么多条条框框，真是万幸。我渐渐明白了，不管获得自由的过程是否美好，自由依然宝贵。正是这份不可多得的自由，造就了今日的我们——杰里米成了护士，朱莉亚成了竖琴师，而我是一名天体物理学家。但如今再回顾小时候的生活，我简直无法相信我们居然能活下来，尤其是看到我的几个儿子和我当时的年龄一般大。那时我们还是嗷嗷待哺的小熊崽，摇身一变，便已"与熊共舞"。

起初我们住在阿奈克斯区，在远离市区的一所蒙台梭利学校上学。后来父母分居，我们搬到了市区，但不知道为什么，父母并没有给我们转校。我们在家和学校之间往返，单程就要一个多小时——两趟公交、一趟地铁，还要在各种熙熙攘攘的换乘站台等车。那时，杰里米8岁，我7岁，朱莉亚才5岁。虽然年龄尚小，但试验几周后，我们便可自行往返。

杰里米会省钱买一包酸酪洋葱味的薯片，小心翼翼地同我们分享。现在我只要闻到这种薯片的味道，就能想起儿时的那段时光。我们闲暇时就读报纸，有时是大人丢弃的，有时是从别人的报箱里偷出来的——"窃书是不算偷的"。现代教育工作者大概会给我们贴上"弄潮儿"的标签。

有一天，在我们漫漫回家路的第一站——公交站台上，妹妹朱莉亚摔进了泥坑。她泪流满面地坐完公交，直到进了地铁站还止不住哭泣。有个陌生阿姨看到了这一幕，领她去女士盥洗室清理。等待的时间仿佛有一个世纪，杰里米站在外边提心吊胆，我不停地进进出出实时向他汇报情况。如今我再回顾那个场景——一个陌生女人看到三个不足8岁的孩子，其中一个浑身是泥，还啼哭不已。大多数情况下，这个故事会以报警而告终。

而事实上，这个陌生人轻轻地为我 5 岁的妹妹清理了身上的污渍，并把她送回到我们身边。

我有一段痛苦的记忆，那是一段旷日持久的伤害。我的继父是一个怪物，一头通常生活在童话世界里的黑心野兽。他没有虐待我的肉体，但他剧烈的情绪波动虐待着我的神经，比身体虐待更加残忍。我一直生活在恐惧中，总怕惹恼了他。

早上，我们匆匆忙忙地塞了一口早饭，装上午饭就去上学。继父和母亲还躺在床上。继父没有工作，母亲也不能靠创作谋生。我生父曾跟我说，他猜我们一家都是靠他的抚养费过活。后来，继父和母亲有了孩子，也就是我同母异父的妹妹，生活费更加紧张了，不知道我们六个人是不是还靠那点抚养费过活。我和朱莉亚不得不在我们已经乱作一团的房间里，给新生儿再腾出一块儿地方。几个月来，她整夜地啼哭，还得了疝气。之后的很长一段时间，她都会在黎明时分醒来。我请求母亲找东西遮住朝东的窗户，可她置若罔闻。我只能独自一人，日复一日地早起照顾这个小孩。

我 9 岁时，有一天清晨，我决定不再和朱莉亚一起步行去学校了（这时我们已经不在蒙台梭利学校了，但去新学校还要走 1600 米），那时朱莉亚应该是 7 岁。我想和我的好朋友一起走，不想让她跟着，所以我让她独自去学校。可朱莉亚没有选择更安全、更安静的辅路，偏要在主路上硬闯。在一个极其繁华拥挤的街区，她遇到了一个情绪暴躁的女人。这个女人冲她咆哮，还拿包打她。朱莉亚吓了一跳，开始拼命呼救。过了很长时间，还是没有人理会她的哭声。终于，附近的一位房地产经纪人从办公室里出来帮她解了围。几天后，学校的老师就向我询问情况。"不是吧，那么可爱的朱莉亚怎么会发生这样的事？！"他们大吃一惊。

回家后，继父就朝我咆哮："你惹事了！"我已经忘了他后来说的话，只记得他一直在我耳边咆哮："你这个败类！你想什么呢？你是一个不负责任、不知感恩的混账！你气死我了！"

我本该照顾好朱莉亚，但我已经 9 岁了，我应该有自己的空间。那晚，我彻夜未眠，哭到天明。

———————————— ◆ ◆ ————————————

周末，我们会和父亲一起度过，起初是在大马路旁的公寓里。周末这两天就像度假，无忧无虑。父亲会在下午小憩，补充平日不足的睡眠。而我和杰里米、朱莉亚三人，就在公寓附近玩我们自己发明的游戏。一天下午，我们来到公寓的阳台上。父亲住在 18 楼，这是我们有生以来到过的离地最高的地方。我们决定把各种各样的东西扔出栏杆，看着它们下落。现在想想，对于孩子来说，这样做很正常。我们选的都是不重的物品：一把梳子、一个洋娃娃。但重力就是重力，任何物体从 18 楼坠落都会产生加速度。看着物体落地，我们小心地听着撞击瞬间的声音，学习一些物理学中关于加速和声速的知识。然后，我们乘电梯到楼下，把它们拾起，重新测试一次。

父亲醒来，在知晓我们的所作所为后，勃然大怒。高空坠物会让行人受伤，而且我们不该擅自离开这里。我都不知道这些规定，更别说遵守了。我了解许多科学家都做过恶作剧，而且那些独特的恶作剧都很好地预示了他们未来的研究领域——化学家在孩童时期通常会实施一次纵火，生物学家可能对青蛙的内部结构有所好奇，物理学家则会在离地面有一定高度的地方扔东西。

尽管父亲不喜欢这类实验，但他能够以理服人、以身作则。他的第一个公寓并非为家人起居而建。我们睡在临时搭建的床上，至少不用顾虑那两只长着奇怪眼睛的白猫——罗森格兰兹（Rosencrantz）和吉尔登斯吞（Guildenstern）舔湿我们的衣服。一天早上，我正在收拾和妹妹共用的破毯子——那条橘黄色的涤纶毯子，结果不小心把它扯破了。一想起每当我粗心大意时继父就会让我尝到的后果，我开始歇斯底里地大哭起来。

父亲不知我为何会如此悲伤，反应如此过激。只可惜，他没有由点及面，没有从这个细节联系到我的生活。我们跟他抱怨过继父的所作所为，但我想他也只是把我们当成典型的离异家庭的孩子，觉得我们对新抚养人发脾气是出于本能。可那一刻，他眼中只有他被吓坏的小女儿，因为廉价毛毯上的裂口而泣不成声。

我从未忘记父亲接下来做的事情。他举起那条被扯坏的毯子，然后当着我的面把它撕成了两半。他在以此告诉我，有些事情很重要，而有些事则无关紧要。当时我对他的举动却有着不同的理解：因你在此，一切皆变。

————— ◆ ◆ —————

越长大，我和父亲的关系就越亲密。跟他在一起，我如获知己。多年来，他一直是一位家庭医生，在北部马卡姆辖属的小镇奔波行医，这为他的生活打下基石。马卡姆独立发展成城市，父亲还生活在市中心。那座小城建设得很慢，但他已然得偿所愿，搬到了北部郊区的一间平房，对我来说，那里就是天堂。和他在一起的时光，我如释重负。不像现在，每个周末都像逃难。

因为我的想法异于其他孩童，父亲认为我与众不同。有时，他担心我太过不苟言笑。有一次翻看照片的时候，他跟我说，他觉得我的眼中悲伤而空洞，似乎在看着别人看不到的东西，他想知道我是否有发育障碍。如今几十年过去了，我知道了我这种情况应该叫作自闭症。但是那时的我，在父亲眼中只是个有点与众不同的女儿罢了。直到去世，他也一直这样认为。我会花很长的时间来思考这异样的感觉，甚至陷入自我烦恼。但父亲对我的接纳不言而明，令我如获至宝。

我清晰地记得，父亲的朋友到家里共进晚餐，说我少年老成。父亲对此深有同感，说我小小的身体里住着一个古老的灵魂。他相信轮回，特别想知道我们是否在前世就认识，这样就可以解释这种关联。他坚信，我们在来世也能找到彼此。

11岁时，书籍成了我与世界联结的基本媒介。每次听到转世的话题时，我就会去图书馆阅读关于投胎转世的书籍。渐渐地，我发现事实与我预想的不同，死亡即终点。但父亲让我意识到了其他可能性，这就是身为人父的意义：他的职责是一名向导，带领我们领略人间的奇观异景。他想让我像他一样成为一名医生，于是开始培养我，想让我功成名就。他为我弹奏高亢的古典乐，给我阅读艰涩难懂的书籍。我还记得他送了我一本物理学家、天文学家乔治·伽莫夫的《从一到无穷大》（*One, Two, Three...Infinity*）。我按部就班地读完了，却无动于衷。

另一本薄薄的红色平装书叫《信念的魔力》（*The Magic of Believing*），令我记忆深刻。父亲买了一套，谁想看就给谁。这本书颇具年代感，内容是探究积极的信念对人生的重要意义。对此书，我百读不厌。其中，我最喜欢的是名叫奥珀尔（Opal）的女孩，她是俄勒冈州一个伐木工的女儿，坚信自己有着法国王室的血脉。许多人都觉得她在疯言疯语，对她不屑一顾。但她20多岁时，一名记者发现她坐在豪华的马车里，前面有一群马拉着，她真的成了王室一员，尽管是在印度。这本书让我相信，现实世界也有魔法：远见催生计划，计划催生机遇。我坚信，这样做可以让自己过得更好。

但我的生活却抗拒着改变。我12岁时，父亲送我到一所私立学校——圣克莱门特中学上学。那是一所专门为安立甘教会的女孩而设的学校。理论上我们是犹太人，但事实上不是，所以我是个半吊子。这也是唯一一所可以接纳我的私立学校。其他所有学校的入学考试都很容易，但面试就是另一回事了。那些学校可能觉得我在社交方面着实有所欠缺。现在回想起来，我觉得问题是我在本该谈话的时候沉默寡言。因为我不知该说什么，索性就不说了。

步入圣克莱门特中学的时候，我就读七年级。学校禁止学生擅自离校，但我从 6 岁起就在多伦多的街道上独自穿行了。街对面有家面包店诱惑着我，我可不想被学校这愚蠢的规定禁足。几周后，我就穿过马路离开了学校。

这个行为相当于在圣克莱门特中学"放火"。从某种程度上讲，我确实点燃了"火苗"，其他女孩也开始挑战学校章程。她们开始在自习室里作弊，在黑板上写一些污言秽语。校长认定我是这场"叛乱"的始作俑者，可能因为我本身就是。她三番五次地把我叫到办公室。"萨拉，"每次谈话都是这样的开头，"你那么聪明，同学们都喜欢跟着你。其实，你可以用你的聪明做点更好的事。"但我跟小时候不一样了，她的批评让我愤怒不已——凭什么我就要变成她期望的样子呢？

当其他父母让自己的孩子疏远我时，我意识到自己该转学了。我重归公立教育系统，并在一两年后全然接受了命运的安排。我跟一群来自城中各所学校胸无大志的青少年玩耍。确切地说，没有一个孩子是我的朋友，但有两个年长的女孩同情我，一定要让我参加聚会。她们取笑我的穿着，然后借我更好看的衣服，我就像队伍里的一个吉祥物。我试图搞清楚她们对彼此是什么感觉（比起学校里堪称折磨的章程约束，她们对我的取笑要好得多）。我们就像流动的有毒水银一样，在城中东进西出，四处流动，喝酒胡闹。我还是父亲的女儿，可只有在周末才是。平时，我和继父、母亲住在同一屋檐下，其间的每天晚上，我都在放纵着自己。

1987 年冬末春初之时，我 15 岁了，南天极星空上出现了一颗新星。这是一颗叫"桑杜里克 –69° 202"（Sanduleak –69° 202）[1]的蓝超巨星，位于大麦哲伦云——银河系附近的一个小型伴星系。桑杜里克 –69° 202 是近 400 年来距我们最近的超新星，也是现代天文学家首次有幸目睹一颗恒星死亡和另一颗恒星诞生的全过程。它距地球 16.8 万光年，但不需要通过望远镜便能看到：2 月被发现，5 月光度到达峰值，而后余晖就一直弥漫在空中。直到余光散尽，天文学家才能确认它就是那颗消失的恒星。

一个周日的下午，我本该和同校女生一起去溜冰，但我转而去了多伦多大学参加超新星的报告会。在一群西装革履的人中间，有个穿牛仔裤的男人很扎眼。原来，他就是发现超新星 1987A 及其光晕的天文学家。台下座无虚席，2000 人目光灼灼，静坐听讲。我沉浸在这片寂静中，听着他那令人称叹不已的探索故事，如醉如痴。当年在回音谷省立公园燃起的那簇惊奇之火，因为一颗恒星的自然毁灭，"春风吹又生"。

我 16 岁了。在一个夏天，我们在一艘开往多伦多群岛的渡轮上，消磨着无聊而漫长的夜晚。这时，我看到一艘船在另一个方向上披光前行，我突然很想跳到那艘船上，逃离我现在的地方。我不再跟着那群青少年四处流窜，在加拿大国家展览会（Canadian National Exhibition）上找到了一份嘉年华游戏的工作，负责一款不可能让人捉住的塑料鱼游戏。忍着拥挤的环境和闷热的天气，三周后，我赚到了 400 美元。我拿这笔钱买了一个 4 英寸（10.16 厘米）的反射望远镜，分文不剩。

我把望远镜摆在了父亲家。那年冬天，我站在杂乱的停车场里仰望星

---

① 该恒星由罗马尼亚裔美国天文学家尼可拉斯·桑杜里克于 1987 年 2 月 23 日发现。——译者注

空，在刺骨的寒风中度过了一个又一个周末。父亲站在我旁边瑟瑟发抖，呼出的水汽旋转成一团团清冽的云烟。

找到木星的那晚，令我难以忘怀。

———————————◆·◆·◆———————————

言归正传，父亲决定开启副业：为人植发。尽管在内科领域取得了成功，但他仍很享受"从头开始"的乐趣，夯好地基，再慢慢地建造点什么。我觉得他的新工作苦乐参半。植发虽然没有挽救任何人的生命，但是一些新患者却成了他最忠实的崇拜者。这些患者承受了多年的压力和不安、不可避免的煎熬和不尽如人意的收场，而现在，有个人承诺可以挽回他们失去的一切，包括头发。

早期的头发修复术相当野蛮。走投无路的患者，必须容许医生从头皮上取走上百个堵塞的毛囊，或者割下部分头皮。这样的手术可能会让患者比以前更受伤、更脆弱，甚至可以说，治疗比得病更糟糕，他们的头皮可能会留下枪伤般的疤痕，这是常见的副作用。父亲沉迷于提高自身的技术，精益求精。单毛囊移植法使他成为行业先驱，这种治疗方法让头发显得更加自然。针对每一种先进手段，父亲都进行了试验——他也是最早使用激光的人，但激光会把根植的毛囊烤焦，后来不得不放弃。父亲的手艺虽已巧夺天工，但他仍不满足。看似自然的发际线虽然算不得是世界上最难以企及的追求，但比起天然的发际线，还是能一眼看穿。父亲为试验、为病人所做的贡献令我动容。在他的事迹中，这是最偶然的一次尝试，但意义非凡。他从不故步自封、安于现状，让我深受鼓舞。

我又辗转换了几所学校，最终来到了多伦多市中心的贾维斯中学（Jarvis Collegiate Institute）。这是一所以数学、科学见长的公立中学。不论从哪个角度看，它都无比多元化，校园里充斥着来自五湖四海的移民：既有精于世故的人，又有游手好闲的人；既有天才，又有庸人。对于我这个独行侠来说，贾维斯中学堪称完美！因为这儿连"什么最酷"的回答都众口不一，所以关于归属感的压力荡然无存。我终于如释重负，不是因为我跟别人搞好了关系，而是因为我不再需要像往常那样，为了去跟别人搞好关系发愁。

一天，像往常一样，我独自去上学，穿行在多伦多大学的校园中，有一条明显的界线将这所学校一分为二——石楼是老校区，玻璃楼是新校区。走着走着就看到了布告栏：本周末多伦多大学开放参观。于是，周六那天我又回来了，看到校园里最高的建筑楼里有一座电梯，我走上前随便按了一个高层的按钮。一出电梯，我便踏入了天文学院。教授和学生围坐在一起，正在分发一小摞论文。忽然之间，我灵光一现：天文不单单只是一种热情，它更是一份职业。从那以后，我下定决心要专注学业。优异的成绩可以让我进入大学，这样我就可以在后半生尽情享受守望星空的乐趣。这不就是现实中的魔法吗？

于我而言，大多数科目都很容易，但也有例外。最开始是物理，将物理公式应用到现实生活中着实不易。比起规整的公式，生活更变幻莫测、杂乱无章，至少我的生活就是如此。有一天，物理老师给我们一人一个小螺旋弹簧。他在教室的另一边竖了一块板，上面开了一个洞。通过这个练习，老师让我们计算弹簧的弹性模量，并基于胡克定律和运动方程找到让弹簧横穿整个房间顺利过洞的最佳角度。

我们一个个地进行尝试，大概三分之一的学生都找到了（我怀疑其中多少人遵循了胡克定律，又有多少人只是运气好）。我验算推导，核查了一遍又一遍。终于轮到我了，我把弹簧调好角度，朝洞中发射出去，弹簧完美地越过房间，从洞中横穿出去，全程令我大吃一惊。

高中的最后一年刚刚开始，我便收到了三个信封和课程表，这让我受宠若惊：第一封信上面写道，我在前一年的学业中拔得头筹，在三百多名学生中脱颖而出；另外两个是学科荣誉奖励。我甚至不知道还有学科荣誉奖励，因为我从来没有参与过，而且以前还总是缺席颁奖仪式。几天后，我们在学校的大礼堂集合，我是学校乐队的一员，颁奖前我们还一起演奏。每次叫到我的名字，我都得放下长笛，走上台去。我有点局促不安，甚至还有些尴尬，因为一会儿还要把一小沓证书夹到乐谱中。

后来，一个以前与我一起参加过聚会的朋友在大厅里向我走来。当然，对我来说，现在他就是个陌生人。

"我都不知道你竟然这么聪明。"他说。我还始终记得他当时说话的语气，混杂着愤怒、嘲弄和不解。他一度想成为我的男朋友，但我对他毫无好感。他可能瞅准机会要反将一军。

"我也不知道。"我答道。

我本应为我的成就感到高兴或自豪，然而我却不是特别高兴。从逻辑上讲，因为取得最高分，我获得了荣誉，这很有意义。但是，我第一次努力学习就拿了第一，这让我觉得没劲。我不是冷酷无情，也不是一根筋，我只是决定要更加努力。学好数学算不得什么，要成为最优秀的精英才难上加难。

父亲比我更高兴，但听到我再次说我不想当医生时，他的笑容就立刻垮了下来。自从上次大学开放日后，我就坚定信念，要成为一名天文学家。下次周末回家时，他狠狠地训了我一顿。那是为数不多的一次让我感到度日如年的周末。

"你必须要有自己的工作，养活自己！"他说，"而且，千万不要——依附于！任何！男人！"父亲对我的梦想如此强烈反对，让我感到颇为讽刺。一位通灵师曾告诉他，到 20 世纪 90 年代初，他会以自己不寻常的行医之路赢得名声，家喻户晓。离世十多年后，"西格尔头发移植中心"和它无处不在的广告牌仍在纪念他。他把自己的成就很大程度上归功于"信念的魔力"。但当事关自家女儿的未来，他不愿意去挑战命运。

没人能靠空想吃饭，他怒斥道。"别人要看的是实实在在的东西，"他近乎咆哮地说道，"这个世界要的是自圆其说！"我一只耳朵进，一只耳朵出。朱庇特的故事就已证明了一切。①

———————◆◆◆———————

经典戏剧《恋马狂》(*Equus*) 举世闻名，它讲述了一个对马痴迷的问题少年。少年去精神科看病，医生马丁·迪斯塔 (Martin Dysart) 努力去理解他对马的痴狂，想以此来认识他，却觉得不可思议：

他说，世界充满各种现象，而所有现象对一个新生儿都具有同样的征服力。在数不胜数的范围内，他嗅着、吮着、拍打着双眼。突然，在一个瞬间，他停下了动作。为什么？那个瞬间，各个感官像磁铁一样合在一起，形成了一整条锁链束缚住了他。为什么？我可以找到它们。随着时间的推移，我甚至可以把它们再次分开。但为什么它们一开始就被磁化——还只是在那些特定的时刻里，其他时候都没有——我还是不知道。

———————

① 朱庇特是罗马神话的众神之主。其父不堪祖父暴政，推翻政权，于是受祖父诅咒，未来会被自己的孩子打败。朱庇特的父亲不信命，但最终果然被朱庇特取代。作者暗指她的父亲也如朱庇特之父一样，不相信孩子的命运，但她最终也会顺天命所归，成为天文学家。——译者注

我也可以找到我的热爱。

为什么是繁星，而不是马，不是男孩，也不是曲棍球？我不知道，我真的不知道。也许是因为星星和黑暗是对立面，和身处险境的小妹以及精神虐待的继父是对立面。繁星是光明，是可能性，是科学和魔力的交汇点，是我通往更浩瀚天宇的窗口。总有一天，我会找到答案，这就是繁星给我的希望。

但我的热爱不止于此。每当我想到它们，就身同心往。我不仅仅是单纯地想要看着它们，我更想去认识它们每一位，因为每一颗星星都像是地球上一粒渺小的沙子。我想沐浴在亿万个太阳的照耀下，感受它们独宠我们银河系中无数天体时所绽放的光芒。对我来说，繁星不仅代表"有可能"，它们代表着"很可能"。在地球上，这种可能性似乎对我不利。但我相信："因我在此，一切皆变。"无论过去还是现在，对每一颗星星的探索，都可能让我在另一个不同的世界找到自我——一个全新的世界。

| 第二章 |

改变轨道

跟顶级的独木舟玩家相比，我们差的不是一星半点，但我当时一点都没意识到。面前的每一步都将是纯粹的发现。我感觉有股电流贯穿全身，那是一股对未知世界的恐惧之流。前方的道路我一无所知。

根据手里这张清晰依旧的地图，我们现在正位于萨斯喀彻温省（Saskatchewan）北部。于我而言，勾勒地图的线条似乎毫无意义。因为没有人类活动作尺度，任何强加的秩序都是徒劳。萨斯喀彻温省在地图上是一个巨大的矩形，但我们所在之地并非如此。这儿没有路标，没有十字路口，没有那些我们熟悉的标志或路牌。取而代之的，只有岩石、树木和河流。它们向外延伸，就像时间长河一样，无穷无尽。

1994 年 6 月，我获得了多伦多大学的数学和物理学学士学位。本科四年的前两个暑假，我都在城郊不远处的大卫·邓拉普天文台（The David Dunlap Observatory）实习，除了做变星（就是那些亮度会变的恒星）①的观测和分类工作，我还踩着高梯子从书架上拿书看，看那些皮革装订的天

①变星（Variable Star）是指亮度与电磁辐射不稳定的、经常变化，并且伴随着其他物理变化的恒星，造父变星、新星、超新星等都属于变星。——译者注

文学书籍。我乘着一叶扁舟，徜徉在无边无际的知识海洋中，仿佛沐浴在回音谷第一次望见的星光之下。为了让自己精力充沛地去哈佛大学攻读研究生，我决定在此之前给自己放个长假出去旅行：花两个月的时间，在偏远的加拿大北部，一个人划独木舟穿过密林，直至尽头。

大学的专心致志和严于律己，已然抹去了青春期的最后一丝躁动，但我仍心旌摇曳，不知疲倦。我从不满足于现状，总想收获更多。我又一次被一本书改变了人生方向——《沉睡的岛屿》（*Sleeping Island*），它讲述了作者从波士顿脱离教师岗位后，驾一叶扁舟旅行的经历。作者用一个夏天探寻广阔无垠、人迹罕至的群岛，这让我也幻想着能来一次史诗级的横穿之旅。大学的最后一个冬天我都泡在图书馆里，伴着昏暗的灯光，细阅地图，记录已有百年历史的远航路线。即使在地图上涂成黑色，北极仍是一幅异世之景，土地面积和水域面积几乎一样大。夏日北方会有极昼，在午夜阳光的投射下，湖泊似乎比星星还多。

我加入了多伦多的荒野独木舟协会，为自己的远航做准备。有一个周末，我要骑车去野外滑雪（通常在等待河流解冻时），社团成员迈克·韦弗瑞克（Mike Wevrick）提出载我一起去。到达约定地点时——那天我迟到了——我看到他坐在那辆破旧的小车里，正在看一本平装书，书皮已经微微磨损了。只能看到他的书、他的胡子，还有他蓬乱的姜黄色头发，却看不清他埋在中间的脸。唯一能代表他的，也只有那碧蓝的双眸了，色泽如同冬季的苍穹。

我们驱车五个小时，到达安大略省立基拉尼公园。园中的树木就好像山羊贴在峭壁上似的，我们就要在这林间滑雪。迈克说他对我的滑雪技能印象深刻，而我对他没啥好印象，尤其是当他决定提前结束当日行程，在附近的提姆·霍顿连锁店（Tim Hortons）买了一个甜甜圈的时候——因为我想一直滑到天黑。

旅行结束后，迈克三番五次地给我打电话，想说服我再跟他去探险。

大半个月来，他几乎一周给我打两次电话，我通常会毫不犹豫地拒绝他。迈克说我的滑雪技术很好，这一点我也知道。但我想，他对于我们的关系还未看透。在漫长的车程中，我们聊了很多话题。我们都喜欢户外活动，可也就这些了。这是否就说明我们应该多花点时间接触一下？事实上，人际交往中，我最看重的是容忍与克制。除非他们给我一个真正的好理由，否则我不会把新朋友带进我的生活。

我和迈克之间曾有过一丝心动的火花，但可不是电影里看到的那种。小火花就足以进入我的生活吗？我不这样认为。况且今年夏末，我就要离开多伦多了。前往基拉尼公园那天，哈佛大学天文学院接受了我的研究生申请。我没有任何理由去做一件"注定失败还要给彼此希望"的事情。

"你还想去滑雪吗？"

"不想，谢谢！"

"你想去怀特山脉（White Mountains）徒步吗？"

"不想，但不是针对你啊。因为我9月就会离开，反正最后也会去个离怀特山更近一点的地方。"

接下来3月的某天，迈克说亨伯河（Humber River）的冰雪消融了。他问我："你想去划独木舟吗？"亨伯河穿城而过，风景虽然不算精妙绝伦，但我最喜欢划船。迈克终于听见我说同意，即使我答应是因为那片水，而不是因为他。

紧接着那个周末，一泊泊人造急流从水坝中涌出，我们奋力向前划，开始训练"激流勇进"。但由于缺乏练习，配合不好，没几分钟，我们就把独木舟弄翻了，那是一艘旧旧的"老城旅人"牌独木舟。我穿了件潜水服，但还是又冷又湿，而且和迈克一起，本来也不怎么高兴。直到回到他家暖和了一会儿，我才注意到他剃了胡子、剪了平头。迈克看上去更加干净利落。他把潜水服也脱了，只留一条内衬的小短裤。"哇！"我想，"他好可爱。"我默默地想，或许我们开始一段感情也未尝不可。

那年春天，我们一起划了好多次船。莫名地，我俩就看对了眼，像普通情侣一样开始约会。尽管迈克是我的男朋友，我还是喜欢称呼他为"独木舟伙伴"。找到和我共享一艘船的一个人，我很高兴。每次约会都有水上时间，那是我们之间的默契。我们的谈话就像河流本身一样，在激流之间几经回转，划桨填补了沉默。迈克是个编辑，他雕琢文字犹如我细数星光。我俩都会花大量时间思考，努力将难以捉摸的事物变得条理清晰。我们发现，彼此在一起时也可以相互独立。

我把夏季的旅行计划告诉了迈克。跟大多数的计划一样，没有同伴。但是我知道，他也想去看看我梦中的世界：广阔的河流、原始的森林、废弃的旧北径（Old North Trail）、渐行渐远的白帆。我的想象可以写成一本书，每章的标题都是一个湖名：卡斯巴（Kasba）、恩纳代（Ennadai）、安吉库尼（Angikuni）、瑙莱（Nowleye）、卡西米尔（Casimir）、马利特（Mallet）。这些有着因纽特人①地方特色的名字，听起来很有异国情调。几周的课程过后，迈克示意想加入我的探秘之旅。我想得越多，为现实作出让步的意识就越强烈：对我来说，认为自己能独自完成这趟旅行有点疯狂。在很多方面，迈克都将会是一个理想的同伴。我说："可以，不妨来加入我吧。"

一天晚上，我们放下了探险的准备工作，去瓢泼大雨中散步。迈克撑着一把黑伞，把我们两个都罩在下面。在那个漆黑的夜晚，听着雨水从他为我们筑起的"屋檐"上倾泻而下，迈克终于下定决心开了口。"我从来没有这么舒服地跟别人一起相处过。"他说。我不记得我有没有回应他，但我在心里点了点头。我还在学习如何驾驭自己不断膨胀的情绪，有那么几分钟，我对自己惊叹不已。激动之情溢于言表，我极其渴望抓住眼前的一切，不管结果如何。我从未有过这种感觉，就像发现自己的心还可以做新的事情。

---

① 因纽特人（Inuit），北极地区的土著民族。旧称爱斯基摩人（Eskimo），分布在北极圈内外。——译者注

北上的想法来源于我，而实施计划所用的独木舟却是迈克的那艘"老城旅人"。进入相对平静的河流后，我们划进了第一个陌生的湖泊，一个叫沃拉斯顿（Wollaston）的湖。望着无边无际的湖，我有些手脚发麻，心中暗自庆幸：我当初怎么想的，居然想要独自旅行。

穿过沃拉斯顿后，我们在河边度过了头两周旅行的大部分时间。我们冲过可怕的、砰砰作响的急流。常常感觉自己无法自主选择去往何方，因为河流总会替我们做出选择。它们因为冰雪融化而湍急无比，我们被卷入其中，这远远超出了我的训练范围。一定要十分小心，尤其是在这么偏僻的地区，就算疯狂呼叫也无人应答。要是再把独木舟弄丢了，可能你也就消失了。

急流常常出现，势头凶猛。我喜欢迈克观察前方氤氲水汽的样子，我仰慕他决策时的冷静。我们划到岸边，一边拖着独木舟，一边背着将近百斤重的装备。这才像是一场真正意义上的旅行。我们征服了那片土地，而萨斯喀彻温省北部的美景又征服了我们。它美得奔放，披白色云杉为衣，那些渐渐淡褪的前人的足迹零星点缀：在阳光的照射下，篝火圈、锡罐、旧靴、鹿骨都银光闪闪。上百万只墨蚊飞舞，除非你相信它们也有灵魂，否则这里没有第三个生物。

大片土地荡为寒烟，烟雾中弥漫着浓重的气味。北极低洼的森林火灾究竟是刚刚开始还是已化为灰烬，我们究竟正身处险境还是已虎口脱险，都无从得知。我们只知道外面有火，但看不见，只能靠烟雾神秘的形状来判断。

快到上游终点时，我们划船穿过一条狭流，约有 30 米宽。这时，另一种烟雾出现了。它几乎是实心的，一点也不透明，就像一堵墙。我们从独木舟上下来，爬上一座蛇形丘，想看得更清楚一点。我们第一次看到了真正的山火，火焰像喷泉一样直冲云霄。

"我感觉我们现在相当安全。"迈克说。我想，他就是那么乐观，时而天真。他总是一厢情愿地觉得一切都好，却常常忽略了那些显而易见的昭示不幸的迹象。而我更相信事实和简单的演算推断。看到乌云时，我会说快下雨了，但迈克就反驳说可能不会。显然我的分析往往是正确的，这次也不例外。刹那间，迈克放弃了他单纯的想法，因为我们身旁的树木已经开始被火苗吞噬。火海突如其来，橘红色的火焰夹杂灰蒙蒙的烟雾，如同一颗炸裂的炮弹。

一刹那，山火席卷，声响如临耳畔，裹挟着杂音咆哮，我们要尽快逃离。我吓得瘫软在地。火焰完全有可能掠过峡谷吞没我们，让我们瞬间化为灰烬。我挣扎着，让我的腿能听使唤，带我回到独木舟上。迈克盯着我，那种神情我至今仍难以描述：忧虑和决心各占一半。我们从内心都知道希望渺茫，但也都试着幻想还有存活的可能。

我们退回没有太多树木的沙堆顶部，蹲下来过了一夜。北方昼长夜短，但那一晚是人生中最短又最漫长的一晚。我从帐篷往外窥探，希望在那片半明半暗的暮色中，浓烟已经散去。可实际上，烟气太重，令人窒息。

我已经做好了在睡袋里窒息而死的准备。过不了多久，我们的骨头就会和那些死去的驯鹿尸体相连。不知怎的，我睡了过去，做了一场栩栩如生的梦。在梦里，我们睁开双眼，只有几处小小的、闷着的火星零星地散布在地上。醒来时，风向已经改变。烟气变得稀薄，几小时后，沙地"吞噬"了余火。我和迈克当即收拾营地，手脚从未如此麻利过。我们艰难地划入最后一条涧流。峡谷中的水位低得令人抓狂，我们需要蹚水把独木舟拖过岩石，感觉永无止境。最终，我们冲进了凉爽开阔的卡斯巴湖。它的辽阔，带给我们意想不到的安全感。

那个夜晚深深地触动了我。我研究物理，物理学是一门基于逻辑与定律的科学。我至今都记得，地理环境和大气支配着气候的变化。那天早晨，风向的突变拯救我们于水火，没有比它更好的力量了。我们见证了不可控的自然力量决定着生死，觉得自己如此卑微渺小。

卡斯巴湖边，我们停泊在一个偏远的钓鱼小屋，提前装运了补给物资。这是数百英里内唯一的避难所。我们吃了自己烤的湖鳟鱼，在小木屋度过了一夜——在床上肆意狂欢，又抱怨屋顶太矮，然后继续向北划行。我们划过最后一片森林，来到了无树苔原，现在那个地方叫作努纳武特（Nunavut）。这是一个崭新的世界。我们看到了成群的北美驯鹿，而不再是残骸。我们还意外发现了因纽特人的坟墓。我们也抓了大鱼，然后在遍布石块的岸上煮熟。一周又一周，我们穿越湍流，翻过巨石地，在重生狂喜之时把独木舟扔进湖里。

我和迈克探索了一条属于我们自己的路。除了彼此，我们不必为其他人或事腾出空间和时间。我们俩都不再戴手表，太阳就是时钟。大部分时间里，我们饿了就吃。剩下的时间，累了就睡。我们差点把日历遗忘了。一看日期，我们决定掉头返回南方。从可能是渺无人烟的"月球表面"，回到幽微的人性和陌生的树林中。

"我想我是真的喜欢树林。"迈克说。

"我也是。"我附和道。

最后，我们回到了卡斯巴湖的小屋。这是几个星期以来，我们第一次与除了彼此之外的人交谈。陌生的面孔提醒着我们，宇宙比独木舟要大得多。我们在路上耽搁了一天，幸亏及时赶到，赶上了这个季度的最后一班飞机。可我没有觉得如释重负，犹如大雁南迁，我悲痛欲绝。没有冬歇，我感到遗憾，就好像在千钧一发之际走错了路。我度过了人生中最美好的六十天：独自一人，加上一个美好的伴侣，和他去了无人见过的地方，感受了一场只有在极端恐惧之下才能听到的、持续的、低沉的爆裂声。

　　电流涌过全身，但不是被闪电击中，因为我坠入了爱河——各种各样
的爱汇成的河。

| 第三章 |

两颗卫星

这次旅行改变了我。到最后，我不只是脱胎换骨，更像是以一名游客的身份闯入了原先的世界。旧日里保护我免受磕碰的老茧已然蜕去。交通堵塞、电话铃响、东拉西扯，那些过去只能算小磕绊的事，现在却如同梦魇。一丁点儿的空气污染都让我的肺隐隐作痛，但是待在密闭的空间中更让我无所适从。秋天的哈佛大学一派田园气息，层林尽染，草木红砖交相辉映。即使是高峰时段，剑桥的交通也没有洛杉矶那么堵。可我仍在重压下挣扎，仿佛天空就是那低垂的天花板。

我在研究生宿舍住了大约两个月，就逃去了马萨诸塞州的雪莉村。这是一个位于米德尔塞克斯县的古老村庄，信奉美国震颤派①。我在村庄找到了一个 19 世纪的马车房，虽然改建得不是很好，但对我来说已是天堂。马路对面是一片圣诞树农场，住着贝丝和威尔夫妇，我和他俩走得很近。这里还有一汪池塘，可以游泳，也可以静静地划船。下雪的时候，在家门口就可以越野滑雪，一玩就是几小时。旁边就是斯昆纳库克河

---

① 震颤派（Shakers），基督教新教派别。在宗教仪式中唱歌跳舞，从四肢颤动到全身摆动，以此与圣灵相通，因而得名。——译者注

（Squannacook River），每次我来都赶上倾盆大雨，河水总是湍流不息，十分壮观。

还没入冬，我和迈克就搬进来了。一切都是随性而为，我没有预料到他会加入我的独木舟之旅，也没有想到我们会同居，走一步算一步吧。从沃拉斯顿湖开车回来的路上，我决定豁出去拼一把，于是我伸手拽住他的胳膊问道："迈克，和我一起搬到波士顿吧？"渐渐地，泪水盈满眼眶，使他蓝宝石般的眼睛更添了一抹忧郁，但他没有回答。每次一考虑我们怎样才能在一个地方安稳地待上一段时间，他就选择逃避。

搬走后，我很想他，同时我也茅塞顿开：其实我只是希望有人陪我。于是我给他写信，给他打电话。一个月后的某天，迈克告诉我，多伦多的工作已经是过去时了。今夏的休憩恰到好处，足以证明公司没了他也没什么影响。他还说，他想搬回渥太华跟他母亲一起住，我对此很不理解。他已经 30 岁了，为何我们不试着一起生活呢？迈克也找不到理由反驳我，只能带着独木舟和小短裤搬到了雪莉村。不久，他寻得一个自由编辑的岗位，在马车房的灯光下翻阅着科学书和数学书。迈克的工作是纠错，而我回学校后的工作，便是冒险去制造错误。

◆ ◆

20 世纪 90 年代，天体物理学领域有了不少历史性发现。为了实现我们的远大理想，天文工具也在逐渐进步。我们借助性能更高的计算机和卫星观测手段，完成了十年前难以想象的大数据运算和种种操作。天文学里总有革故鼎新的事情可以做。

1995 年是我在哈佛求学的第二年，我有些摇摆不定，还在寻找一个具体的研究方向。那时，美国国家航空航天局正在制造新卫星，叫作威尔金森微波各向异性探测器（Wilkinson Microwave Anisotropy Probe，

WMAP）。这个探测器可以观测宇宙微波背景辐射，即来自最古老的大爆炸之光。我的导师迪米塔·萨瑟罗夫（Dimitar Sasselov）来自保加利亚，是一名年轻的天体物理学家。他希望我与他通力协作，找到属于自己的学术之路。事实证明他没有错，我们一起推测宇宙的起源，我也在宇宙古老的余晖中，首次觅得了自己的使命。

大爆炸 38 万年后，宇宙仍是一团炙热的白色烟雾，它不断膨胀，所到之处无不热浪翻腾。此时，温度太高，原子无法形成，质子和电子在烟雾中游走，速度极快，无处停歇。随后，宇宙继续膨胀，温度开始下降，最终降到可以实现质子和电子相并合的临界值，二者相遇形成第一批氢原子，后来构成了恒星的内核。

宇宙急速膨胀，部分电子无法在这片混沌中与质子结合，只能随机游荡。因此，我们所认为的"真空宇宙"也并非一无所有——它不仅有离群索居的电子，还有电子散射后可勘测的辐射能量（这样的辐射每隔一分钟左右就会出现光闪，宇航员每次想在飞船中休息时，都能看到，甚至闭上眼睛就能感觉到）。如今，这股残余的能量微乎其微，但宇宙各处的温度分布仍有一丝半缕的差别。在不久的将来，天文学家便可借助新探测器 WMAP 来绘制温度差异图，然后利用这个温度涨落追溯星系的形成。就像是纵火案的调查人员通过勘查烧灼图案推测火源，天文学家可以借助温度涨落来确定星系形成的时间和过程。宇宙的起源就冻结在这时空之中，等待我们发现。

20 世纪 60 年代，天体物理学家竭尽全力，计算出了电子的冷却和扩散概率，粗略推算出了星系的诞生时间。30 年后，我的工作就是利用现代计算机验证前人的工作。只有正确解读 WMAP 探测的温度，才能正确地使用它。我的任务就是进一步提高精确度。

我从零开始写代码，对比分析了 20 世纪 60 年代的估算值和今日的实际观测值，发现了极其微小的差别，即质子和电子真正合成氢原子的时间差。时间极短，几乎难以察觉。从本质上讲，最佳估计值和观测值之间的差异微乎其微。但考虑到我们所研究的宇宙尺度如此之大，再小的误差也会被无限放大，所谓"失之毫厘，差之千里"。在前人这座探索宇宙的里程碑上，我完成了一项四两拨千斤的修正工作。

或者更准确地说，科学总在自我修正，日新月异。我的工作没有使我成为奇才，也没有让我一夜成名。我只是一个来自哈佛的年轻人，做了一项极其重要但谈不上出人意料的修正。这件事让我更明白了该如何认知事物，除此之外，我的生活没有任何改变。所谓"不积跬步，无以至千里"，我们在漫长又稳定的积累中不断取得进步，当初我和迈克啃下了北部荒野这块硬骨头也是如此。

2010 年，WMAP 投入工作多年后终于完成了全天候扫描，让我们自 20 世纪 90 年代以来的辛勤工作结出了累累硕果。直到如今，我仍对已知的事实感到惊异不已。首先，宇宙的增长速率极快，这个时间裂缝只有上万亿分之一秒。因此，我们习惯叫它大爆炸，而非大爆炸理论。其次，宇宙至今已有 137.5 亿年，而且仍在膨胀与演化。我们在火焰中诞生，而它永不熄灭。

———— ◆ ◆ ◆ ————

虽然与迈克的同居生活让我有了慰藉，但我在哈佛校园里仍时感悲苦，那种异乎寻常的孤独感裹挟着我。每个大学院系都营造了它独特的归属感，但我知道，自己不属于任何地方。在本科期间，尽管教室更挤，强制性合作也很多，但我还是努力去适应了。毕竟我来自加拿大多伦多，至少在那里，舒适的家，还有把熟悉的公交车司机和同事看作朋友的"老一套"社交准则都能安慰我。而研究生生活让我如身陷囹圄一般，更难以从孤独感中抽身。我像生物学家观察一窝猿猴一样观察着我的同学。他们之间此呼彼应，可我不知道这种关系究竟是如何建立，以及何时建立的。

我也很难让自己打起精神去工作。没错，我一如既往地爱着点点繁星，它们本就遥不可及，然而天体物理学的研究，却让它们更加遥不可及。把光简化成算法，这些抽象、乏味的练习充斥着每天的生活。这就好比我因为爱乐高才决定专攻建筑学，结果却发现课上课下研究的都是建筑法规的变革一样。虽然这些学习有助于加深我对宇宙的理解，但我的日常工作却与我心中的梦想差得很远。

我有这种感觉并不奇怪。天体物理学光速发展，瞬息万变，三四五年后究竟哪个研究才有意义，大多数学生都无法预知。接受这一点一滴的进步是一回事；发现在整件事情的尺度之下，我们取得的成功显得如此渺小，则让我无论在哪个项目中都难以找到持续的成就感。入校第二年，我便认真考虑了退学事宜。

我曾幻想去兽医学院上学。相比探索理论上的宇宙极限，挽救生病受伤的动物似乎更切实可行：原本某个小动物奄奄一息，但得益于我的专业知识和对它的悉心照料，它重获新生。又或者，我可以再接再厉，尝试确定在"大爆炸"之后的一万亿分之一秒内，以及 137.5 亿年之后发生了什么。我打电话给父亲寻求宽慰。"哦，宝贝，"他说，"这种感觉对研究生来说很正常。"我的父亲本就是个机会主义者。"你知道，"他尽量让语气显得淡定自若，"要是你改主意了，想去医学院，我也会供着你。"虽说有些奇怪，但或许是想到他还要为我和我的教育重新投资，我确定：现在回头，为时已晚。既然选择了此路，便只顾风雨兼程吧。惯性果真是一股强大的力量。

另一股力量是运气，就像那一晚在蛇形丘火海逃生的运气。刚好在我完成宇宙早期演化的研究时，瑞士天文学家发现了人们公认的第一颗系外行星。

或许，天文学家可以创造的最伟大的发现就是"在宇宙发现新大陆，证明我们并不孤独"。几个世纪以来，人类一直在茫茫宇宙中寻找自己的影子，看看新地球上的人物与风景——这就是梦想。正因如此，巨大的飞马座51b（51 Pegasi b）在众多发现中脱颖而出。它是第一颗围绕类太阳恒星运转的系外行星，当时冥王星还在行星的行列。这一发现犹如在最大的门上撬开了一道裂缝。

发现飞马座51b的瑞士天文学家，并没有真正"看懂"他们宝贵的发现。当然，我们的理想是能亲眼见证宇宙中的其他生命。但是，即使是那些遥远天体的最优图像，看起来仍像是最早期的电子游戏。凝固在深浅不一的白色阴影中的一小团像素，可能就代表了整个星系。

因为距离遥远，以最快的速度驱车前往半人马座 α 星（南门二），即离太阳最近的恒星群，大概也需要5000万年，就算是当今最快的宇宙飞船也需要7万年左右。同样的宇宙飞船横跨银河系大约要17亿年。宇宙中有数千亿个星系，银河系只是其中之一。在它的边界之外，还有另一个星系，一个接着一个。宇宙是有边界的，但那已经接近我们所能想象的无边无际。

在能目睹事物之前，我们必须在代码中找到它——这是天文学家的另一种观察方式。我们可能无法看到一个特定的系外行星，即使外星球的城市灯光像蜘蛛网一样在它的表面延伸。但我们可以推测到太空中存在某物体，因为它对我们的数字产生了影响。这些瑞士天文领域的先驱目睹了飞马座51b对其他恒星的引力摄动，通过计算"径向速度"，一种基于多普勒频移的复杂算法，推断它一定在那里。这就如同我们找到了大脚怪的脚印，因此相信它们的存在。

径向速度就像那些声名狼藉的大脚石膏模型一样，给怀疑论者留下足够的空间来驳斥瑞士天文学家的说法。飞马座51b不合常理的轨道也面临同样的境遇——它的"一年"只有四个地球日。类似这样发现系外行星的报道早已遭到过揭穿。1963年，就职于宾夕法尼亚州斯沃斯莫尔学院（Swarthmore College）的荷兰天文学家彼得·范德坎普（Peter van de Kamp）宣布，他发现了一颗系外行星。像瑞士科学家一样，他通过观察 3.6 万亿英里外的巴纳德星（Barnard's Star），发现有明显的"牵引力"，从而推断出这颗行星的位置。数年后人们才知道，是因为范德坎普的望远镜及其照相底片发生了变化，才产生了"牵引力"造成恒星位置变化的假象。这一小小的错误，也可以被放大成一场严重的误算。

如今，关于飞马座 51b 的争议出现了两个对立的阵营，其实是三个。有些人接受了这个发现，包括我的导师迪米塔。他才 35 岁左右，刚到哈佛大学任教，还很年轻，可以坚持己见。但还有一个反对阵营，由一名叫大卫·布莱克（David Black）的激进派天文学家领导。这个阵营里的一些人认为，瑞士科学家发现的并不是一颗行星对宿主恒星的影响，而是新的恒星脉动——它没有受到摄动，而是像比太阳年龄更大的恒星一样，在膨胀和收缩。或者，正如布莱克相信的，他们只不过是看到了恒星之间的相互影响。飞马座 51b 可能是一颗褐矮星或是小恒星，而不是行星。不可知论者组成了第三阵营。瑞士天文学家可能找到了系外行星，也可能没有。飞马座 51b 遥不可及，所以并非大事，也不必在乎。

迪米塔建议我，既然我刚刚萌芽了探索未知的技能，不如将注意力放在系外行星上，研究它们存在的可能性。我喜欢这个想法。我将寻找一些有形的、独特且具象的东西，将我的空想转变成实实在在的天体物理学研究。世间再无其他比宇宙更加充满未知的存在了。而且，我又能失去什么呢？为什么不去做呢？

事实上，有很多原因可以解释为什么不去做。现在看来，1/4 个世纪过去，当时关于系外行星的争议都已难以记起、难以置信。逻辑推论必然存在。太阳不可能是唯一拥有行星的恒星。但证明它们存在的证据呢？暂不提其宜居性，单单是证明它们的存在，就跟它们的距离一样不可企及。事后看来，迪米塔让一个研究生去做这个研究，风险远超回报，着实闻所未闻。我俩是初生牛犊不怕虎，只知道一个劲儿地闯。

迪米塔把初步的计算代码交到我的手中，用来研究恒星之间的相互作用。一颗恒星如何加热另一颗？又是如何影响另一颗的大气？他想让我重写代码，用来研究恒星对邻近行星的影响。在那些轨道靠近宿主恒星、常受辐射的巨大行星上，不太可能发现和人相似的生命体。但是这些所谓的"热木星"（Hot Jupiter）依然值得我们去探索。我有预感，热木星蕴藏着丰富的信息，尤其是它们的大气层。或许，它们的天空能帮助我们了解，我们正注视着的是另一个金星、火星，还是另一个地球。

我要研究的是第一阵营的观点——既不是认为不存在系外行星的第二阵营，也不是对此问题心不在焉的第三阵营，虽然那时第二、第三阵营比较大。同时，我也要用一种让不可能变得更不可能的方式去研究。就像是想要发现大脚怪，但不是去找寻它或是它的足迹，而是去听它的呼吸声。当我们甚至发现不了这些系列行星本身，要研究那薄薄的外星大气层又从何谈起呢？一次会议上，另一所学校的学生悄悄走近我，问我是否想和他的导师谈谈。他的导师可以给我讲讲，为什么那个瑞士信号不可能是行星。我的母校哈佛大学，也有一位教授发出过类似的质疑：我们不可能探测到多少系外行星，更别提大气了。当时，我感觉大家都觉得我跌入了龙潭虎穴，都在全力拯救我。

偶然的是，生活在荒郊野外的那几个月，让我产生了驳斥这些批评的冲动，尽管我明白他们都出自好意。就像我稚嫩的肩膀渐渐变得强壮，我的注意力也越来越集中。探索宇宙的真实挑战如此引人入胜，我真的不在乎别人的看法。自从来到哈佛大学，就一直有这样或那样的怀疑把我往前推，有时我就算下定决心做事情，也获得不了满足感。我找不到任何和迈克约会的理由，后来我听到了我内心的声音，请求他带着船来波士顿。学习天体物理学这件事，我一直犹豫不决。现在我下定决心，要帮助人们理解那个全新的世界。"有志者事竟成"，我相信只要下定决心，我就一定会抵达目的地。

1999 年，我重新编写了计算代码。那时天文学家又发现了几十颗系外行星，都是借助于"恒星牵引法"。它们的特征都与飞马座 51b 相像，质量极大，轨道靠近宿主恒星（行星质量越大，离恒星越近，其引力效应越明显）。持怀疑态度的人还有很多，但反对他们想法的证据也开始增多，有些人竟对反方产生了浓厚的兴趣。就在这瞬息万变的科学思潮中，我准备答辩了。我认为，有一天我们会做的不只是找到系外行星，我们还要看到它们天空的光芒。

我在哈佛大学的菲利普斯礼堂定了一间报告厅，用来举办博士论文答辩报告会。报告厅有一百多个座位，位于主层和阳台之间，每个座位的墙上都摆满了书架。我会用投影仪展示我的科研工作。我和导师迪米塔最后一次把解说稿和提词卡完整地看了一遍。排练进行到一半时，我突然停下来，担心后排的人无法看到图像中的细节。

迪米塔笑着说："萨拉，不会有人坐在后面的。"

报告会的当天，我来得很早，做好了准备。一开始进来了几个人，然后越来越多的人接踵而至，一批又一批……房间很快就挤满了人，只留下了站着的地方。

系外行星是真实存在的。

————— ◆ ◆ —————

与此同时，我和迈克继续陪伴着彼此，度过纯粹的时光。我会去学校，迷失在茫茫宇宙和代码中。也会回家，回到船上，沉浸在文献的海洋中。迈克让我感觉踏实放松，给了我一生中最快乐的时光，那是长久的安宁。我们从来没有吵过架，每当我回想起那段时光，就会想起那份静谧。我们在那艘安安静静的独木舟上度过春夏，向北长途跋涉了好几趟，不管是旅途中还是在家里，我们都住在一起。做到这一点并不容易，因为在某种程度上，我们天性孤僻，但仍努力找寻一种琴瑟和鸣的节奏。工作日我们各忙各的，周末才一起玩。我们一起徒步旅行，一起越野滑雪，一起划船穿越了马萨诸塞州、新罕布什尔州和佛蒙特州。我们之间也会发生一些偶然事件，而且对这些事件想得越多越害怕。我们也会有小争吵，但从未因此分手。不到一年，我们真的扎了个营地。

我们先是收养了一只灰色条纹的虎斑猫，取名为米妮·梅，就是《绿山墙的安妮》（*Anne of Green Gables*）中安妮救治的那个生病女孩的名字（潜意识里，我继承了母亲喜欢用文学人物的名字给动物命名的习惯）。迈克一直对宠物很反感，因为他非常害怕黏人的东西。一想到这些，他的胸口就疼得要命。后来，我们一致认为，米妮·梅需要一个同伴。于是，我们又养了一只小猫，起名为莫莉，后来它变成了大肥猫。它成了迈克的跟屁虫，不管迈克在哪儿干活，它都要蜷缩在他身边。后来，又来了一只野猫，我们称它为塞西莉亚，但它一直不亲近人。

塞西莉亚鬼魅般的本性让我很吃惊。我总觉得自己和动物有某种关联，因为相比人类，我更容易读懂它们。它们对身体和情感的需求通常都有限，我知道该如何满足它们。就算我说错话，动物也不会困惑，不会生气。它们的记忆力像鱼一样，只有三秒。它们做不了判断，也不会分辨不同事物之间的不同弱点。它们不会占用我的精力和注意力，却总把它们自己最珍贵的东西奉献给我。动物眼中只有爱，永远都会原谅主人。

家里再多一只狗，似乎是顺理成章的事。不久，我和迈克就来到宠物领养所，收养了一条拉布拉多杂交犬，至少那时候我们以为它是。我们给它起名叫基拉 ①。其实是迈克起的名，取自美国作家安·兰德（Ayn Rand）笔下一个勇敢的主人公。结果基拉长成了狼犬和比特犬的杂交犬。它十分壮实，性格无拘无束，额头高高鼓起一块，好像哥特式建筑上的飞扶壁，

① 安·兰德的自传体小说《我们活着的人》中的主人公。——编者注

支撑着它巨大的下颌。迈克有点犹豫要不要继续喂养它，但我觉得它很漂亮。后来，迈克也看到了我眼中的它。他带着基拉上独木舟，把它当成最好的压舱物。

我觉得我和迈克是两个不同的天体，被宇宙中无形的力量联结在一起。我们就像火星的两颗卫星：火卫一（Phobos）和火卫二（Deimos），虽然沿着各自不同的轨道运行，但运行方式又很奇特。就像阿瑞斯（Ares）和阿芙罗狄忒（Aphrodite）的双胞胎儿子，着实令人满意。这两颗卫星都相对较小，一直隐藏在我们的视线之外。直到1877年，美国天文学家阿萨夫·霍尔（Asaph Hall）才发现了它们。霍尔在给它们取名时心中肯定没有温暖的梦，这两个名字，一个代表惊骇，一个代表恐怖，但这内在的确是一套包罗万象的逻辑。不像我和迈克给宠物起名，都出自安·兰德笔下和《绿山墙的安妮》一书中的角色。

至少，我们都喜欢阅读。迈克是一个自由意志主义者，信奉个人至上；而我信仰宇宙至高无上。迈克对哲学和历史穷思极想，他会花一整天的时间阅读已故总统的传记，而我只会在睡觉前看个一两页。对我来说，哲学太抽象，令人感到不知所云。对迈克来说，我的工作也是如此。因为在他眼里，粒子物理学是巫术，高等数学是魔术。不过他是个编辑，就算不理解我文章里哪句话的意思，也能帮我正确地修正语法和结构上的错误。

另一个共同点就是，我们都很专注。我们是两台分析器，不接受简单的答案，会提出不同的问题。两个大脑看似是相同的机器，实际上却为不同的目的编写了出厂设置。

很快，我就要离开哈佛了，我们必须决定接下来要做什么。在我看来，我们面临了两个选择：要么结婚，要么分手。我给了迈克半年的时间来决定。半年一到，迈克却依旧踌躇不定。我提醒他，人海茫茫，我们找到彼此花了多长时间，到哪儿再去找像我们一样合拍的另一半呢？我问他："要跟我一起生活，还是孤独终老？"他站在马车房的灯光下，选择了我。我喜出望外，欢欣雀跃。

1998年秋，我和迈克在多伦多大学结了婚。我不想要传统的婚礼，因为我从不相信爱情需要观众，不相信只有公开爱情才显得真实，但是我的家人不这么想。婚礼选在校园里一座美丽的哥特式建筑——哈特之家（Hart House）举行，我和迈克站在一小群观礼人面前。那天他的眼神令我永世难忘：饱含爱意、充满希望并裹着骄傲，那是只有新郎看新娘时才有的眼神。仪式结束后，我们转身走过廊道，携手同行。所有人都站了起来，热烈的掌声此起彼伏，令我感到诧异。家人和朋友看到我们通往幸福的彼岸。婚礼的牧师将我俩比作河流，而不是月亮①：两条自始至终都平行的河流，最终不可避免地交汇。我觉得我俩更像是一对孪生卫星：在法律和我们所爱人的眼中，我俩是整体。而在我俩的心中，我们是两个独立的个体。

但不知何故，独立的个体合成了整体。

◆·◆·◆

哈佛大学的最后时光，也是博士论文答辩前不久，新泽西州普林斯顿大学的高等研究院（Institute for Advanced Studies）邀请我作报告。"二战"后，它作为阿尔伯特·爱因斯坦的学术圣地颇负盛名。我刚到的时候，吓了一跳。高等研究院似乎是修道士的聚集地，草地上、高树下，他们围着圈子聚会。我在一间雅致的卧室里落脚，房间位于一栋公寓的角落。四面白墙，寂静得有些瘆人。但对我来说，这是一个思考宇宙的好地方。

---

① 此处月亮应延伸理解为围绕行星运动的卫星。——译者注

主办方的约翰·巴考（John Bahcall）[1]接见了我，他是研究院天体物理学组的"老板"。当时他已是学界的传奇人物，但言谈举止却谦和不已。圆圆的眼镜显得整张脸和蔼可亲，灰白的银卷发紧紧地贴在头上。看到他，我就想到了法师。而在某种程度上，他就是位法师。20世纪60年代，大多数美国人还在关注月球的时候，约翰就痴迷于太阳物理，下定决心去回答一些关于恒星的基本问题。他想知道太阳为什么会发光。后来，他成为让哈勃空间望远镜问世的至关重要的两人之一，银河系的标准模型命名为"巴考－索内拉星系模型"（Bahcall-Soneira Galaxy Model），其中有一半是他的名字。他问我从公寓到报告厅的路好不好走，如慈父一般。"假如你是我女儿，"他说，"我肯定希望从这去报告厅的路程不要太远。"

我对系外行星的研究，就像这个领域本身一样，仍处于起步阶段。因此，我决定换个报告内容，谈谈我对大爆炸后原子事件发生时间的研究成果。报告会在图书馆里举行，在等待听众到来时，我嗅到了书架的气味，从地板到天花板弥漫开来。博士后和难得一见的名师大家陆续即席。我绾起长发，盘到脑后，不让它们分我的心。不久，约翰来了，跟着是宇宙学领域的大牛吉姆·皮布尔斯（Jim Peebles）。如今，吉姆已是普林斯顿大学阿尔伯特·爱因斯坦科学荣誉教授，也是诺贝尔物理学奖获得者，他还碰巧做了我修正过的原始计算。

我开始演讲，再次用投影仪来展示科研成果。没说多久，就有人突然打断问道："你的氢原子模型中，使用了多少电子能？"答案就在我的下一张幻灯片上。

"三百。"我答道。

紧接着，另一只手举了起来，问："你的计算中包括氦吗？"

再一次，我切到了下一张幻灯片，答案就在其中。"是的，包括氦原

---

① 美国天体物理学家，太阳中微子之父，曾获富兰克林奖章（Benjamin Franklin Medal）、丹·大卫奖（Dan David Prize）等荣誉。——译者注

子和电离的氦。"

几张幻灯片之后,又来了一个问题:"电子和质子的重组进程比预测的要快的具体原因是什么?"自此我了解到,这就是这个学院的风格:没人能顺顺利利地讲完一件事,中间总要接受各种挑战。还是这么巧,我的回答就在下一张幻灯片上。听众笑了,我也笑了。我望向吉姆·皮布尔斯,他点了点头,是对我工作的认同。

第二天,约翰开车送我去火车站。我刚钻进车里关上门,他就转向我。"萨拉,"他说,"我想请你来学校工作。"

我往窗外瞟了不到万亿分之一秒,就带着最灿烂的笑容,转头对约翰说:"我很乐意。"

多年以后,约翰开玩笑说,倏忽之间一切皆已发生,还取笑我没有事先和迈克谈一谈。我本该如此,但是这个学院就像是我的家,在我们这个广阔而充满挑战的领域中,导师尤为重要。最好的导师不仅教你朝哪里看,更重要的是教你怎么看。和约翰一起去探索宇宙,这种感觉就像是让我站在伽利略的肩膀上。

约翰告诉我,精神痴狂和科学事实的分界线永远在移动。以前的不可能变成了现在公认的真理,这说明不能对天体物理学家的工作当下立判,这些工作应经得起推敲,从长计议。直到今天,对于发现系外行星的未来,我都不知道约翰对此怀揣多大的信心。我们的研究兴趣没有太多共同点,他也从未告诉我他认为可能性有多大。他已经习惯对物理学的发展、对人类的极限保持谦卑。

也许,作为一个年轻的科学家,你会有一个想法,尽管它有坚实的物理学基础,却又无法证明。或许它在直觉上说得通,但有些理论,尤甚是最具革命性的那部分,却与实验数据相斥。这时,约翰告诉我们不必畏缩。未来必然会有更精密的仪器,未来的科学家会受到你之前直觉的启迪,利用这些仪器取得重大突破。这样一来,你现阶段的工作仍是有意义的。这一周、这个月甚至这一整年你做了什么，对未来的科学家来说可能都是九牛一毛，但重要的是这是你一生的总价值。

是什么让我们敢想敢干？我越发觉得，是我所做的每一个决定造就了我现在的生活。一种罕见的笃定感油然而生，我在一个命中注定应该在的地方，和命中注定应该一起共事的人，做着命中注定应该做的事。我花了很长时间才找到属于自己的那条路，但这是第一次，我没有迷茫、没有孤独。我不再是一个游离的电子，我遇到质子，成了原子。

| 第四章 |

凌星法

高等研究院是爱因斯坦的乐土，于我而言，更像是事业起航地，这里每片草叶里都埋藏着燃起希望的种子。1999年，我坐在参天大树下，望眼欲穿，神往银河尽头，静思前路。

我入职研究院后不久，美国国家航空航天局（NASA）就赞助了一个项目——寻找第一颗系外类地行星。当时，利用径向速度法，科学家已经发现了40余颗系外行星。因为只能感知它们的存在，无法真切看到，所以天文学家仍处于探测瓶颈。而且，这些系外行星体积太大、温度太高，生命根本无法生存。NASA设定了更高的标准：想找到一颗体积合适的岩质行星，围绕着类太阳恒星运转，它要处于"宜居带"①，这里既不会太热，也不会太冷，可以维持生命。

NASA也想获得存在生命的证据。

虽然这个任务几乎不可能完成，但多年来，NASA仍扶持了数不胜数的项目，可是它们均未攻克寻找外星生命的难题。现在，他们打算重整旗

①宜居带（Habitable Zone）：距离一颗恒星的一定范围内，作为生命不可缺少的环境条件，液态水可以稳定存在，更有可能存在生命。——译者注

鼓，组织的新项目名为"类地行星搜索者"。共有四个团队加入这个项目，普林斯顿大学的团队就是其中之一，我也受邀参与其中。这个项目让我惊叹不已！原来，能够找到另一个地球的信念正蓬勃发展，至少在我们这个圈子里是如此。事实上，如果能找到类地行星，我们会激动万分。而工程师会更追求细节，每个仪器设计来做什么都要弄得清清楚楚。我们会跟自己的工程师说，我们要找到另一个地球：一个绝美的地球复制品，丝毫不差的孪生兄弟。我们要找到另一个我们。

从我和父亲用望远镜看星空的那一夜起，我就想知道，那里还有什么、还有谁。我一直有种直觉，我们并非宇宙中唯一的生命之光，也不是唯一有万家灯火的乐园。怎么会只有我们呢？我们不可能那般特殊。如今，在我的职业生涯刚刚起步之时，第一次有人要求把猜想变为现实——我们需要确切地知道是否存在其他"地球"，这样就可以指着天球图，说："就是那一个，就在那儿。"这就是我们的目标。

我们不允许出现"不"这个字眼。戴维·斯佩格（David Spergel）[1]是团队的地方委员会负责人，我们每周都在佩顿大楼[2]会谈。思想的碰撞如通电一般，从一个梦想家传到下一个，每一个新的想法都像是光芒，把屋子照得更加亮堂。有一瞬间我们坚信，我们预算充足，风华正茂，未来可期。

距离问题是个永恒的挑战。此外，我们还必须校准极其微弱的星光。从本质上讲，天体物理学是一门研究光的专业。因为看到熠熠星光，我们才知道天空中有其他恒星。但是光不只能照射，它也会产生污染，甚至模糊视线。系外行星反射的微光淹没在宿主恒星的光芒中，而这光芒在太阳光面前更是黯然无色。为了探寻另一颗地球，就必须让仪器探测到宇宙中

---

[1] 戴维·斯佩格：1961年出生，1985年获美国哈佛大学天文学博士学位，现任美国普林斯顿大学天体物理科学系主任，美国科学院院士，2010年获邵逸夫天文学奖。——译者注

[2] 普林斯顿大学佩顿大楼，专为数学系、物理系和天体物理学科而建。——译者注

最暗淡的光。

我们从一个简单的问题出发：假如外星人也在观察遥远的系外行星，那在他们的"类地行星搜索者"的视野中，地球会是什么样呢？我们都知道地球的亮度并非定值。陆地反射光，海洋吸收光。所以，如果你是外星人，碰巧看到了地球，而且刚好正对着北美大陆，那么此时你看到的光会比晚一些的时候更亮，因为那时太平洋的视野会变暗。或许我们可以利用这条光变曲线，推断遥远行星上是否存在海洋，也就是水。这也可以佐证那颗行星上可能存在生命。也许，海洋是宇宙中见证生命最大的窗口。

鉴于恒星和行星之间的亮度差距悬殊，比如太阳比地球要亮百亿倍之多，我们的核心挑战就是找出一种新方法，来掩藏宿主恒星的光。从这个角度来看，我们团队最实际的成就应归功于戴维，他设计出了一种全新的仪器，可以把恒星的光过滤掉。

"日冕仪"[①]（Coronagraph）是我喜欢的一个名词。这是一个笼统的术语，代指望远镜内任何一种吸光装置。首个日冕仪问世于 20 世纪 20 年代，由法国天文学家先驱贝尔纳·费迪南·李奥（Bernard Ferdinand Lyot）发明。当时，他正在研究太阳，往望远镜里装了两个圆形的小挡光片，制造了一次人工日食。这种方法十分适用于太阳观测。但是，如同石子入水会产生同心波纹，光波在李奥放置的一对内部遮蔽物边缘辐射。这些稀薄的光晕会让遥远系外行星的观测变得模糊。戴维猜想，或许猫眼的形状可以把同样的光波涟漪推得更远，团队中的其他人佐证了这个猜想。我们设计的日冕仪，虽然没有制造出全黑的场景，但是已经很暗很暗了。

然而，建造一个新日冕仪并置入新望远镜，可能需要几十年。"类地行星搜索者"项目仍是纸上谈兵，我想要更直接的回馈。受我们小组部分工作的启发，我的思绪漫游到已发现的 40 多个系外行星上。就算它们不是生

---

① 日冕仪是一种特殊的望远镜，其透镜上安装的金属圆盘切断了来自光球的光线，拍下日冕的照片，在太空或空气稀薄的高山使用。——译者注

命的避风港，也许可以提供一丝线索，揭开系外生命之谜。在知道自己究竟要找寻何物的情况下，想出一种看问题的新方式，会变得容易得多。

理论上，除了径向速度外，还有一种方法可用来研究系外行星。至少在目前，如果天文学家不能攻克恒星亮度的难题，不妨让它为我们所用。发生凌星现象的天体有时会排成一列，但也不总是这样，只是偶尔会出现。幸运的话，一颗行星有可能从地球和它的宿主恒星之间经过。据推测，这种影响类似于小型日食。天狗食日时，月亮显得巨大无比。后来，这种技术被称为"行星凌星法"①（Transit），同样适用于系外行星。我们不观测它们本身发出的光，取而代之以观测它们遮挡的星光。没有什么比黑斑更显眼了。

对我来说，凌星技术意义重大。它与径向速度法相辅相成，可以透露系外行星的更多特征。你可以从物体的影子中收获良多。少数敢于开拓、敢于冒险的天文学家挑选出最受欢迎的几十颗恒星候选体，大家认为这些候选体当中至少有一颗行星，于是纷纷开始观测，期待可以发现一次凌星。我同大卫·邓拉普天文台的硕士导师通话，看看我们能不能也试一试。尽管望远镜的相机对这类工作来说不够灵敏，但热木星能让宿主恒星的光度改变 1% 左右。这样的话，当前的设备已经绰绰有余。计算发现，每颗可疑的短周期行星都有 10% 的概率从宿主恒星前经过。从概率上来说，它们并非最佳选择，但也不是毫无用途。每天清晨醒来，我都想知道是否有人在前一天夜里发现了一次行星凌星事件。我内心洋溢着某种感觉：世界可能因为一封电邮或者一通电话而改变。

事态瞬息万变，我差点与其失之交臂。那年 11 月，我打算好好过个周末。工作快把我压垮了，我沉浸在这项可能出现的发现中，难以自拔。我牵着基拉在校园中漫步，树叶凋零，气候转凉，我试着深呼吸，比往常

---

① 行星凌星法：凌星期间，恒星的亮度因前方行星遮掩而减弱，并且这种亮度减弱现象的出现是周期性的，由此便可探知恒星周围有行星存在。——译者注

吸入了更多空气，感觉肩膀上的肌肉开始放松。

周日晚上，我打开邮箱查看。有一封邮件，发件人是一个叫戴夫·沙博诺（Dave Charbonneau）的学生。我认识他，他是我在多伦多大学念书时的师弟，如今正在哈佛大学读研究生。从那封信的开头就能看出来，他情绪不高。

他提到，早在 9 月，他测试了导师在科罗拉多州的微型望远镜，同时收集了数据。最终目标是实现一次性大视场巡星，提高团队发现凌星行星的可能性。出于某种原因，直到 11 月，他查看了从测试恒星中挑选出来的数据，这才发现：他早就观测到了第一次凌星。这是颗已知行星的凌星——HD 209458b，一颗热木星。这绝对是个好消息，它抹去了对系外行星存在的最后一丝怀疑。

然而，就在同一时间，杰夫·马西（Geoff Marcy）和格雷格·亨利（Greg Henry），两位卓有成就的天文学家，在同一颗恒星上发现了同一个黑斑。马西在业内颇负盛名，最早发现的 100 颗系外行星中，他和研究伙伴的成果占了七成。马西、亨利及其团队是在当季晚些时候观测到的这颗恒星，那时它已经处于下沉阶段，所以他们只看到了偏食。相反，戴夫却看到了一幅完美的全食。我不知道接下来究竟发生了什么。但是，戴夫的导师可能是向马西说了一些戴夫的发现。马西没有等着数据做自己的后续研究，而是利用戴夫导师和他的谈话去证实了他们团队的发现。不到一周，他们就发布了一篇新闻稿：我们发现了第一颗凌星的行星，而戴夫·沙博诺只能排在后面。

先驱可能会很无情。我写信给戴夫："你是个了不起的科学家，时间会证明一切。"然后，我告诉他去遵从内心所想，他应该继续发表自己的发现成果，不论竞争对手做了什么。那篇论文最终会比新闻稿更重要。"时间会给出真相。"我写道。

比那更猝不及防的真相是：比赛完了一程，又来一程。那天我牵着狗在校园闲逛的时光，竟成了几周以来的最后一次放松。我一直在反复思考一个想法，真正原创的想法，凌星法的成功让它更加迫在眉睫。我都快疯了！对于很多科学来说，尤其是先驱型的科学，直觉异常重要。你会惊讶地发现，许多重大进展都始于一种预感。我的想法是否奏效，无从证明，但我对此深信不疑。

我已经意识到，比起行星凌星形成的暗影，凌星法可能有助于揭示更多的秘密。就在偏食的一瞬间，被系外行星遮挡的同一束星光将穿过行星大气层。那束星光会到达地球，但它不走寻常路，而是像水穿过屏障，抑或是手电筒的光穿过迷雾一般，被过滤掉一层。

从远处看彩虹，众多色彩浑然一体。离得更近一些，使用摄谱仪观察，就可以看到颜色间的缝隙，在每个波长上的微小断裂，像牙缝一样。太阳大气和地球大气阻断了阳光传播，如同电线在无线电传输中造成静电扰动。特定气体间会以某种形式相互作用：一种气体也许会在靛蓝中啃下一角，而另一种气体更喜欢黄色或蓝色。

那为什么不能用摄谱仪来观察系外行星大气层的星光呢？这样就可以确定系外行星周围的气体种类。我们已经知道，很多特征气体只存在于有生命的地方，我们称之为"生物特征气体"：如氧气、甲烷等。也许找到"大脚怪"的方法就是感知他的呼吸。我们可以从已知的热木星开始，探测它们的大气层会更容易些，就像臭鼬喷出的气体一样，大气层中的钠、钾等微量元素将会在不那么强大的原子群中脱颖而出。

我把这个想法藏匿心底，因为我知道这是个绝妙的点子。我是第一个用凌星法来研究行星大气的人，史无前例。我也知道，有人会窃取我的想法。迪米塔·萨瑟罗夫是我之前的博士生导师，我只把这个想法告诉了他。他主动提出帮我把它变得更有实操性。认真打磨了种种细节之后，我发表了一篇论文，重点推出这项新技术。我和迪米塔老师称之为"凌星透射光谱"，用来反映出彩虹中的缝隙。

这篇论文备受瞩目。NASA 接受了使用哈勃望远镜的提议；论文发表后的几个月内，一个团队引用我的研究成果，由此获得了使用哈勃望远镜的权利，去做基于热木星凌星研究星光的课题。但我很生气他们没有选我进入该项目团队，而是选择了一位年长的男性科学家。

不到两年，他们的工作揭示了第一个系外行星大气层的秘密。它虽然没有环绕着另一个地球，但我的假设还是行得通的，我们第一次看到了系外行星的天空。消息宣布的那一天，我百感交集。虽然我的理论大获全胜，我为这场"聚会"付出努力，但是我没有受邀，我对此倍感失望。

直到周二下午一点，相关消息才向公众发布。我告诉约翰·巴考，我准备在下午 1:01 开始讨论此事。每周二都会有一场正式的午餐，叫作"周二午餐会"（真是富有想象力）。约翰就坐在一张马蹄形桌的前面，周围坐满了普林斯顿大学最杰出的学者。能加入他们，我很自豪。约翰有个习惯，就是会用碰杯的方式打断无聊的演讲，这让我的同事惶恐不安，但我不会有这种感觉。因为只有细致、高质量的工作才能令他信服，而我所完成的工作具备所有这些特点。我站了起来，解释别人如何对待我所做的工作，一连串的想法环环相扣，从台灯讲到宇宙最深处。这样的想法让我激动得喘不上气。这次发言穿过了漫漫光年，却根本没有花费多少时间。

约翰骄傲地露出笑容，对我赞许有加，令我如沐春风。但是，他并没有满足于此。"下一步呢？"他问道。

我开始醒悟，我的余生，每天都会扪心自问："下一步呢？"

生命不仅需要特定的气体，还需要特定的固体。生命要立足于岩石之上。我认为，系外行星凌星在其他方面可能还有价值。径向速度给我们提供了系外行星的质量。通过观察这颗正在凌星的系外行星，测量遮挡了宿主恒星的多大部分，可以确定它的大小。高中物理知识教给我们，质量除以体积得到密度，给定系外行星的密度，就可以搞清楚它的内部物质成分：密度大的话，就意味着很可能有岩石。我们离发现小型岩质行星还远着呢，但比起靠"类地行星搜索者"，这种方法可以更快地找到它们。如果天文学家能找到一颗岩质行星，并且找到生物特征气体，我们应该就能发现其他生命。

我把注意力转向凌星法，开辟了这场探索的旅程。确认已经发现的系外行星究竟存在与否，我对此无太大兴趣。我想做得更好，我想要发现新世界在新恒星面前掠过。

和每次太空探索一样，凌星法也很复杂。天体往往不是排成一排的。我们想要看到行星经过宿主恒星时留下最微小的痕迹，就如同在望不到头的地平线上看一个小点。同时，我们需要反复查看这些痕迹，总结经验，它们应该像天体轨道一样有规律可循。想完成这件事，就需要对同一颗恒星进行长时间的观测。如果外星人用同样的技术来寻找我们，他们需要花费一年①才能确认地球是行星（如果第一次就失之交臂，确认时限就会达到两年）。据我的希冀而言，更重要的问题是：即使我们能训练一台照相机去记录一颗系外行星凌星，我们能看到什么？我能看到类似于月食中的月球，看到它的轮廓，但看不到它的地表。我们能看到黑色，可我想要看到的是天空中熟悉的蓝色印迹。我想要看到那片海洋，蒸腾而上，形成云层。

_____
① 地球的公转周期。

幸运的是，身在研究院，追随爱因斯坦的脚步，我觉得自己可以创造奇迹。我也可以在这样一个地方，交到一个知心朋友，而这并非巧合。我依然很难适应社交场合。有一次，我穿着得体地去参加工作活动。我兴奋地告诉迈克："我可以当个普通人了！"他笑着答道："是啊，只要你不开口说话。"尽管我总是和许多志同道合的同事在一起，但我有时会把事情看得太通透、太露骨，所以又会改变主意。一旦改变，就会从一个极端转向另一个极端。我的世界非黑即白，很少出现灰色地带。

加布丽埃勒也是这样的人。她是一位金发碧眼的墨西哥天文学家，正在做博士后研究，常常往返于普林斯顿大学和智利的天文研究院。我们视对方为知己，我们都很年轻，胸怀大志，都想加入发现者的队伍中。加布丽埃勒还可以申请使用智利的地面望远镜，令我羡慕不已。于我而言，这就像发现迷恋的人恰好家财万贯。当时，研究院的办公室正在装修，我和加布丽埃勒挤在一辆纯白拖车里，停在院子的一角。和她共度的时光，如同和迈克一起：我们是一对遥远的天体。

加布丽埃勒的数学能力极强。可以说，数学融入了她的血液，流淌全身，注入了灵魂，比音乐更自然、更贴合。她有一种不可思议的能力，能设计出简单又可扩展的算法，而且她能够使用望远镜，这意味着她还可以继续收集新数据来完善算法，而我则很擅长用我高效的计算机代码解读这些数字。加布丽埃勒就像是座图书馆，而我是读者。

我们设定了一个野心勃勃的目标：利用凌星法找到第一颗从未被发现过的系外行星。我们一同分享只有探险家才有的期待，那种几乎是孩子般的喜悦充斥着每一次冒险，就像其他天文学家总想证明哪个观点是他们提出的一样，我们认为最佳选择是：使用带有广角摄像机的望远镜。这样一来，就能一次性监测成千上万颗恒星了。这种感觉就好像买了很多张福利彩票，期待着中奖。我和加布丽埃勒也知道，现在还找不到地球大小的系外行星。但如果能发现一颗新的热木星，质量大、轨道短，在各种意义上都是巨大的突破。

我和加布丽埃勒下班后也一起出去玩。迈克也喜欢她，我们仨常在一起吃饭。后来，我们再次走上漫长的北极独木舟之旅时，她甚至帮我们照顾宠物。随着时间的推移，我和加布丽埃勒组成了一个成功的团队。她飞到智利的望远镜台站，把装满天文数据的磁带寄给了我。我基于她惊人的算法重新编写代码运行数据。我们隐隐感觉到自己将要爬上伟大之巅。

有那么一刻，我和加布丽埃勒以为我们发现了一颗新行星，这使我们肾上腺素急速分泌，神经紧绷。全世界的天文学家都想击垮我们，我们也想打败他们。但是一旦你的工作被人证伪，那么事业也会付诸东流。我们仔细看了数据，实事求是，有些地方确实不太对。经过三个星期的数据排查，加布丽埃勒从智利飞回了家。我们相约研究所，坐在她的办公室，解决我们的困境。天色早已暗沉，刺眼的荧光灯反射在樱桃色的桌面上，我们一边潦草地写着，一边忙着做代数题。周围堆着写满方程式的纸，有的已经掉在地上，我们也顾不上。混沌中，我们确实看到了凌星的天体。但是形状又不吻合，这些数字加起来也不对。我俩面面相觑，哭笑不得。

与此同时，我们意识到：我们尚未发现一颗行星。我们发现了一堆奇怪的恒星，现在天文学家称之为"混合星"（Blend）。一颗恒星从另一颗恒星面前经过，但是附近的第三颗恒星提供了充足的光，恰好弥补了掩食时的亮度亏损。这个现象让恒星看起来只有行星那么大。我们唯一的胜利，就是没有公开有待商榷的研究。

我和加布丽埃勒从未成功过。共同探索的过程中，她常常回答一位比她年长又有名的天文学家提出的问题。加布丽埃勒认为他只是好奇，对我们的进展感兴趣，对我们的方法印象深刻。那年暮夏，我们才发现原来他是竞争对手。不过，虽然加布丽埃勒对他和盘托出，他也没有盗取我们的秘密。但我对加布丽埃勒的做法和当时的情况感到很挫败，就算那个教授没有欺骗我们，他也可能会成功。"时间会给出真相。"加布丽埃勒深受打击。我以为她会振作、加倍努力，用只有我俩才有的激情和动力继续前行。可是，她丧失了对项目的兴趣，再也没有恢复，好像对我也失去了兴趣。我很失望，感觉自己被她抛弃了。

2002 年秋，那位老教授的团队发布了一份凌星行星的候选体名单，其中包括一颗以前不为人知的行星，OGLE-TR-56 b，位于人马座。另一个团队利用径向速度法证实了此次发现，赢得了第一名的荣誉。我哭了整整两天。父亲来看我，带我去纽约玩了一个下午。我们在拥挤的街道上行走，我向他倾诉我的沮丧。他给我买了一些摄影器材，似乎是要通过这个方式告诉我，还有数百万的恒星要看呢。

接着，我去西雅图参加一个会议，我和迈克抓住机会去温哥华岛远足。他不明白为什么以如此深奥的方式成为第一个做什么事的人这么重要。他无法理解我的悲伤，这着实令我抓狂，不过他也让我换了个看问题的视角。科研工作既有高潮也有低谷，但迈克总会在那里等我，现实世界不会那样颠簸。我看着一只秃鹰飞过眼前的峡谷，心想，一切都会好起来的。

在寻找第一颗凌星的系外行星的竞争中，我和加布丽埃勒险些酿成的灾难带来了另一种成就。描述星光变暗的方程式还有另一种奥秘：它们可以用来计算一颗拥有行星的恒星的密度，有助于我们消除误报，比如三颗恒星构成的"混合星"带来的"恶作剧"。那一晚，我们熬到深夜，想要弄清真相。我们如何用自己犯下的错误，帮别人证明他们是正确的呢？一边坐在加布丽埃勒身边撰写着即将发表的文章，一边凝视着我们破碎的合作关系，对我来说并非易事。但我们依然可以彼此共度一些时光。我们发表了那次失之交臂的论文，这也是我引用率最高的论文之一。它是我得到的安慰奖，也是我们之间的友谊的终结。

| 第五章 |

向死而生

　　我想要孩子。虽然才 30 岁出头，但我已经开始折腾这件事了。一个致力于寻找另一个地球上的生命的人，却不给自己的家园带来新生命，这也太欺世盗名了。但现在，它已不单单是完善自我的一份意愿，一种试炼，更是一种需求。我能感受到，我的身体迫切需要一个孩子。

　　迈克却没有这种感觉。"宠物是一回事，"他淡淡地说，"孩子是另一回事。"（亏他观察能力强，区分得如此细致。）我看不出有多少回旋的余地。婚前，我们就讨论过孩子的问题，原则上达成了一致。但是，实施起来却总是另一番景象。是时候让他做出决定了，决定他到底想要什么样的生活。

　　2002 年年末，我和约翰在普林斯顿共事已有三年，首都华盛顿的卡内基研究所给我提供了一个高级研究员的职位。该研究所由安德鲁·卡内基于 1902 年创立，是科学家的避风港，提供了充足的资源来实现他们的壮志雄心。著名的天文学家薇拉·鲁宾①（Vera Rubin）退休后，研究所空出了一个岗位。我问约翰我是否应该去。约翰的任务就是帮助他的博士后在其他单位找到固定岗位，我们总有一天会离开普林斯顿的。他知道，这感觉就像父母知道孩子总有一天会离开他们。尽管如此，还是难舍难分。我知道约翰不想失去我，但他也不想耽误我。

"去吧，薇拉做得也不错。"约翰说道。就这样，他以自己的方式给我送上最后的祝福。我踏上了路。

开始新工作前，我必须获得一张绿卡。办绿卡的时候，我又不能离开美国，所以那年夏天，我和迈克不能像往年一样，划着独木舟，一路向北。取而代之，我们去大峡谷漂流，那是我见过的最湍急的河流。我的独木舟掉进了低洼处，水流快得我看不清船边搅动的波纹，河水的威力吞没了我，将我逼退到相对安全的救生筏上。熔岩瀑布甚至让导游都犯了难，他自己的皮艇也翻了。没想到迈克划着一叶扁舟征服了它。他技术娴熟，划船的动作完美无瑕，岸上的陌生人都连连喝彩。

我和迈克搬到华盛顿不久后，我就怀孕了。我喜出望外，反反复复地梦见一个女孩儿，红发碧眼，简直就是迈克的缩小版。我没有想过自己更喜欢儿子还是女儿，但梦境却栩栩如生，就像很久以前在蛇形丘求生时的梦境一样，我坚信我们会生个女儿。迈克也渐渐开始信以为真，想给她取名叫基拉。他一定很喜欢那本书，不然不会给家里的狗和孩子取相同的名字。这样的话，我们就得给我们忠诚的独木舟伙伴斑纹狗换个名字了，叫"突突"（Tuktu）。这是因纽特人对驯鹿的称呼。然后，我们就静静地等待着新生儿基拉降临，祈祷她比之前的狗狗基拉长得好看。

没想到生出来的是马克斯。

① 薇拉·鲁宾（1928年7月23日—2016年12月25日），美国天文学家，是研究星系自转速率的先驱。其知名工作是发现了实际观测的星系转速与理论有所差别。——译者注

我在手术台上挣扎了 30 个小时，心力交瘁，但还清楚地记得迈克第一次抱住马克斯的情景。马克斯的阿普加^①评分为满分，十全十美。浓密的头发泛着金黄色，像刚刚在理发店修剪过一样。清澈的眼睛透着天蓝色，完全遗传了迈克，里面藏着我的梦。父子目光交会，看起来如出一辙。父子俩脸上的表情说不上高兴，不是伤心，也没有害怕，更不像爱情。倒不如说是诧异吧，见到彼此，惊叹不已。

两年后，亚历克斯出生。他的中间名是奥莱恩（Orion），跟"猎户座"的写法一样。因为出生的那晚，猎户座占满了西边的苍穹。我不得不承认，两个都是男孩，可我还想要个孩子，也许下一次就会有一个名叫基拉的红发女孩了。但迈克觉得已然足矣，没有商量的余地。我们没有精力再养第三个孩子了。站在理性的角度，我可以理解他的想法，孩子太多会很麻烦，而且可供四人以上同乘的独木舟也不常见。但怀孕于我是件欢愉之事。直到现在，我对此仍日思夜想：全部希望、全部可能，都从我的身体里孕育而出。后来迈克想去做成人输精管结扎手术——生殖史上最快的避孕手术，我有点不情愿。好吧，我承认我很不开心，但这场手术也结束了我们对于生孩子的争论。

NASA 对追加长远计划更加开放。2003 年，NASA 发射了另一架太空望远镜——斯皮策^②。这是一个工程上少有的奇迹。不像大多数太空望远镜，包括哈勃望远镜在内，斯皮策望远镜上的镜子不是用来捕捉可见光

---

① 阿普加（Apgar）是肤色（Appearance）、心率（Pulse）、应激反应（Grimace）、肌张力（Activity）和呼吸（Respiration）五个英文单词的首字母组合。绝大部分医院采用的阿普加评分，是对新生儿出生时器官系统的生理指标和生命素质进行评分的方法。——译者注
② 斯皮策太空望远镜（Spitzer Space Telescope, SST）是人类送入太空最大的红外望远镜，长约 4.45 米，重量为 950 千克，主镜口径为 85 厘米，用铍制作，观测波段：3~180 微米。与光学观测设备相比，斯皮策的红外之眼能够穿透尘埃、气体，看到其背后隐藏的无限奥秘。——译者注

的，而是用来探测红外波段^①的。这很重要，因为恒星和系外行星都会发出红外光，这是热辐射的基本形式（太阳光波段的一半多是红外辐射，你看不到，但可以感受到。红外光可以用来解释为什么阳光下比树荫处更暖和）。用肉眼可见的波段来观察系外行星成效不大，因为它们的宿主恒星依然光芒万丈。但是，对于系外行星而言，尤其是那些体积最大、温度最高的，红外观测优势立现，因为它们绝大部分的光就是以热辐射的形式向外传播的。

另一场竞争不约而至。马克斯和亚历克斯出生后，我先后休了几个月的产假，每次都想回到工作岗位，心痒难耐。于是，我和迈克雇了一个保姆，增补人力，但根本无济于事，我依然疲惫不堪，因为我要努力兼顾家庭和仰望遥远星空的工作。

尽管我希望获得短期成果，但我还是在"类地行星搜索者"项目的支持下朝着宏伟而遥远的目标进发。最初组建的四个团队解散后，又有一个新团队应运而生。我很激动，因为这样就能继续琢磨向空间望远镜内置日冕仪的事宜了。某次天文会议上，一名叫查理·诺克尔（Charley Noecker）的工程师给我讲了一个跟我的工作稍微有点关系的想法：可以让庞大的遮光罩与望远镜齐飞，就像伸出手掩在眼前，保护眼睛免受强光射伤。只要这个遮光罩挡住恒星，望远镜就可以看到周围微弱的星光了。这个遮光技术，或者叫作"外置掩星法^②"，充满了高科技感。那时还有两个团队成员都是来自诺斯罗普·格鲁曼公司的工程师，分别叫乔恩·阿伦伯格（Jon Arenberg）和罗恩·波利丹（Ron Polidan）。谈起对项目未来成就的展望时，他俩满怀激情、胸有成竹，我忍不住跟他们一样积极乐观起来。于是，我加入了项目的前期工作，主要提供科学支持。

---

① 红外波段：760纳米到1毫米的波长，波长介于可见光与微波之间，可以分为近红外和远红外，包含热能。温度高于绝对零度的物质都可以产生。——译者注
② 仪器掩星，而不是原来的行星或者是其他星体的掩星。——译者注

离开普林斯顿大学后，我仍在继续研究系外行星的大气层，但工作比较零散，也不成体系，而斯皮策太空望远镜的发射让我凝神聚气起来。经过深思熟虑后，我帮团队写了份翔实有据的课题申报书，证明大气和温度紧密相关，获得了望远镜的使用时限。太空望远镜的硬件寿命比我们全队集中注意力的时间均值还要短。再加上斯皮策太空望远镜的造价高达数亿美元，这台价格高昂的机器每分钟带来的信息都是瑰宝。经过多年的筹谋和期许，斯皮策太空望远镜终于瞄准了我指向的目标，一种难以名状的信念感涌上心头。

2005 年，我参与了一项研究，通过红外探测，证实一颗已发现的系外行星真实存在。行星既可以在宿主恒星的正前方凌星，也可以在其正后方造成二次掩食。发生这种情况时，恒星和行星整体的光度会略有降低，因为视野中的行星消失了。考虑到光度降低，我们可以测量行星红外波段的热量。这一发现公布后，相关新闻纷至沓来。这是我们首次透过非可见光这扇窗口，"看到了"系外行星。这颗系外行星是旧相识，HD 209458b，我的学弟戴夫·沙博诺是看到凌星全过程的第一人。如今，科学家可以通过三种方法看到它，这也让它成了人类研究次数最多的系外行星。尽管斯皮策太空望远镜无法拍摄到高清照片，但可以毋庸置疑地确定它的存在。换句话说，我们已经圈定了它的位置。

我们已经测量到 HD 209458b 的热量，就可以据此估算它的大气层的温度。这就是我的工作。我给出了一个颇大的数值：871℃，热浪翻腾。HD 209458b 是个巨热的火球，显然温度有点过高，无法维持生命。这样看来，想要找到另一颗更凉快一点的地球仍然挑战重重。尽管如此，我们的进展仍有不可否认的价值。同时，有了"类地行星搜索者"卓越的恒星遮光板，我也十分憧憬着拓宽我在大气层和凌星方面的工作。一步一步踏实地走着，我相信我们最终一定会踏上观测不可见天体的道路。

紧接着，NASA 突然推迟了"类地行星搜索者"的项目，后来竟完全取消了。我本来对自己可以成为致力于寻找新地球的第一代人而倍感骄傲，因为我们将会成为星际的麦哲伦①。结果，先不说飞往新地球，现在连看看它都成了奢望。我顿时心如死灰。

我还没有学会接受这样的现实：太空硬件的发展如同旅途，极少是一帆风顺的。这是一场持久战，周围黑霾笼罩，敌人面目可憎，自身困顿其中。只有当愿意铤而走险、激流勇进的人多于缩头缩脑的人时，我们才有望获得最后的胜利。到那时，硝烟才会散去。不论是各国航天局、NASA，还是俄罗斯联邦航天局，抑或是欧洲航天局，都有各自优先的计划和议程安排。可能是通过政府统筹规划来确定，也可能会由于某个预算纠纷或宾馆里的非法聚集而浮浮沉沉。现任总统想去火星；下一任可能想去月球。像太空探索技术（SpaceX）②和洛克希德·马丁（Lockheed Martin）③这样的大公司，都有工程部门。名门高校也在自主开发和建设卫星技术。全世界每天都有成千上万颖悟绝伦、不忘初心的人，为了同一个目标，虽各自作战，但始终坚守本职。几十乃至几百种语言中都有"望远镜"一词，但能用几种语言说这个词的人，却屈指可数。

这也是第一次，我研究的领域坠入天文学发展的泥淖之中，就连初衷都未实现。我能从中吸取到什么教训呢？宇宙可能是无限的，但我们能探索的方向却是有限的，资源也是有限的。"一寸光阴一寸金"，时间就是最

---

① 麦哲伦，全名费尔南多·德·麦哲伦（1480—1521），葡萄牙探险家、航海家。1519 年率领船队进行环球航行，但在菲律宾死于部落冲突。随后，船队继续完成航行。1521 年，他首次对南边星空的两团云雾状天体（原称之为"好望角云"）进行精确描述，后来便取他的名字分别命名为"大麦哲伦云"和"小麦哲伦云"，在天空中相隔大概 21°。——译者注
② 太空探索技术公司（SpaceX），一家由 PayPal 早期投资人埃隆·马斯克 2002 年 6 月建立的美国太空运输公司。它开发了可部分重复使用的猎鹰 1 号和猎鹰 9 号运载火箭。同时开发 Dragon 系列的航天器，通过猎鹰 9 号发射到轨道。——译者注
③ 全称洛克希德·马丁空间系统公司，创建于 1912 年，是一家美国航空航天制造商。总部位于马里兰州蒙哥马利县的贝塞斯达。——译者注

宝贵的资源。

---◆ ◆ ◆---

我休产假陪伴亚历克斯的时候，麻省理工学院行星科学系与我通话，邀请我去面试教授职位。一想到能回到剑桥，我就激动不已，它离我以前在哈佛时常去的地方不远。我确实慎重考虑过这件事。在接受卡内基研究所的工作前，我在加州理工学院、加州大学伯克利分校、普林斯顿大学都面试过，还有不列颠哥伦比亚大学，以及麻省理工学院。没错，我之前也去那里面试过。

面试无一顺利，最糟糕的一次是在不列颠哥伦比亚大学。面试刚开始，我不得不听一些年长的男教授夸夸其谈，争相谈论前一天在某个活动上看到的一批本科生。除了邀请我的东道主，系里所有人都对系外行星毫无兴趣。后来他们终于屈尊问起我早期的工作，关于大爆炸后质子电子重组的研究，这个话题在我攻读哈佛后再也没有思考过。他们挑针打眼地盘问我，令我不寒而栗。我惴惴不安，因而回答的每个问题都不尽如人意。最后面试我的是一位年轻的生物物理学家。他是这几个小时以来第一个和颜悦色的人。"我保证，这场漫长的面试结束了。"他说道。在他面前，我的泪珠几乎要迸出来了。

每所学校、每个面试的教室，都弥漫着显而易见的忧惧：研究系外行星是一个死胡同。有些人即使身为天体物理学家，也不会有太多守望星辰的时光。一些人认为发现系外行星就像"集邮"，漫无止境、毫无意义，只是为了取名字而已。我无法说服这些怀疑论者。尽管已知的系外行星越来越多，那时候大约有 150 颗。但人们依然告诉我，我永远无法实现自己许下的诺言。我们永远无法观测到足够的行星凌星，无法归纳出有意义的结论。挑战总是任重道远。我们的突破堪比海市蜃楼，我们的发现实属

"瞎猫碰上死耗子"。

这是一个令人越发迷茫的过程。我前往卡内基研究所工作，尽我最大的努力全副武装，对抗那群怀疑论者。欲望和能力之间有鸿沟，这不是一朝一夕的事，但我们总能找到攻克的方法。我们利用斯皮策望远镜观测HD 209458b。不知不觉中，麻省理工学院竟然在暗处默默关注着我和我的研究。2006年年初，我到麻省理工学院接受第二次面试时，约翰·巴考刚好划清了天才和疯子的界限。

这一次，麻省理工学院给了我一份工作。不知为何，我不确定是否应该接受它。我确实倍感荣幸，但我还从未当过老师。除了自己，我还没对他人的将来负过责。每周的时间有限，承担教员的职责必然意味着科研时间的减少。

这也意味着陪伴家人的时间更少了。家里最近失去了一位元老级成员——那年早些时候，突突死于脑瘤，在那张可爱的沙发上呼出了最后一口气。迈克抱起它的尸体带去火化。埋葬了突突的骨灰后，我每天以泪洗面，悲伤了整整好几个星期。它是一个多么忠贞不贰的伙伴啊。

我和父亲的谈话相较平时越发频繁。我们一直联系得很紧密，常常打电话，一有空就会见面。他偶尔还会问我是否改变了想法，想不想转行当医生。但每当话题一转到突突和它的离别，我的泪水就又要决堤。我们都清楚，我还不能胜任这样的情感课题。突突离开几个月后，我和父亲自然地谈及死亡的话题。"死亡是生命的一部分，"他说，"从出生的那一刻起，人就开始进入死亡倒计时了。"

现在，我手里攥着麻省理工学院的教职邀约，再次打给父亲，这次是为了寻找另一种支持。他叫我接下这份工作，毕竟未来不可知。"机会的大门敞开时，你必须进去看一看。"他说道，嗓门越发高亢嘹亮。

父亲也许相信向死而生，但那是从他得了胃绞痛开始的。我们这几次讨论到底要不要去麻省理工学院任职的时候，他就感觉肠子里有一丝丝的疼痛。我在芝加哥参加"暗淡蓝点 II"（Pale Blue Dot II）主题会议，站在阿德勒天文馆外喝着咖啡晒太阳，父亲打来电话讲明他肚子疼的缘由。风呼呼地吹着，场馆里人声鼎沸，我还是听到了那个让人如临大敌的消息：父亲得了胰腺癌，恶性肿瘤中最致命的癌症之一。大多数病都有可能性，但胰腺癌没有一点神秘感，它的结局毫无疑义。

我提前离开会议，飞往多伦多。那时，父亲和一个女人住在新的公寓里，她名叫伊莎贝拉，是父亲的合法妻子。父亲从不缺女朋友，但伊莎贝拉转了正。得到消息时，父亲正在回家的路上。车开下了高速就到他在北约克的新家了，这时父亲接到了那个电话，顿时狂躁不已，一下就把橘黄色的涤纶毛毯撕成了两半。

我到的时候，他看起来虚弱无比。他已经花了一上午，把朋友都召集来，想把财产统统送人。他想看着那珍贵的劳力士戴在别人手腕上，但那时没有人愿意拿走将死之人的物什。我紧紧地拥抱他，许久不愿放开，然后一起去街对面的墓地散步。小时候，我们就会去那里散心、骑车。落日余晖，光影交错。如今，我们又穿梭于墓碑之间。但这一次，父亲需要我的帮助，他要挑选自己的墓地了。

父亲在职业生涯中期，也就是开始提供植发手术前不久，已从事了多年的姑息治疗①。如今也到了自己有必要接受姑息治疗的时候。我想，对他来说这种感觉很奇怪吧，作为医生沦为自己无法医治的病人。父亲总是觉

---

① 也称临终关怀型治疗（Palliative Care），医生为重病患者及其家属提供安抚情绪压力和缓解症状的服务，提高患者最后时间的生活质量。——译者注

得自己能够掌控命运，当然不仅仅是他自己的命运。但当你放弃与死神抗争，转而选择设法减轻症状时，这种心态就截然不同了。诚恳面对现状固然会让自己感到宽慰，但也有代价。因为对于即将发生的事情，父亲太过清楚。

接下来的日子里，我穿梭在华盛顿和多伦多两个城市之间，连续几周的航班往返令我筋疲力尽。有一次，为了减轻迈克回家后的负担，我带上了马克斯。某天午后，我带马克斯出去散步，呼吸点新鲜空气。父亲随即冲了出来。

"这次可能是永别了。"他说道。

我俩出门的声音吵醒了他，他可能还沉浸在梦魇之中。我告诉他，我只是带着马克斯出门散散步，不回华盛顿的。他没有打算给我任何出门的机会。我们面面相觑许久，马克斯都等腻了，开始在地板上玩了起来。

"萨拉，"父亲终于开口，"你是我在世间的希冀与欢乐。我这辈子最幸福的事，就是你的降临，你超过了我对所有事物的期待。"

听到这儿，我大吃一惊。小时候，他就谈论过我们之间的关系，但总是用些晦涩难懂的字眼，从未如此直截了当过。关于爱，他那一套套说辞科学而抽象，好像爱能转世一样。爱是一种力量，我们是受力方，好似激情洋溢的演员，爱会降临在我们身上。而现在，他说了不同以往的话。他说，爱是主动的，是一种感觉，我们可以自主支配，也可互相衡量。父亲倾尽全力，只为了爱我。

他这样披露自己的内心让我觉得很慌乱，好像他的天要塌了一样，好像我俩会立刻天各一方，这种感觉萦绕在脑海，久久不散。当下，我才明白：他爱我，无人能及。他的爱是父爱，无需条件，无须保留、无须回馈。而到现在，当我终于明白这种爱是多么伟大而稀缺时，它已渐行渐远。

父亲忍痛坚持，我也继续陪着他。再次看望他时，我和伊莎贝拉带他去看医生。他看上去真的病入膏肓，肿瘤开始蔓延全身。有一个直接长在了眼睛上方，父亲体重下降，形容枯槁。医生看着我父亲说："西格尔医生，你已是行将就木。人到此时，若可以绝地反击，还有一线希望恢复如初。我并非胡说八道。"我无法断定这个医生究竟是个骗子，还是个无为之人。我也无法断定哪种情况更糟糕。

父亲也不相信医生。我们回到公寓，他想死在家里，不想死在医院。他的一条腿上很快就形成血块，在苍白的皮肤下清晰可见。癌症如此可怕，就像一场无休止的系统侵略，循环往复。这感觉就像是同一拨盗贼，反反复复地偷上次没偷成的东西。子夜，我和伊莎贝拉站在父亲床边，看着他的腿。

"要是血凝块侵入大脑，那最糟糕的事情就来了。"他喊着。过一会儿，他平静下来，又嘟囔着："要是血凝块侵入大脑，于我而言，无疑是最好的选择。"

父亲煎熬了一夜，夜复一夜，夜复一夜。几周后，我去加利福尼亚工作。飞回华盛顿的时候，我收到了父亲妻弟的语音邮件。他说父亲大限将至。"你别来了，"叔叔说，"估计你不想看到他这般模样。"我离开机场的抵达大厅，回家重新打包行李，订了去多伦多的航班，重回出发大厅。过了好几年，我才能控制自己经过航站楼时不流眼泪。

我到父亲的公寓时，叔叔在门口接我。"做什么都行，"他哽咽着说，"就是在看见他的时候不要哭。"我从未得到过如此无可奈何的指示。不是说我不想说再见，而是我不知道该怎么说再见。我想求他留下，脑海中只有一句话：请你不要离开我。

我走进父亲的卧房。他眼睛上的肿瘤长势凶猛，将双眼狠狠遮住，看起来像个外星人一样，遍身肿块。我努力让自己不要崩溃，只想等他醒来，但是我做不到。我把头靠在他胸前，无语凝噎。

"爸爸，你走了，我还能做什么？"癌症洗劫了他的一切，但是他仍可以听到，还能说话。"自然是做你平常做的事啊。"他说着，甚至笑了一下。

"爸爸，我是说，没有人会像你这般爱我了。"我说得很大声。从某些方面来讲，我不该说这样的话。但在那一刻，我坚信这就是事实，我知道事实就是这样。

他没多说什么，可又说了一切："一向如此啊。"

我每次来看父亲，都会碰到一群来看他的人。医生、病人、家人、朋友，络绎不绝。有些身材魁梧的男人，满头秀发看上去相当自然。大多数人情绪激动，有些人哭着。大家基本都会说："我永远都不会忘记你。"活着的时候，没有人会对你说这样的话。生死相对，生即是死，死即是生，生生死死，循环往复。

父亲仍然同病魔抗争。那是 12 月初，寒风刺骨、天昏地暗，他已挨过了十周左右，基本接近胰腺癌患者的大限。几天后，我终于决定回家看看迈克和孩子，我离开得太久了。我飞回华盛顿，夜里便早早躺下，沉沉地睡去。迈克把我摇醒，无须多问，是伊莎贝拉打来的电话。我飞回多伦多，这是最后一次。

父亲告诉最好的朋友说："来世再见。"我忍不住奢望，他死后的生活可以如他所愿。

如今，我和母亲以及大多数家人都疏远了。我想，痛苦的记忆总是太浅，会立即浮现。我们在学习一起生活的过程中，都犯了许多过错。我的妹妹朱莉亚是我唯一仍在见面的亲人。但也许……也许父亲在某地重获新生。我想知道是否可以在来世再与他相见。我一直很想知道。但我知道，毫无疑问，我再也见不到他了。我熟悉的父亲已一去不复返，他存在于我的一生里，而后又消失不见。

两周后，我和迈克带着孩子和猫一起搬到了北方。我准备开始麻省理工学院冬季学期的工作。我很兴奋，回到冰冻的河流和拥有美好回忆的新英格兰，回到贝丝和威尔装满圣诞树的农场，回到彼此年轻时的欢乐时光。这一次，我们找到了一间漂亮的维多利亚式屋子，金光闪闪，过得比在马车房时稍微好一些。屋子在康科德，离波士顿只有 20 英里，却是另一个世界。

尽管起初并不顺遂，但我和迈克也已经建立了属于我们的"太阳系"，有其引力中心：两个儿子、三只猫和一个漂亮的黄色房子。迈克继续在家办公，周围都是他的书，满是标记。他还包办了经营小家的职责，几乎覆盖方方面面。我向来不擅长这些，实践也没有让我的水平提高。我连给车加油都要挣扎一番，最基本的家务令我如身陷泥潭。迈克同意，就算这不是婚姻里的规定，他也会在生活中照顾好一切寻常之事，这样我才能专注于非同寻常的工作。一种无懈可击的全新秩序规范了我的生活，虽然简单，但是效果显著。我的位置、我的目标，清晰可见。每天早上坐火车，看着行道树变成了水泥路；晚上，又看着水泥路变成了行道树。我唯一要做的，便是潜心寻找宇宙中的新大陆。

康科德是瓦尔登湖的所在地，亨利·大卫·梭罗曾坐在小屋，凝望水面，反思美好生活的价值观。一天，我和迈克站在这片湖边，看着潋滟水光，最外侧的湖水边结上那年冬天的第一层冰。另一边，山色空蒙，森林里飘起白雪。父亲一去世，我便开启了学术生涯，真是够巧的。从那以后，我忍不住想象生前与死后的景象，我站在生命的悬崖边缘看那生死一线。

| 第六章 |

万有引力定律

　　科学家最怕的便是与显而易见的事物失之交臂，而不是犯错。因为在科学世界里，最大的跨越有时就来自失误和犯错。但是，风险在于"机会就摆在面前，你却浑然不觉"。2007 年，美国国家研究委员会（National Research Council）发表了一篇报道，题为"行星系统中有机生命的极限"。文中有句话，自我读到它就一直萦绕我的心头："最大的惨剧莫过于美国在探索太空的历程中，偶遇外星生命而有眼无珠。"

　　我们倾向于借鉴生活中熟知的事物来想象其他行星上的生命体。飞鸟归林、甘霖入流。我们猜想，我们需要找到一颗含有氧气的行星。因为对普通大众来说，氧气是生命的基石。但地球存在的一半时间里，大气中并没有检测到氧气。很长一段时间里也没有氧气产生。全世界吸收着细菌排出的不知道是什么的气体，直到几千万年后，小小的氧气才一个分子一个分子地积累起来。单在地球上，生物繁衍生息，多种多样。微生物、鸟、象，生命形式比比皆是。想象一下，在一颗系外行星的地表，仍有庞大的恐龙穿行其上，而我们却因为忙于寻找小小的类人动物而错失良机。即使考虑了恐龙，也是过于以地球为中心了。也许，某颗行星只有海洋，但海里游着成群结队的外星鱼。也许，某颗行星有一种生命形态，极富智能，可以存活几百万年。也许，它已成为某种后生物智能，内置硬盘，可以获得更好的记忆存储，器官也可自我复制。

这些听上去似乎有点牵强，就像科幻电影里才有的情节。但宇宙本就给予了几近无限的可能。我们不能专注于寻找生命体的某些已知版本，也不能只局限在这上面。否则，我们可能会错过一些截然不同的事物。因为我们仍然无法在类太阳恒星周围看到类地行星。天文学界的一批人认为，我们应该设法找到每一个表面可能有液态水的行星。金星上没有生命，是因为温度太高，海水都蒸发了；火星上也没有生命，是因为温度太低，仅有的水都结成了冰。一颗行星能从宿主恒星上吸收相对合适的热量，是其可以承载生命的重要判断依据。那么，如果拓宽搜寻范围，包括"超级地球"（质量比地球大，但远远小于冰巨星的系外行星，它的运行轨道靠近红矮星或者比太阳更小更冷的恒星），又会发生什么呢？各方面，我们都更容易看到它们的身影：体积比地球大，离较暗的宿主恒星更近。那样的环境能有生命延续吗？

进入麻省理工学院的第一天，我在校园里来回晃悠，仿佛置身蜂巢之中。即使能觅得一处安宁，静立、合眼，我也几乎能感受到四面八方的能量涌上心头。一栋楼里，可能有人正在学习如何拼接人类基因。另一栋楼里，一种全新的机器人已经开启了试探性的计划。新型计算机逐渐建成，新兴材料也在设计。每扇门背后都是别样的游乐场。麻省理工学院是一家大工厂，把大家的想象力变得更加丰富。如果天上没有云，这里的学生可能就去发明云了。

仿佛整个城市都是为我这样的人量身定制的一样。不仅是那里梦境般的现实让我感觉如此，而是每个梦想家都有造梦的资质。我不会说这是麻省理工学院打造的"专属模式"，确实，因为校园里很多我喜欢的事都大相径庭。但是我的整个成年生活都在学者和科学家之间徘徊，在那些致力于最大限度地发挥他们的天赋的地方。而现在，我从未被如此众多专心学术的人团团包围，他们是如痴如醉的最好典范。他们喜爱的对象不再改变，但对其喜爱的程度都如百年不遇的烈火般熊熊燃烧。这种感情无法估量，如果真的能估量，麻省理工学院就会有人去估量它。但我想，在地球上，没有比这儿更"术业专攻"的地方了。我沿着查尔斯河散步，呼吸着新鲜空气，看着岸边的长椅上坐满了人。他们都专注地凝望着水面，目光炯炯有神，看着他们疯狂的梦想在帆船尾迹中灵动起来。我们总有一天会见证他们的梦想成真。麻省理工学院的人创造事物，拥有化抽象为具体的魔法。这就是入校之时最令我振奋之处：在这里，我可以创造一些东西，那是可以攥在手心里的奇迹。

我在格林大楼①的办公室安顿下来。它总共 21 层，是剑桥的地标。我的办公室在 17 楼。如今，我的桌上摆满了文献和大量研究材料。书架上的书目包括《光和小行星（第三部）》（*Optics and Asteroids III*）、《如何建造宜居行星》（*How to Build a Habitable Planet*）等。墙上挂着一块黑板，我常在上面写写画画。有时，我的办公室看上去很像电影《美丽心灵》中的场景。虽然主角纳什喜欢油钢笔，而我喜欢粉笔，但总有一天我也会模糊高等数学和抽象艺术的界限。

第一天早晨，我的办公室里空空如也，仅有长长的从窗墙透进来的光。波士顿市中心的全景及其每时每刻的明暗变化都可以尽收眼底。我想起了自己和父亲的最后一次谈话。当时我告诉他，我最后决定接受麻省理工学院的工作。"在我这个岁数，这是我可以胜任的最好的工作了。"我曾说过。这可能是我的最佳选择，跟过去挥手告别，画上句号。36 岁，就职于麻省理工学院；40 岁，我会迈入一个稳定的学术生涯。日积月累，完善自我。

---

① 格林大楼（The Green Building）：麻省理工最高的建筑楼，地球与行星科学系系楼，由贝聿铭设计。——译者注

父亲瞪着我。他可能为我的工作而高兴，但不喜欢我接近这座高峰的方式。"我永远不想听到你说什么是你能做得最好的。"他慷慨激昂的语气令我讶异，"我从不希望你用自己的期望去限制自己。"这是他给我上的最后一课。

坐在新办公室里，我决定好好斟酌斟酌，发散思维，试着把大脑变成宇宙，让它一直膨胀。毕竟，任期以内，最为关键的是以安全第一的念头进行冒险的"远投"。我肯定了毕生寻找的定向靶和使命感：我想找到另一个地球，然后在上面找到生命的迹象。这项搜寻工作本是"类地行星搜寻者"项目的重中之重，但目前正处于停滞状态，被无限期地搁置。在没有它的情况下，我需要换个方式去搜寻。

几年前，一位天文学家曾建议我们利用一种新太空硬件——正在开发中的詹姆斯·韦伯太空望远镜①（James Webb Space Telescope），去领略正在凌星的系外行星大气层。这种系外行星体积较地球稍大，绕着比太阳稍小的恒星运行。那样的行星也会是岩质的，也会有像地球上的生命体。

我到达剑桥市之时，另一个引人注目的新太空硬件也在开发：开普勒太空望远镜②（Kepler）——这是一架新的"哈勃"，新的"斯皮策"。这是物理学家比尔·伯鲁齐③（Bill Borucki）的非凡成就，他开启了一项开普勒计划，建造一架太空望远镜，旨在发现正在凌星的系外行星。望远

---

① 詹姆斯·韦伯太空望远镜（JWST）是美国国家航空航天局、欧洲航天局和加拿大航空航天局联合研发的红外线观测用太空望远镜。质量为 6.2 吨，约为哈勃空间望远镜（11 吨）的一半。主反射镜由铍制成，口径达到 6.5 米，面积为哈勃空间望远镜的 5 倍以上。——译者注

② 开普勒太空望远镜（Kepler Mission）是美国国家航空航天局设计来发现环绕着其他恒星之类地行星的太空望远镜。使用 NASA 研制的太空光度计，在绕行太阳的轨道上，观测 10 万颗恒星的光度，检测是否有行星凌星的现象（以凌日的方法检测行星）。——译者注

③ 比尔·伯鲁齐（Bill Borucki）是开普勒项目的第一位首席研究员，正是他说服了NASA 建造并发射耗资 7 亿美元的空间望远镜。——译者注

镜被命名为"开普勒",用以纪念德国数学家、天文学家约翰尼斯·开普勒（Johannes Kepler）。1577 年，幼年的开普勒看到大彗星，对太空心驰神往。比尔想给予我们孩童般清澈的双眼，去找寻天上第一缕新世界的光芒。虽然我没有参与开普勒望远镜的建设，但我成功向 NASA 提议，希望能早日获得开普勒望远镜的数据。自那时起，我便开始倒数它发射升空的时日，距离 2009 年 3 月，还有两年多一点。

在麻省理工学院，像凌日系外行星勘测卫星（TESS）①这样的计划也正处于梦想的萌芽期，这是排在第三位的极有前景的仪器。我受邀加入它的研发团队。和"开普勒"一样，凌日系外行星勘测卫星也会寻找凌星的系外行星，但瞄准的目标不一样。凌星技术的新方法一直在发展。

巨大的开普勒望远镜将对准数千光年外，寻找地球大小的行星，它们拥有像地球一样的轨道，绕着类太阳恒星运转。只可惜，它的发现离最终最重要的一环还相距甚远，我们也无法得知那些地球大小的行星是否也是类地行星。相反，小一些的凌日系外行星勘测卫星将对准更近的恒星，倾向于距地球"只有"几十光年或几百光年的红矮星。这些行星比"开普勒"可能发现的行星离得更近，而且红矮星比太阳小。因此也许我们可以用下一代望远镜去观测它们，研究行星大气，寻找生命迹象。换言之，"开普勒"将提供给我们数千个潜在的小世界，有助于确定潜在的生命体在宇宙中是多么的普遍。而如果凌日系外行星勘测卫星能够成真，那么它将发现至少是地球般大小的系外行星。虽然最多只能观测几十个，但是提供了更大的概率，让我们得以看到岩质行星，看到地表上是否有水泛起涟漪，

① 凌日系外行星勘测卫星（Transiting Exoplanet Survey Satellite, TESS）是 NASA 最新的系外行星搜寻项目。科学家们希望，TESS 将能在为期两年的太空飞行任务中，对至少 20 万颗恒星进行观察，最终能发现数千颗新的系外行星。北京时间 2018 年 4 月 19 日 6 点 51 分，TESS 搭乘 SpaceX 公司的猎鹰 9 号火箭成功发射升空。它不仅将作为即将于 2020 年前后升空的詹姆斯·韦伯太空望远镜的得力助手，也被看作 NASA 此前发射的开普勒太空望远镜的继承者。——译者注

看到不管是谁都能称之为家园的地方。

我闭上眼睛，试着想象生活在那般截然不同的世界里会是何模样。对于一颗围绕红矮星运行的系外行星来说，要获得足够的热量来维持生命的基本条件是，它必须离红矮星非常近，这样才不会像地球一样在轴上旋转得那么快。它会像月球一样进入"潮汐锁定"（Tidally Locked）的状态，看上去就好像只有一面冲着恒星，沐浴在这微光之中，而另一面则永入黑夜。顶着天空中硕大的恒星，也许选择生存的地点不见得总是在白昼。因为，这颗行星靠近恒星，就意味着它将受到强烈的紫外线辐射、频繁而剧烈的恒星耀斑的轰击。也许，对于外星天文学家来说，这个地点最好选在极夜之地。或者是在晨昏交界处，因为只有在那儿才常有日升日落。

但对我来说，这里没有一块是舒适的地方，至少在人类对"家园"狭隘定义的范围内不够舒适。我明白我们投资在红矮星周围寻找可居住行星的缘由，但我想知道天文同行这样做的理由，是否只是因为那些行星更容易观测到，而不是他们真的想去找到什么。就像一个人在路灯下寻找丢失的钥匙，因为那是她唯一可见之处。打心底里，我并不想要一个近似地球的行星，而是想要找到一个一模一样，甚至比最好的还要好的新世界。

即使"詹姆斯·韦伯"和"开普勒"已准备就绪，凌日系外行星勘测卫星还停留在梦里，我总觉得我们会错失良机。父亲的声音在脑海中久久回荡，我发现自己不断思考着生命的标志。我总是回到大气层、回到气体，回到我们或其他人、事物呼吸的空气上来。我提醒自己，外星球的空气可能看起来、闻起来跟地球不一样。为了找到它，我们必须培养新的感觉。

我全身心地投入到工作中，感到内心有一股持续的压力让我去展现干劲并成为第一，做到最好。因为辛勤耕耘，我获得了褒奖。刚到麻省理工学院不久，我就获得了美国天文学会的海伦·B.华纳天文学奖（Helen B. Warner Prize for Astronomy）[①]，它专为青年天文学家而设。我是五十多年来第一位获此殊荣的女性，尽管这个奖项的名字本来就是一位女性。

　　迈克得到的认可就少多了。因为他甘当配角。没有人会因为你让孩子按时上学，或是手头总攥着尿布而给你奖励。每当我花点时间低头看人间，而不是抬头看星空时，马克斯和亚历克斯就分散了我的注意力。两个孩子还没长大，不能和我们一起去探险。而且，他们还太小，不能离开我们太久。在工作上，我是颗星星，熠熠生辉。在家里，只要世外桃源里有一点风吹草动，我和迈克就要默默飘离彼此，就像火星释放了对两颗卫星的引力束缚。我俩都知道，这种分歧总有一天会悄悄出现在彼此身上，一旦出现，它的存在就不可否认。

　　迈克几乎都归咎于我。他说他始终如一，从未改变。他仍然喜欢把独木舟放在车顶，找一条泛有泡沫的泉水，驰骋而上，而我是那个变了的人。迈克只是想让他的独木舟伴侣回来，冬天和他计划下一次冒险，夏天乘同一艘船远航。现在，他只能做做梦。而且就算做梦，也是形单影只。

　　我的答复很直接——雇人帮忙吧。在康科德定居不久，我浏览了一下网上的分类广告，有一段话以其真挚的甜美打动了我："嗨，我叫杰西卡（Jessica），今年 17 岁。我是沃尔瑟姆的一名高中生。我喜欢孩子，并

① 海伦·B.华纳天文学奖由美国天文学会设立，每年颁发一次，奖励对观测或理论天文学做出重要贡献的年轻天文学家（年龄不到 36 岁，或获得博士学位未满 8 年）。该奖只授予北美居民（包含夏威夷和波多黎各），或北美研究机构派驻海外的研究者。萨拉·西格尔于 2007 年获此殊荣。——译者注

且……"她在寻找校外兼职工作。两个孩子立刻黏上了杰西卡。杰西卡对他们很好,浑身有一股温暖的活力。我猜迈克会感谢她减轻了自己的负担,我肯定他会的。但这并不是迈克想要的"更多时间"——他想要和我在一起的"更多时间"。

我找不到补救的办法。我每天都没有足够的时间,资金也很紧张。几年前,我把目光投向了一艘新的激流皮划艇,一艘漂亮的"快如匕首"(Dagger Rival)。我们有很多船,不止有迈克的"老城旅人",但我仍迷上了"快如匕首"。本来我想找个旧型号都找不到,现在我直接花一大笔钱买了全新的,漆成青色,一丝划痕都没有。

迈克告诉我说那是一艘长平底船,对我们而言太大、太平了。他说,这种船是给新手划的,不适合专业的激流独木舟运动员。但我俩中只有一人是专家。迈克几乎每周末都去划船;我和他一起划船的次数越来越少,到最后我几乎都不划了。我长大了,不再常常需要湿冷的感觉,而且家里需要有人照看小孩。有几个春天,我和迈克几乎碰不到面。我每周要工作很久,还要陷入匆忙的期末周,而他在周末便会离开,追逐着融化的河流,有时也划着我的"快如匕首"。我们都各有激情燃烧的领域。可惜,和太多已婚夫妇一样,我们承诺与之共赴一生的人都不再是我们的重心。这感觉就好像我们误解了彼此的爱。

人生会有这样的阶段,当你朝着某个方向努力的时候,整个生活就像一个工程建筑,需要你花费数年的时间完成任务清单。年幼的孩童、腾飞的事业,宇宙如此广袤无垠。但总有一天,我们完成了各自的探索,又可以再次觅得对方。"时间会有的,"我告诉迈克,"钱会有的,时间和钱都会有的。"

我对此也是认真的。我说这些话,是在作一种承诺。我和迈克进入了来之不易的平静状态,假装这个承诺已然足够。

———————————◆◆———————————

2009 年 3 月，开普勒望远镜已准备好发射。

我和迈克带着马克斯和亚历克斯去了佛罗里达的可可海滩（Cocoa Beach），它就在卡纳维拉尔角南部。我要去参加几个会议，但都在这附近，就当作度假了。我们住在海边的一家旅馆里，和其他进行空间探测的家庭一起。孩子们在水里玩耍的时候，我抬头看了看海岸，想着可以看到搭载着"开普勒"的德尔塔二号火箭，它像一座遥远的摩天大楼一样，闪闪发光。我很难相信这是真的。

发射时间确定在深夜，我给孩子们找了个保姆。保姆到了酒店，仔细观察着我给床上的孩子刷牙，只挤了一丁点儿的牙膏，这样他们就不用吐出泡沫来了。她以为这是个恶作剧，我看着她讶异的表情不禁一笑。我准备去观看一枚火箭装载着一台望远镜向深空发射，我们可能会用它找到成千上万颗新行星。想着这事，在床上刷牙也算是一种奇迹吧。

我和迈克前往肯尼迪航天中心。我们会在火箭花园和几百人一起等候，其中大多是科学家和工程师，当然也不乏一些名门望族。天朗气清，但有点风，阵风吹错了方向。我们不能在距离发射台 3 英里的看台上观看，只能乘坐大巴前往 5 英里外的另一片观察区域。我看到比尔·伯鲁齐和他的子女、孙子孙女在一起。一番旅程即将步入尾声，另一番旅程也将小露尖尖角。火箭沐浴在聚光灯下，所有人都能看到它。从远处看，它就像石头抛光制成一般。于我而言，它就像一座雕塑，是纪念所有美好事物的丰碑。

我们听到 NASA 任务控制台扬声器发出的声音，他们通过这种方式做最后的系统检查。我们一次又一次地听到"预备"。在 NASA，这是你最想听到的词。"预备"意味着"出发、发射"，这枚火箭是要发射的。

比尔和同事们把几十年的智慧与汗水，更不用说数亿美元，投入到了

"开普勒"的项目上。现在，他们即将面临火箭会化为灰烬的危险，因为紧绷的神经和不合时宜的风。不久前，NASA 的另一项任务遭遇了失败 [1]，那是一场灾难：一颗新卫星坠入了印度洋。火箭发射没有太多的中间地带，每次发射都是孤注一掷的：要么飞向太空，要么爆炸。

火箭的发动机点燃了。光速比声速快很多，焦虑的前一两秒钟，5 英里外，只有一声明亮而无声的爆裂声。然后，一声低沉的"隆隆"声穿过沼泽，震动了我们的脚掌。耳中充斥着火焰发出的噪声。火箭从保护垫上起飞，一开始速度很慢，随着高度上升，速度越来越快，超出了引力的制约范围。固体火箭助推器按计划分离回落地球时，我们看到了一束猛烈的红光。

火箭把"开普勒"推进了夜晚的深空。不到一分钟，它最后的光芒就消失殆尽。"开普勒"登入了太空。

有时，天体物理学家对我们的尺度认知存有异议。宇宙中有上千亿个星系，每个星系里可能有几千亿颗恒星。知道这些之后，就感觉自己的生活、最亲密的人，也都无关紧要了。而荒谬的是，我们的工作也能增强自我意识，坚信自己会找到"我们是唯一吗？"这一问题的答案，且需要相当强烈的自负感。天体物理学家永远在伟大与渺小、傲慢与谦卑之间徘徊，这取决于我们朝外望，还是向内看。

---

[1] 2009 年 2 月 24 日，NASA 用来研究大气二氧化碳浓度的轨道碳侦测卫星（OCO），乘着金牛座运载火箭（Taurus XL）自范登堡空军基地发射，数分钟后，整流罩未能按指令分离，卫星失速坠回地表。同样的事故出现在 2011 年的"辉煌号"（Glory）发射中，直接损失达 7 亿美元。后查明，金属制造商 Sapa Profiles Inc.（SPI）伪造测试结果并提供故障的火箭零件，涉及欺诈，赔偿 NASA 4600 万美元。该公司和其母公司自 2015 年 9 月起，被 NASA 永久禁止签订任何政府合同。——译者注

2009 年 12 月，我受巴尔的摩市太空望远镜科学研究所的邀请，去做"约翰·巴考演讲"。约翰因血液病逝世于 2005 年，打开邮箱的时候，我正在外旅行。一看到主题行的"约翰·巴考"，我整颗心就"扑通"坠入谷底，异常沉重，我甚至都不知道他已罹患重病。就这样，我失去了最坚强的后盾。约翰不仅是我的恩师，在科学道路上，他更像是我的父亲。他像极了我的父亲：心地善良但要求严格，鼓舞人心但嘘枯吹生。约翰也是如此，方方面面都接纳我，无论是全神贯注的我，还是粗鲁无礼的我，毫无保留，无需理由。让我感到奇怪的是，一个能开拓创新思考的人，他的大脑中萦绕着整个星系的结构和恒星的演化机制，却因血液中的蚁鼻之缺而被扼住了生命的喉咙。

尽管我下定决心要做这个演讲，但我还是提醒邀请方，如果家里有人生病，我就无法如约参加，我有理由担忧。表面上，迈克像往常一样健康、强壮。但和父亲一样，他一直在和一系列奇怪的小胃痛作斗争。迈克的医生建议他吃美达施。也许他便秘了？我对预后和处方都严重怀疑。因此，我坚持不懈地告诫他，即使尊重约翰对我而言意义更加重大。

幸好在我要动身的时候迈克感觉还好。演讲前，我坐在休息室里等待。这时，我与主持人鲍勃·威廉姆斯重新沟通了一下。他是一名科学家，最广为人知的工作可能就是负责收集"哈勃"深空图像。当天早些时候，我见过他，现在我们又聊了几句。我很惊讶地感到这是与他友谊的萌芽，他是一个如此有成就，又如此充满决心的人。

早在 20 世纪 90 年代中期，鲍勃就是太空望远镜科学研究所的所长，拥有使用哈勃望远镜的权利。"哈勃"在太空中的每分钟都蕴含巨大的可能性，鲍勃想用无价的十天让望远镜直指大熊座的一小块，大约只有一便士的大小，但当时众多天体物理同行纷纷反对。科学界普遍认为，这片区域暗淡无光、死气沉沉，没有任何天体，盯着空荡荡的天区看一个多星期，完全就是闹剧，白费心血。就连约翰·巴考也在强烈反对 1995 年的鲍勃计划。但是，鲍勃坚持住了，哈勃望远镜连续十天拍摄争议不断的天区，收获了数百张小区域的照片。这次，"哈勃"深空视场揭开了三千个前所未见的亮点。这并不是三千个新恒星，而是三千个新星系。鲍勃·威廉姆斯几乎是独自一人发现了数百万个可能存在的世界。

"保持联络，萨拉。"鲍勃在演讲后对我说。

一回到家，迈克就告诉我他的身体又感到不适。这一次的胃痛非比寻常，它吞没了迈克的身体，迈克已经瘫倒在床上整整 24 小时。有那么一刻我在想，在我害怕错过讲座的时候，我似乎预见了这一情况的恶化。我最担心的是迈克到底怎么了，他很少生病。当时正值流感暴发，孩子们简直就是病毒工厂。但是就连马克斯和亚历克斯都没有得病，我也没有。只有迈克生病了，这不可能是流感。

情况好转了没几天，一周后的星期六，迈克又倒下了。剧烈疼痛让他的前额直冒虚汗。他的胃阵阵痉挛，紧缩了好几次才停下来。但几乎刚过一周，他又躺回到了床上。我给他的医生打电话，医生让我带迈克去急诊室。我气愤地问："这到底是什么病？"

医生低沉着语气，降了八度说："萨拉，病情很严重，不容乐观。"

我想唤醒迈克，可他昏昏欲睡，一动不动。我把他和孩子们塞进了车里，把迈克带到康科德地方医院的急诊室，开始考虑我能为马克斯和亚历克斯做些什么。我找不到任何可以求助的人。那时，我们的常驻保姆——甜美而活泼的杰西卡，已经去上大学了，我在城里没有其他朋友。我可以请求麻省理工学院的同事帮忙把卫星送入太空，可不能麻烦他们来帮我照顾孩子。父亲的去世，让我在精神上、地理上都离家越来越远。绝望中，我给马克斯和亚历克斯好朋友的妈妈打电话。"当然可以，把他俩带来吧。"她说。我开车把孩子们送过去，然后匆匆赶回医院。

回到医院，迈克已经好了很多。他不再疼了，我走进病房时，他的脸上露出了一丝微笑。不管医生给他吃了什么药，我一定要拿到手。

医生对迈克的胃做了 X 光检查，发现里面有肿块。至于这个肿块是什么，还有一堆问题。在它周围的体腔里，只是一片漆黑，看起来就像是迈克的身体里满是黑墨水。

我们需要等待更明确的结果，"等待"这个词听上去就很奇怪。我给另一个保姆戴安娜打电话。她是个生性冷静、一本正经的人。我们以前雇用过她，但她现在在另一个家庭做全职保姆。我跟她通话是在迈克肿块发现的第二天，我很开心她有空。我请她再来做保姆，孩子需要有人照顾。接下来的几天，我大部分时间都坐在迈克的病房里陪他，就像世界的其他地方都消失了一样。

迈克裹在洁白的被单里，躺在床上，我犹如坐在蚕茧旁边，时不时能听到"嗡嗡"声。我不确定我想要医生告诉我些什么：一方面我想让他们找到具体病因，这样就可对症下药。我无法忍受这种未知的神秘感。我想找到未知，把未知变成已知——迈克胃里的空洞是否真的是阴影，我们在宇宙中是不是唯一。但另一方面，我害怕找到答案。我害怕知道答案背后的真相。

几天后，迈克的肠胃专家走进了房间。他告诉我们，迈克的小肠几乎完全堵塞了。"这是一个巨大的肿块，"医生说道，"可能是癌变，也可能不是。"

迈克坐在病床上，一声不吭，泰然自若。如果害怕，他就不会表露出来。我立刻想到了最坏的结果。这是我的丈夫，我同他一起欣赏过沃拉斯顿湖的美景，一同经历了后来的风风雨雨，他是如此刚强、坚韧、乐观。现在，我能想象的就是他肠子里的幽灵要把他从我身边带走，永不复返。我不能失去他，至少不是现在，至少还没有。我答应过他，我要信守承诺。我开始泣不成声，哭得上气不接下气。

"不要哭了。"医生说道。他的语气相当克制，但是他说话的方式，就像是在责备一个孩子在商店里乱扔东西。我没有停止抽泣，反而越发强烈。

"不要哭了，"医生又一遍说道，"这可能什么都不是，他甚至可能不需要接受化疗。"

专家们离开了病房，就像海上的风暴席卷而去。迈克醒来，我和他相顾无言。迈克一直干着眼，我却湿了眼眶。那一刻，对同一件事，我们看到了两种完全不同的意思：迈克只意识到情况有可能好转；而我看到的是我深爱的也爱着我的男人，正在遭受又一次胃痛，上天无路，入地无门。

——— ◆ ◆ ◆ ———

迈克出院那天是个周五。我们可以选择切除肿块，而且那也不是一个紧急的手术。他需要特殊的饮食护理，保持肠胃安宁，摄入大量的白面包，不能吃西蓝花，跟健康人的吃食恰恰相反。同时，我们可以花点时间，在这个城市找到合适的外科医生。只是我们甚至都没有机会开始寻找，迈克就又回到了康科德当地医院的急诊室里。迈克的后背疼得厉害，他提醒过医生，他椎间盘的一小块曾经受过伤，过多的卧床休息对此有弊无利。医生却对此置之不理，他在最初的诊断中卧床了五天。如今，他能感觉到阵痛的神经像电线一样沿着左腿向下，一直到脚踝才捆在一起。急诊室的医生送他回家，给他服用了强力止痛药。我想知道在没有药物的情况下，迈克能否度过余生。

遵从医嘱，我们在麻省综合医院预约了一位外科医生。他的举止一改我对医生的刻板印象。他文质彬彬、仪表堂堂，强调迈克的手术对他来说是多么易如反掌、习以为常。"大家都做过这样的手术。"他敲了敲桌子，以示他说完了话。他每年做一千多台手术，所以我们只能希望这种备受欢迎的疗法是最好的治疗手段。外科医生告诉我们，准备好就可以签字了，然后转身离去。他就像庖丁一般，打算像拆解一头牛那样，去给他人的丈夫动刀子。

我和迈克的视线交会。在与病魔抗争的过程中，我们都希望站在我们这方的是冷峻、专业的医生，但是我们也希望有人可以把我和迈克当成有血有肉的人。

我跟学院的一位同事抱怨了这段经历。她姐姐刚好是附近布里格姆妇女医院的外科医生，于是我们打了几次电话，得到了第二天的预约。伊丽莎白·布林医生似乎与麻省综合医院的医生有着截然不同的哲学观。她是结肠直肠外科的带头人，但她有人性。她谈及对每一个病例的细致研究，以及在手术室的认真程度。她让手术听起来更像是一门艺术，而不是一种交易。我们选中了她。

迈克独自去做术前预约，应该很快就能做好，都是常规的检查。工作了一天，我坐在回康科德的火车上。他打电话告诉我晚上他不回家了。火车上嘈杂不已，我几乎听不清他在说什么。"什么？你在说什么？"

迈克的背部手术安排在第二天一早。可是他的脚踝现在都僵了，布林医生希望它能自主痊愈，不然一两周后她就要自己动手治疗它了，因为迈克需要多步行才能康复。一切似乎都在好转。

我告诉迈克我马上就到。我可以叫戴安娜照看马克斯和亚历克斯。但他说不用麻烦，那时刚好是高峰时间。"回家和孩子们一起吧，"他说，"明天再来吧。"

从震惊中缓和过来后，我才记起第二天还要飞到多伦多，去我母校给一组学生做讲座。显然，我不得不取消。我讨厌这样做。我自成年后，每一次都信守承诺。我鄙视不靠谱的感觉。但是，疾病向来不关心你的日程，不管你以前多么小心地恪守时间准则。为了减轻内疚感，我给多伦多大学的一位教授打了个电话，他是我读研的时候认识的。他是一位有经验的演讲家，我问他能否替我做讲座。他问我有没有报酬。"没有。"我说。我告诉他，我已经答应免费做这个报告。"那不行，"他说，"我演讲是要酬劳的。"

那位教授本就在多伦多大学，他可以在晚餐期间站起来讲话，在座之人都会为之欢呼。在我已感到手足无措的时候，他花一小时就能为我省去很多焦虑。我只是需要一个盟友帮我个简单的忙。

"你是认真的吗？"

接下来的几个星期和几个月里，我和迈克也收到了一些暖心帮助，多多少少有点出乎我的意料。比如，我们很久以前的邻居贝丝和威尔，每当我们需要他们温和的智慧来开解我们，或是想看看静谧的风景时，他们都会像家人一样带我们去圣诞树农场。但是，更多的时候，我常因为人们的冷酷无情而失望。那位教授不肯改变主意，我只当他是针对我的。于是，我打电话取消了讲座，感觉自己让别人失望了。但同时我也怅然若失。其实任何一个人，甚至整个行星，如果换个角度，都会显得微不足道，我瞬间感到了这个社会的冷漠无情。

迈克在医院，我在家。我们不再是一个不可分割的整体，而是分隔两地的个体，而且我们才刚刚来到抗击病魔的起步阶段。我俩当时都不知情，在各自平行的世界里循环往复，每一个都是恶性循环：每一种治疗，都会有一个新隐情需要关注；每一次包扎，都会有一个新创口；每一份善良，都会剪断一份联络。

第七章

统计问题

寻找系外行星巨大的障碍之一，便是找到它们所需的时间。距离最近、最亮的类太阳恒星散落得漫天都是，而望远镜一次只能接收几颗。但是，使用"哈勃"或"斯皮策"等望远镜盯着一个恒星系统，也是一项斥资巨大又毫无意义的工程，因为我们要默默等待，希望能看到行星的阴影，可我们也不确定那颗行星是否存在。绘制一个恒星系统可是需要耗费数年的时间呢。鲍勃·威廉姆斯揭开哈勃深空视场的神秘面纱，只用了 10 天，但一开始还是有很多同盟举旗抗议。

我一直在努力制订一个寻找另一个地球的长期计划，我想让自己投入到一些事情上。随着"类地行星搜寻者"计划的搁浅，詹姆斯·韦伯太空望远镜进入研制阶段，我不可能再去建造另一个巨大、宏伟的机器。我了解到天文圈正在采取立方体卫星（CubeSats）的方案，这是一个按标准形态设计的微型卫星，造价更便宜，更容易驶入太空。

如果我有一系列立方体卫星，每个都只对准一颗恒星，会怎么样呢？我梦想中的太空望远镜只有面包大小，不止一个，要有一支军队的数量，在轨道上分散开来，就像先遣侦察兵一样。每颗卫星都有固定位置，监测指定的类太阳恒星，不管我需要多长的时间序列；每颗卫星都可潜心研究单束光的一切潜在信息。"哈勃""斯皮策""开普勒"，它们的视角都是广域式的。或许现在，我们需要数十或上百个以凌星法作为主要探测方法的窄视野的监测器。虽然地球的亮度可能比太阳弱百亿倍，但它的面积只有太阳的万分之一。虽然立方体卫星看不到大型空间望远镜所看到的景象，但它们不需要眨眼。

我同大卫·米勒讨论过此事，他既是我的大学同事，也是工程院教授，他主讲的那门课程，很快就成为我的心中挚爱——设计与建造，为四年级本科生而设。一经开设，便是革故鼎新，因为它是专门基于工程项目的课程。几节绪论课后，学生会分组投入到创造真正卫星的艰难任务中。我问大卫，我关于立方体卫星的那个想法，是否可以在他的课堂上孵化。

大卫一开始就很热情。这或许也是麻省理工学院最棒的一点：不管你有多么疯狂的想法，也没有人会说行不通，除非是被证明过此路不通。把太空望远镜塞进一个那么小的立方体卫星里，这个想法本就很魔幻。最大的挑战是制造出小巧玲珑的部件，让它们稳定运行，足以采集清晰数据。这要求相当高，因为小卫星就像任何其他小物件一样，比大物体更容易在太空中受到干扰，会被撞得到处都是。为了获得恒星高精度的亮度测量，我们需要将其质心固定在同一个小像素点中，远远小于人头发丝的直径。我们必须做出点成绩，要比当前立方体卫星的存储量高百倍以上。想象你在制造汽车发动机，但它的运转速率要比目前最好的发动机还要高百倍以上。

"我们一起把它拿下。"大卫说道。

————————— ◆ ◆ ◆ —————————

我的生活成了一组对照研究，穿梭在光明与黑暗、希望和无望之间。

白天，我和学生们一起在麻省理工学院放眼太空，尝试一切可能。夜晚，我和迈克窝在家，对除此以外的事都假装视而不见。我们都认为他的背部手术很成功，但他再也不能像正常人一样使用自己的脚踝了。有时，我会想到康科德的那群医生，他们是如何忽视迈克的，迈克又是如何承受的，结果导致了脚踝受伤。我能理解，天体物理学家总是站在最长远的角度考虑问题。我知道，我们是数亿年间的一小部分。尽管如此，我还是忍不住想知道，为什么我们经常会选择承受终身的后果，换取一些短期的疗效。为什么我们要用短暂的舒适，与永久的难受做交易呢？这个是最令我捉摸不透的计算。

几周后要做第二次手术，在此之前，迈克回家休养。最终到了手术日，我们重回医院。迈克换上那件让他不断虚弱的病号袍子，我们坐在帘子后面，假装我们有自己的私密空间。可如果我们周围真的有一堵墙，我早就爬上去了，不会让我们被困在这里。至少从神情上，迈克看起来还是坚韧无比的。

布林医生穿着外科服，出现在我们眼前。她看上去万事俱备，成竹在胸。"现在情况比较复杂。"她提起迈克的病情，但她之后说的每一句话，我都很难理解。我记得，她的言语与那张无畏的脸并不相称。她似乎在降低我们的期许，让我们要做好最坏的打算。她将要取出迈克小肠受影响的部分，以及最近的一组淋巴结。如果迈克得了癌症，这些淋巴结会告诉我们癌细胞是否已经扩散。它们会证明那是癌症扩散的通道，还是健康的防火线。

迈克被推进手术室，我在宽阔的静候室找到一把椅子，屋子中间是一个巨大的弧形书桌，工作人员显然是受过训练的人，他们表现得好像不是我们这类人，心系病患的家人团团围住他们。看着脸上的表情就能分辨出哪些是工作人员，哪些是等待的家属。桌子后面的人看起来面不改色，像是戴着一副面具。而桌子外面的人看起来像被夺走一切，只剩情感。

我打开笔记本电脑，试图沉浸在一团立方体卫星中。我们起初给这个项目起名叫系外行星卫星（ExoplanetSat），最后称之为阿斯忒瑞亚（ASTERIA）。立方体卫星作为一种卫星，比普通卫星便宜得多，因为它们更小，更容易发射；它们在火箭舱里占的空间小得多，把一磅的东西送入太空大概要耗资一万美元。可惜，廉价的生产更容易失败。大多数立方体卫星杳无音信，无法工作。我们给它们取的名字也同样绝望，就像医生对待垂死病人使用的那样："死或生"（DOA）。

我们起初遇到的阻碍之一就是统计问题（一切问题都是统计问题）。我们要知道需要多少颗卫星，才能提供一个合适的概率，去找到另一颗地球大小的系外行星。数千颗璀璨的类太阳恒星值得监测，但我们无法制造和管理数千颗卫星。我们也知道，鉴于凌星的时间较为短暂，地球大小的行星经过类太阳恒星的概率仅为二百分之一左右，无疑会有一些卫星失效或失踪。如果只发射少许卫星，我们就必须要么非常有战略眼光，要么极其幸运才能发现我们找寻的目标。结合智能的目标星列表，还是会得到一个卫星的最佳数量，既可以让我们的预算保持在合理区间，也让我们有机会成功。事后看来，我在那时候计算概率真是奇怪。

几个小时后，感觉像过去了数个日夜，我听到有人用扩音器喊我的名字。布林医生看着我，走了过来，她看起来疲惫不堪。手术极其复杂，远超她原本的担忧，迈克的肠子糟成了一团糨糊。食物被挡在肿块后面，像在堵塞的排水管里一样堆积起来，他的胃疼就是这么来的。但是，布林医生在病房里对肿块进行了快速活检，并没有发现明显的癌变迹象。只能等到实验室做完更多的检测，我们才能确定具体的情况。不过到目前为止，情况还不错。

迈克的哥哥叫丹，他过来看望迈克。接下来的一周，我们轮流在病房照顾他。布林医生告知检测结果时，我不在场。迈克给我打电话，就像我父亲在芝加哥那天与我通话一样：他身患克罗恩病（Crohn's disease），一种很痛苦的消化系统炎症。溃疡暴发形成了肿块，那个肿块就是癌症。此时癌细胞已经扩散到附近的淋巴结。他的癌症还没有到晚期，但已经到了第三阶段，离绝望仅有一步之遥。

我匆匆赶到医院，当我冲进迈克的房间时，他几乎容光焕发，满脸洋溢着一贯的乐观，仿佛还在等着勇闯他的那份急流，他一点也不担心。他说，本来以为是个更糟的消息呢。第三阶段比第四阶段要好，至少他还有一线生机。

"我只要变得更好。"他说着，就像罗列杂事一样，在日常待办事项清单上写下了这句话。

我只要耙草坪。

我只要洗碗。

我只要变得更好。

我坐在他的床边看着他，哑口无言。胜利的概率有多大呢？

———————— ◆ ◆ ◆ ————————

2月，迈克回到家，继续术后恢复，以便开展化疗。他睡了许久。戴安娜已经对我们家倾注全力，放学后总是能看到她的身影。但是，每天清晨我都需要早起，把卧房整理得井然有序。我在网上登了一则广告，找到了克莉丝汀。她五十来岁，和蔼可亲，自称热爱清洁工作，我不能理解。我告诉她雇用期为六周左右，我们估计那时候迈克也就能恢复脚的知觉了。

我总把克莉丝汀当成救世主，但迈克难以苟同。他把克莉丝汀当作他的替代品，有时对她很苛刻。迈克认为，只有他可以把厨房收拾得井井有条，把商品买得物美价廉，或者把后门台阶上的雪扫得一干二净。我才发现，原来迈克揽了所有的家务。要不是这些活没人做，我甚至都不知道还有这些家务事。对我来说成谜的不只是他做了什么，他是怎么做到的也让我一头雾水。清晨煮咖啡，他自成一套。我都不知道去何处寻找咖啡机的部件，或需要加多少水。我也不知道，像炉子这样的大型仪器是怎么运作的。

我找到迈克的大肥猫莫莉时，它正待在浴缸里。它看上去很迷茫，就好像不知道自己是怎么落到如此窘境的，我对这种感觉了如指掌。我把它从"自制牢笼"中抬出来，但一直观察着它。它看起来跟以往略有不同，于是我带它去看了兽医。它的肝脏衰竭了。兽医给我开了大量黄色药丸，我不得不把药塞进莫莉的喉咙。现在，迈克和莫莉共患难了。显而易见的是，至少莫莉并不想这样。自我上次在浴缸里找到它不到一个月，它已经瘦骨嶙峋，濒临死亡。

我告诉孩子们，莫莉和我们待在一起的时日无多了。我一边说，一边忍不住哭了起来。我在脑海中想着，最重要的就是安排它的后事。我想知道，是否可以像父亲为我所做的那样，我也能成为孩子们主要的诠释者。我想让孩子们知道，我们该用什么方式来面对永别。我告诉他们，我们要对莫莉倾囊相助，不厌其烦。它想要什么，我们就给它什么，把它当成至爱来呵护。我们拍了很多照片，我告诉儿子们，这份记忆很珍贵。只要我们不忘记它，它就会一直存在。

一天清晨，莫莉安安静静地躺在原地一动不动，我知道它的大限将至了。我叫孩子们上楼去看看它。孩子们进来时还穿着睡衣，我们坐下来陪着莫莉。它躺在我们的臂弯里，咽下了最后一口气。

迈克正在睡觉，我不想吵醒他。事实上，莫莉离开人世，这是第一件孩子们比他早知道的事情。他们不记得突突的死讯，那时候他们还太小。可是现在，孩子们虽然不大，但瞬间成长了许多。

通常迈克会来处理接下来的事情，可是现在该我来做了。我想，我们应该埋葬莫莉，但那时正值冬天，地上白雪皑皑，冻得我都难以刨出一个坑。我不知如何是好，所以我把它裹起来，放在地下室的冰箱里，就像放在停尸房一样。这不是最温和的做法，但让我有时间思考。然后，我带着孩子们去唐恩都乐（Dunkin' Donuts）吃早餐，当作是一种让他们分心的款待，也让我转移下注意力。然后，我直接把他们送到学校，再回到家里等迈克醒来。几小时后，我担心马克斯和亚历克斯会感到悲伤，于是给学校打了电话。

"没有，他们很好，"校长说，"他俩刚刚告诉我，早上去了唐恩都乐店吃早餐。"直至回到家，他们才想起伤心之事。

———————— • ◆ • ————————

迈克准备开始化疗。我们去了当地医院，和他的肿瘤医师 D 医生见面。从迈克确诊的那一刻起，我就已经做好了准备，我做了我面对未知事物总会做的一切研究。我已经自主开展了研究课题，研究罕见的小肠癌。我阅读了医学综述文献，进而浏览了引用文献和同行专家的文章。我给得克萨斯大学 MD 安德森癌症中心的国内顶尖专家发了邮件，用我麻省理工学院的招牌引起了他的注意。专家学者们构建起庞大而复杂的知识网络，就像蚂蚁在洞穴里挖洞一般。迈克的癌症极其罕见，所以这项工程才刚刚开始，但我必须要小心翼翼地走在每条隧道中。每次走入，我都会一头扎进那个死胡同。

D 医生没有受过同样的严苛训练。他看起来有点不学无术，有点心不在焉，这让我怒火中烧的同时，还有些惶惶不安。我真想在墙上挖个洞，真想把椅子扔出窗外。他对他的无知一无所知。

我知道真相。我没有跟迈克讲这些医学知识，但我清楚地知道。与迈克身患同样癌症的人少之又少，样本不足会导致错误。但当前的发现都很显然，存活时长的中位数是 18 个月，5 年的生存率为零。我问了 D 医生一些尖锐的问题，他看起来有点惊慌失措，问我是不是生物研究院的。他好像意识到了自己之前的错误，意识到自己不该有眼无珠，信口开河。我感受到了这位肿瘤医师的惶恐，他的不安尽显于色。他知道了，我懂的比他多。我没有停止对他施压，我是一位追求事实的科学家。

"我们拭目以待，"D 医生说道，"我们会全力以赴。"

他继续高谈阔论，好像真相会伤害我。坐在医生对面，盯着他那张不可饶恕的脸，我想起了照看父亲的医生，那个只会睁眼说瞎话说他会好起来的医生，满口胡言。什么时候开始，医生变成信仰治愈师了？

迈克真的很喜欢那个肿瘤医师，我一点儿也不奇怪。他只想尽可能地从四面八方得到积极正面的反馈，越多越好。迈克开始参加集体治疗，这是他患病前做梦也没想过的。他没告诉我那里发生了什么，我也没过问。他在我们之间砌起了一堵墙，我不知道他想保护谁。

那年夏天，我尽量让自己积极一点。不是因为相信迈克会战胜癌症，而是我知道这根本不由人，我只是设法充分过好每一天。我迷上了俗话说的"遗愿"。我告诉迈克，他应该做个遗愿清单，我也做一个我的。我把这当成了一场试验。我咨询过每一个我认识的人："假如你离死亡只有一年的时间，有什么事情是你想做，但一直没有做过的呢？"大多数都给了相同的答案：多陪陪家人；追求一份自己更痴迷的工作，而不仅仅是干现在的营生。

我知道，我只做到了其中一样。

我从迈克身上学到了很多。癌症侵入了他的内脏器官，但他仍可以如此坚强。不是每个人都能完成积极化疗，迈克骑着自行车去接受治疗。那年夏天，在化疗期间，迈克还想来一场独木舟之旅。他的医师取消了迈克的一个预约，给他放了三周假。迈克随着旅游团飞到了爱达荷州，在宽广的河上漂了好几天。后来我去机场接他，他晒得皮肤黝黑，像个糙汉子，留着一点胡楂，头戴一顶破旧的棒球帽，看上去状态不错。我们已经在一起超过十五年了，一起经历了风风雨雨。但那天在机场，他看起来还和年轻时一样。

8 月，我让他带我和孩子去划船旅行。我心想，这可能是最后一次了。我想让马克斯和亚历克斯了解迈克，就像我爱上他那时一样，在激流上大显身手。可迈克拒绝了。他告诉我，他已然筋疲力尽，孩子们不会享受这场旅行的。我们上次旅行时，他们牢骚满腹，你不记得了吗？我含着眼泪，告诉他这对我有多重要。他摇了摇头。

不过，我们还是做了一些本来不会做的事。我们在新罕布什尔州的滑雪胜地租了一间房。夏末，四周静谧。我们驱车上了华盛顿山，但那里的景色有点令人沮丧。有些人从山的一边走上去，也有人从另一边开车上去。之前我们总是被野外探险吸引，认为那才是我们的归宿。可这次，我们却开车往山顶行进。

狂风掠过山顶拥挤的停车场。我的感觉很不好，直到亚历克斯发出感言。他正紧紧抓住路标，防止自己被风吹走，身上那件红色睡衣转眼间就要变成船帆。"总有一天我要去攀登华盛顿山，"他说，"我要去创造一个世界纪录。"我想哈哈大笑，但内心对他甚是欣慰。亚历克斯依然满怀希望，他对世界知道的还不够多。有一天他会登上华盛顿山头，有一天他会创造一项世界纪录。

那年秋天，我和迈克小心翼翼地想找回从前的彼此。我们都有黑色幽默感，相当黑色的幽默。院子一解冻，迈克就给莫莉挖了个洞。为了不让迈克接近死亡，我从我临时搭建的停尸房里取回了莫莉僵硬的尸体。不知为何，泥土不够填满这个窟窿，我不得不往莫莉的坟墓里扔了一块大石头来填平它。"泥土去哪儿了？"迈克笑着问道。

而现在，轮到米妮·梅日渐衰弱了。迈克又挖了一个洞。或许它能坚持到冬天，但他不想让另一只猫再住进冰箱了。他想做好准备，小心翼翼地把那堆松土放在洞边，准备铲回原处。他迫切地想知道另一只猫的坟墓，是否能用这堆松土填满，或者我是否还要再找一块石头来填平。想到这儿，他不禁嘴角上扬，我也陪着他嘴角上扬。接着，我们中的一人笑出了声，另一个人也哈哈大笑。如此笑声，已是许久未闻。笑到我都忘了，那个笑点原来是不知道究竟是我生病的丈夫，还是生病的猫先埋进坟墓。

10 月，迈克又做了身体扫描，看看化疗是否起效，但结果是没有。他的小肠外面有了新的肿瘤，卡在了腹腔里，癌细胞扩散了。放射治疗中还能扩散的癌细胞是致命的。迈克已是晚期病人。

那是一个星期五，周日我本来要飞往意大利开会。"我都推掉。"我说。迈克说不，说我应该飞去开会，他又不会明天就离开人世。D 医生曾告诉过他，我们谈论的是几年，而不是几个月。

"几年，不是几个月。"迈克对我重复了这句话。

D 医生不是撒谎，就是无知。我望着迈克，做了我最艰难的决定之一，我点了点头。

———————————— ◆◆◆ ————————————

从意大利回来的第二天，奇迹发生了：D 医生打电话说他诊断出错。迈克的癌症还没到晚期，他可以治愈。虽有新的肿瘤，但没有癌变，它们与肠子里的肿瘤无关。D 医生要把扫描结果送去做更多的分析，但一切都会好起来的。不管我们做了什么计划，我们都可以先搁置。

逃跑的感觉、解脱的感觉，自从在蛇形沙丘脱险的那个早晨，我再没有感受过。我们感到自己在改变，就像那场大火带来的恐惧改变了我们一样。我们不再讨论遥远、光明的未来，也不再谈论有朝一日将如何划掉清单上的另一项。我们受够了一直在等好日子，我们应该活在当下。我们讨论了如何纠正每一个错误，如何摆脱每一个诅咒。由于疏忽大意，我们差点失去了整个世界，然后癌症又来威胁我们，夺走生命延续的碎片时间。现在我们有了第二次生的希望。不仅仅是迈克，我也赢得了第二次机会，是我们。我和迈克达成了新的共识，这一次是对彼此的承诺：我们要把一切都做好。重新审视什么是重要的、什么是无关紧要的，我们要一起做好这件事。

十天的快乐之后，D 医生把迈克叫回办公室。他带来了坏消息：他第一次的判断是对的。

———— ◆·◆·◆ ————

11 月，迈克准备做更多化疗，他维持着乐观的面貌，他相信如果自己的癌症真的这么致命，就不会在他身上纠缠这么久了。我把我的真实想法藏匿于心中。第二轮化疗第一次会诊的前一晚，他想知道自己是否还需要去。不是因为他反正都会赴死，而是因为他的癌症没有那么严重。

我觉得他这种认知既令人沮丧，又令人心碎。这就是欺骗的罪恶，尤其是自欺欺人。"真相很伤人。"我们可以一口气说完这件事，然后再称谎言"不太伤人"。这就是胡扯的定义。迈克的希望对我来说，已成凶兆。他需要考虑如何度过还在世的时间，而不是指望那些未来永远不可能拥有的时间。我知道第二天我们见到医生的时候，医生会说什么。即使是医生，也不能再继续隐瞒下去了。

"迈克，"我说，"你想现在就从我这里听到真相，还是明天从医生那里听到？"

"从你这里吧，"他说，"我想。"

"你病得很重，我们虽然不知道你还能活多久，但不会太久。"

迈克发出了最沉重的叹息。然后，他上楼打开了孩子们卧室的门。看着马克斯和亚历克斯正在酣睡，黑暗与宁静中，他的眼眶开始噙满了泪水。"我最大的遗憾，就是无法看着他们长大了。"他说。

当悲剧降临到你或你爱的人身上时，你的大脑会对你开一个奇怪的玩笑。你花了很多时间缅怀过去。过去的生活就像电影一样，在脑海里放映。你还记得，当忧虑达到不同的程度时，重温过往历历在目的快乐场景，每一个画面都因随后发生的一切而变得朦胧和忧郁。灾难来临之前，你要展望未来，给你的现在赋予意义。灾难发生以后，你就会回顾过去。迈克不再满怀期待，他开始回忆。他回忆第一次盯着马克斯的蓝眼睛，回忆独木舟旅行和火箭发射，现在他知道了我所了解的真相。他看着熟睡的孩子们，终于落下了眼泪。

迈克还在做化疗，他已为此筋疲力尽。一天晚上，他下楼来同马克斯、亚历克斯和我共进晚餐。一坐下，他就把盘子推到一边，趴在桌子上睡了十分钟左右。"我的头好疼。"他说，然后转身回到楼上睡觉，再没有碰过食物。

我看着孩子们，我想试着用他们看到爸爸的方式去看迈克。

"你们觉得，"我说，"爸爸是生病了，还是如同往日呢？"他们互相看了看，努力在给出答案之前确认自己的结果是正确的。他们什么也没说，只是看着我。"如同往日。"孩子们不约而同地回答。

病恹恹的迈克，成了他们对父亲唯一的记忆。

———————— ◆ ◆ ————————

圣诞节后不久，我们收到了医生的来信。第二轮化疗没有多大帮助，新的肿瘤没有生长，但也没有变小。迈克的恶性肿瘤，在他死前是不会消失的。

新年夜，我把孩子们放在床上，和迈克坐在餐桌旁。我们都很累，但各自的累又全然不同，我们沉默不语，彼此凝望了许久。我们以前也经常这样。灯灭得差不多了，屋子里其他的人都静了下来。那年冬天下了很多场雪，雪像是落在白色的反光毯子里。午夜，院子里的光线似乎比厨房里的要亮。

"唉，"我说，"这真是有史以来最糟糕的一年。"

迈克看着我，就像他在蛇形沙丘大火中的眼神，忘记了去掩饰自己的恐惧。

"明年将会更糟。"他说。

| 第八章 |

一颗星的陨落

人终有一死，过程或长或短。通向死亡的这条路，迈克走了很久：从确诊到离世，一共花了 18 个月。他完美地印证了统计标准，每天都按预设的时间表行事。也就是说，他的生活完全符合人们对患癌而终的病人所持有的刻板印象。在死亡方式的分类簿上，迈克应该列入"持久战"。出于某种原因，只有谈及一刀致命时，才用"溘然长逝"这个词，而这一般都是意外。有时，我们也用"溘然长逝"来强调一种悲剧：他不知道今天是死期，死神瞬间夺去了他的生命，我们都没有机会说声"再见"。其他时候，我们则用"溘然长逝"以示安慰：至少他没有遭受病痛的折磨，逝于所热爱的事业中，甚至都不知道是什么让自己一招毙命。

理性上，我理解有必要去区分这些异项。车祸和癌症是两种截然不同的死法。这种区别在于将死亡当成整体——一次性死去，还是将死亡碎片化——一块一块死去。这种区别在于是直接推倒整栋楼，还是慢慢毁坏它。无论如何，这座建筑最终都会消失，只是消失的方式不同，我们需要用一个词来说明过程的差别。

有种感觉始终围绕着我，就好像迈克真的会溘然长逝。没错，我们知道他大限将至。我们可以让他的"后事安排妥当",不管这会带来什么空洞的慰藉,就好像人死的时候,最重要的是有一张整洁的桌子。至少,我们可以体谅下在他死后来处理事务的律师和会计师。

尽管我知道迈克惊人的意志力是上天赋予的礼物,但不晓得死亡究竟还有多远,这对我、对他都是一种特别的痛苦。对我来说,从来就不是非此即彼,而是悲喜交加:我们失去了他,这很不幸;但能和他在一起这么久,我们又很幸运。我最大的遗憾,就是我无法兑现当初的承诺,承诺我们要花更多时间在一起,但至少我没有其他小遗憾了。而对于那些家中有人毫无预兆地死去的家庭来说,小遗憾会纠缠他们一辈子。我们没有做到想做的一切事情,但我们必须说出想说的一切。对此,我很厌恶;对此,我又心怀感激。

我和迈克共度他最后的时光,丝毫没有减轻死亡带来的恐惧,也丝毫没有减轻我失去他的猝不及防。迈克吸了一口气,然后就没有再吸下一口。前一秒他还活着,下一秒他就离开了。前一刻我还是妻子,下一刻就成了寡妇。

---- ◆ ◆ ◆ ----

1月的一天,迈克走过来。"萨拉,"他说,等我抬头看着他,"医生跟我说我最好不要从家里'走',因为有小孩。"我们发誓在谈及死亡的话题时要彼此坦诚,之前我们便讨论了迈克何时离世,离世时应该身在何处的问题。此类谈话并非易事,交流到最后,我经常泪水满盈。但是,我从父亲对待死亡的方式中获益匪浅。我曾有过一次给父亲守夜的机会,而现在我视死如生。没人羞于谈论如何把孩子带到人世间,我也不认为,会有人耻于讨论自己如何离开大千世界。我和迈克早就达成一致,他要像父亲一样,安息于家,逝去在美丽的、黄色的维多利亚式房屋中,同我和孩子们

一起。如今，他的医生极力在他身体里播下怀疑的种子，感觉好像我们又要重新谈死亡话题了。

"你说什么呢？"我说道，我能感觉到一股炽热的愤怒油然而生，"那能让我们的孩子明白什么呢？明白我们把病人扔在医院里，只为等死？这太荒谬了。这个医生都懂什么啊。"

迈克沉默不语。我知道他赞同我的说法，眼泪开始夺眶而出，一切都太讨厌了。我只是想让迈克和我们在一起。我想给他做晚饭，让他和孩子们坐在一起，让他在生命的最后几天，摆脱日光灯的"嗡嗡"声和护士们的走廊闲聊。"我们要让马克斯和亚历克斯知道，我们会一直爱你，细心呵护你，直到你走的那天。"我说。那是我们最后一次提到"终于何处"。除此之外，我们只需要知道"终于何时"。

迈克开始进行第三轮化疗。我告诉他不该再去了，但是他想抓住救命稻草，他一点也不想死。化疗没有任何成功的先例，第三轮化疗又是致命的、试验性的治疗方法，为了让他多活几周，就要先让他生不如死。医生怎敢如此对待迈克？我提出抗议，带着绝望阻止这场化疗。即使成功了，迈克会过着什么样的生活？如果他要死了，我希望他在最后的关头感到的是坚强，而不是挫败。我希望我们能花点时间在医院以外的地方，就像我们以前那样，或至少是我们刚刚一起生活时那样。那年冬天，雪下个不停，不是一英寸一英寸地下，而是一英尺又一英尺地堆积。我想和我身材魁梧的丈夫一起越野滑雪，听着杆子的声音，找到曾经熟悉的划桨节奏。我希望我们在一起的最后几个小时，和起初一样。而化疗会让这些化为乌有。但是迈克想要试一试。他总是想要一探究竟。

第三轮化疗几乎要了他的命，他不得不停止这场治疗。D 医生曾把迈克的力量和决心跟海军陆战队和退伍军人的相比，但个中苦痛即便对他来说也是巨大无比，几乎耗尽了迈克剩下的大部分精气神。我气得火冒三丈。好几个晚上，我一想起迈克遭受的痛苦，就害怕自己会因为愤怒而爆血管到失明。

雪继续下，从1月到2月，从2月到3月。如果迈克主动想做一件事，不论耗时多长，他都要做。他预估了自己的精力，决定了什么事情"值得"做。他一直想去加拉帕戈斯群岛，这是遗愿清单上最后一项。他拿出积蓄，在他最好的朋友皮特的帮助下，进行了为期两周的旅行。迈克回家后不久，我们在体操中心举办了亚历克斯的6岁生日宴会。我有一张他们在一起玩的照片，他们用泡沫块互相扔了5~10分钟。接下来的24小时，迈克不得不卧床休息。这一切都值得。

春天终于来临，但似乎每天都在下雨。冬天的降雪量创下了历史新高，而如今也已融化完毕，但地面仍结着冰。融化的雪水和雨水无处可去，形成了康科德当地人称之为百年一遇的洪水。河水漫过河岸，封锁道路，城镇的低洼处已成水塘。很难不把涨水看成一个比喻：对即将发生的事情，我们无力阻止。迈克终于不再自欺欺人。5月的第一周，他和独木舟俱乐部去新罕布什尔州，参加最后一场旅行，但他回家时仍心有余悸。他不该开车，他已经很难集中注意力了。以前他一直都很专注，但眼前一团模糊的雾开始弥漫。

我们的黑色幽默仍频频闪现。我们继续在想，他会不会把米妮·梅埋在院子里，又或者，米妮·梅会不会把他埋进他挖的那个洞里。他们陷入了一场病态的竞赛。我开了个玩笑，说他死后，我至少还能多生几个孩子。"萨拉，"他说，"你需要孩子就像你的脑袋需要挖个洞一样。"这令我忍俊不禁。我想多生孩子的愿望从未真正消退，但现实的混乱让迈克的评价无可辩驳。我诚恳地告诉迈克，我保证他死后我只穿黑色衣服，就像维多利亚女王失去艾伯特一样。迈克说这算不得什么保证，反正我本来也只穿黑色的。

我编造了一个新的定律："幸福守恒定律"。守恒定律是物理学的基础。质量守恒、能量守恒、角动量守恒。很少有东西会真的无影无踪，它可能会暂时丢了，但一定仍在某处，以新的方式藏匿其中。无论何时有人向我问起迈克，我都会避开伤心的话题。"你真的需要细细品味人生的每一分钟，"我会说，"人生苦短。"有时，我会对着镜子说这些事。

　　我还在努力工作，把主要精力放在迷你卫星阿斯忒瑞亚项目和生物特征气体上。我总是一心二用，常常分心。我每天都要给迈克打好几次电话确认他还安好，下班后还要尽快赶回家，他生病前我几乎从没这样过。幸好我有一群研究生和博士后，他们没有什么繁杂的生活琐事，总能为我分忧。我把他们分成三组：第一组设计用于阿斯忒瑞亚的光学元件；第二组精确瞄准目标星；第三组设计卫星交互。其他人继续攻克系外行星大气。我告诉他们，我无法再像以前那样一直盯着他们了。我和一个工程系的学生站在外面吹冷风，告诉他我丈夫快要离开人世。他用人们最常说的话来宽慰我："如果需要帮助，我义不容辞。"这些话又跟我以前听到的不太一样，多了一丝诚恳和无私。

　　我下定决心要建立新的纽带。克莉丝汀白天在家，戴安娜放学后来，我尽量把她们当成同伴，而不仅仅是帮手而已。杰西卡跟以前一样，每周末会来照看马克斯和亚历克斯，有时也会带他们去她家看看。孩子们去了那个没有阴影笼罩的家，回来后还沉浸在白天的冒险里，开心得手舞足蹈。我想问问杰西卡能否陪我和孩子们一起旅行。我总觉得这样问很怪，就好像我们的关系经历了巨大的飞跃，从在家玩玩变成了一家人坐飞机度假，但她答应了。就这样，皮特来家里看望迈克时，我们剩下的人，我、杰西卡、马克斯和亚历克斯就飞往百慕大，沐浴阳光，在沙滩嬉戏。这感觉就像开始构筑新的事物，让我们第一次瞥见了以后可能的生活状态。

那年夏天，过完生日我就 40 岁了。考虑到幸福守恒定律，我决定在 5 月举办一场为期一天的研讨会，名曰"系外行星的下一个四十年"。许多科学家都会在职业生涯即将结束时召开类似的集会，但干吗非要等到那时候？虽然看起来有点自我陶醉，但我有理由去寄予希望。我需要展望未来，体会恐惧之外的感觉。关于会议宗旨，我写了一段话："希望有一天，我们可以带着子孙后代仰望漆黑的夜空，指着一颗肉眼可见的恒星，告诉他们那附近还有一颗行星，像极了地球。我们想在未来 40 年内实现这个目标。"我不擅长组织派对，但我可以让大家把焦点从我身上移开，放在这场围绕太空探索的盛会上。另外，我觉得大家应该会愿意来参加这样的盛会。

我选出一些同事，给他们发送信函。他们一一接受了邀请，每一封"敬请赐复"都让我开心不已："开普勒"小组的副组长娜塔莉·巴塔哈（Natalie Batalha）；哈勃望远镜的主管马特·芒廷（Matt Mountain）；丽萨·卡特尼格（Lisa Kaltenegger），康奈尔卡尔·萨根研究所的现任所长；我以前在哈佛的导师迪米塔·萨瑟罗夫；退役宇航员约翰·格伦斯菲尔德（John Grunsfeld）；还有 NASA 的德雷克·戴明（Drake Deming）。

杰夫·马西也是明星嘉宾，在人们发现的前一百颗系外行星中，他合作发现了七十颗。我要求演讲人"鸡蛋里挑骨头"，他认真地接受了我的指示（后来我听说有人指控他性骚扰研究生，于是他辞去了加州大学伯克利分校的职位，着实让我惊讶不已）。座谈会上，他登上讲台，怒斥我们缺乏想象力。"我对过去 10 年、未来 10 年都非常失望。"他说道。虽然开普勒望远镜已取得初步成果，发现了一千多颗行星候选体，在等待确认。但等我回到卡内基研究所的时候，"类地行星搜寻者"项目已经取消了，打消了所有人想寻找行星际"双胞胎"的希望。他谴责我们的圈子缺乏凝聚力，天体物理学家的内讧常常成了我们的"拦路虎"。如果连如何前进都无法达成一致，行进之路必然举步维艰。

听众席暴跳如雷，开始大声喝倒彩。起初，我十分警惕：我最不想听到的事情，就是另一个尖酸刻薄的真相。但是经过那一整天后，看着演讲者一个接一个地怀着如此高涨的热情，像攀岩者征服群山一般探索着发现之路，我又体验到了一种消失了许久的舒坦感觉，如入浮云，如此新鲜。

随后，我们齐聚在麻省理工学院格林大楼的屋顶上，举起香槟，互相碰杯，致祝酒词。那是一个风景如画的初夏傍晚，壮观的波士顿天际线在暮色中闪烁着生机。查尔斯河映着天空，蓝得深邃。在这接近永恒的一刹那，我竟有了来日方长的错觉。

———— ◆ ◆ ◆ ————

我差点错过了自己的盛会，因为迈克前不久刚进了急诊室。他已经是癌症晚期了，深受病痛的折磨，我不知道该如何帮他。后来我了解到他可以申请家庭临终关怀的服务。医院把杰瑞分配给我们，一个年迈的男护士，也是我人生中真正意义上的圣徒。我们订了一张医院用床，把它放在楼上的客房里，好让迈克舒服地休息。

我告诉了孩子们他们父亲的真实情况。他们需要知道真相，也是时候该让他们知道真相了。之前的每一个了无牵挂的日子都像是小小的胜利，但现在是时候了。我们坐在火车上，准备去罗德岛的动物园玩一天。我们坐在一个小隔间里，中间只隔着一张桌子。虽然心里怦怦直跳，我仍佯装平静，努力让自己的呼吸正常。接下来的谈话，我已经酝酿好几个月了。

"马克斯，亚历克斯，"我说，"有件事我得告诉你们。"

稍作停顿，他们正在侧耳聆听。

"这不是件好事，我们家有人病得很重，吃药已经救不了他了。"

我又停顿片刻，看着两对睁得铜铃般的眼睛。

"抱歉，但我必须得告诉你们。"

现在是最长的停顿。

"爸爸没法创造奇迹了，他快死了。"

亚历克斯几乎尖叫起来。"什么？"他说，"我还以为你在说米妮·梅呢！"

我站了起来，给了他们每个人一个大大的拥抱，握着他们的手。

"我早就知道了。"马克斯说。

我们静坐着，沉默了许久。没有人哭，但那感觉犹如参加葬礼一般，车厢里好似空无一人。夏天的空气压抑得令人喘不过气。我们在去动物园的路上，随着铁路上的每一个颠簸摇摇晃晃，练习着成为一个三口之家。

———— ◆◆◆ ————

过去几周里，迈克越来越让我捉摸不透了。有时他行事有目的，有时又没有。他曾在孩子们的学校负责零食委员会的工作，现在他又去为家长作业制作电子表格。他好像忘了自己早就把工作转交给别人了，学校也放假了。有一天他醒来下楼，我跟着他进了厨房。他抓起一把刀，好像要重新收拾厨房的抽屉，可是他拿的是刀刃，而不是刀柄。然后他又握着刀刃拿刀柄切东西，他把啤酒倒进了咖啡机里。迈克的种种行为看得我心惊肉跳，恳求他停手。他终于站定，看着我说："我不知道该怎么上楼。"

杰瑞告诉过我一种病叫"末期谵妄 [①]"，患病者的身体不听大脑的使

[①] 谵妄（Delirium）是指一组综合征，又称急性脑综合征，表现为意识障碍、行为无章、没有目的、注意力无法集中。通常起病急，病情波动明显。它不是疾病，而是由多种原因导致的临床综合征。——译者注

唤。杰瑞见过无数这样的病例。他告诉我，迈克很快就会抱怨一些奇怪的事情，比如他的脚太冷了。迈克好像全然迷失了，直到死神把他带走，然后他就会完全清醒了。

我不想让孩子们看到迈克这般模样。"你们还记得我们为莫莉做的吗？"在谈话快结束的时候，我问他们。"你们还记得我们是怎么细心照顾它，然后再道别的吗？现在是时候告别了。"亚历克斯用手捂住耳朵，每当我想和他谈论迈克的时候，他就跑出了房间，但马克斯已做好了准备。

我和马克斯一起悄悄走进迈克的房间，迈克从床上坐了起来，用尽最后的力气给了马克斯最大的拥抱。"今天去学校怎么样？"迈克问道。他又忘记现在是夏天了 ①，甚至可能根本不知道现在是什么季节。马克斯望着迈克，迈克看着马克斯。这真是回到了最初的起点，让我想起了马克斯出生的那天，父子俩第一次四目相对，同样碧蓝清澈的眼睛。现在他们又相顾无言，相视而笑。他们又彼此相拥，不带泪花。我不确定，他们是否知道那真的是再见。

我和迈克说了很多次再见。有一次，我正要下楼，他拽住我的胳膊。"你是我此生最美好的相遇。"他说。坦白的分量掏空了我肺里的空气，让我瞬间停住了呼吸。还有一次，他回到床上之前让我坐下，说他有些重要的事要说。他花了点时间组织语言，我安静地等着，等他找回自己的勇气。"萨拉，"他终于开口，"萨拉，我知道，你会再次步入婚姻的礼堂。"迈克好像还想说点什么，但是他说不出话了。感觉就像风向变了，好像他在准许我可以放下他继续前进。我很沮丧，我从没想过要另结新欢。我告诉迈克，即使我知道我们一起生活的结局，"我也希望这些年的酸甜苦辣能重来一次"。我会和他一起在亨伯河上划独木舟，然后回到他的住处温存。

---

① 国外小学有三个学期，1—3月、4—6月、9—12月。夏天不上学。——译者注

杰瑞原以为迈克只有几天可以活了，没想到几天变成了几周，几周变成了一个多月。7月的一天午后，杰瑞把我拉到一边，低声说："我从来没有见过像迈克这样对抗死神的人。"迈克真的想继续活下去，他患病前的健康体魄是原因之一，强大的精神意识是另一个缘由。但杰瑞认为迈克抗拒死，是因为担心我无法应对杂事。杰瑞说："你不能再问迈克家务要怎么做了。"我一直在问他如何做家务的问题，现在我倾尽全力停下来。但后来我又发现，我不知道该怎么把他的独木舟架从车上拿下来。我问迈克要怎么办，我知道这就连对他来说都不太容易，可能还得用一个特别的扳手。

"解释起来太复杂了。"迈克说，他又闭上眼睡着了。

像我父亲一样，迈克坚持住了。他困于床上，很少睁开眼睛，但心脏仍在跳动。我仔细观察他，看他哪里疼了，然后每天往他的脸颊上滴几次吗啡。我一直担心他会受罪，我们都不忍让动物那样受罪，何况迈克呢。

我的生日快到了。我和迈克一般不会互相提醒对方过生日，但发现这是个好机会。我上了楼，迈克正在休憩。我在床边躺了下来，等着他醒来。等了一阵，他终于动弹了一下。

"我快40岁了，"我说，"这可是个大日子哦。"
"你知道我不太擅长记住这些事。"他的语气充满宠溺。

我摇摇头，尽力不哭。但我从内心里知道，假如他死了，我不会安好如初。但此刻我想让他相信，我能承受这一切。

"迈克，你是我此生最好的知音。我们能生活在一起，拥有美好的生活，我觉得很幸运。但我会没事的，孩子们也会没事。"

迈克保持安静。

"迈克，"我说，"为了我的生日，作为你给我的最后一份礼物，我希望你放手往生。"

我40岁了。两天后，迈克逝于家里的病床上，我陪在他身边，不需要拔管子。这是我第一次不借助任何工具就能构建美好的事物，我从未如此自豪过。迈克以他进入这个世界的方式，跟世界做了告别。这是我给他的礼物。

他的最后一口气，是靠自己吸入的。

| 第九章 |

守寡满月

有些经历，我不打算拿来教育孩子。并非所有的知识都是力量，并非所有的事情都值得了然于胸。马克斯和亚历克斯从未见过迈克的尸体，他们都没看到把迈克抬出去的样子。

迈克去世的时候，天已经很晚了。马克斯和亚历克斯虽然已经好几周没看见他了，但他们知道迈克还在楼上的卧榻。我想给他们一个避风港，远离迈克的死讯，我不想让他们对父亲最后的记忆是一具尸体。迈克的母亲和哥哥丹一直在康科德，陪他度过了生命的最后一刻。我请丹带孩子们去公园，他们从未在夜里去过公园。现在，公园里只有他们了。可我觉得，他们好像长大了一些，好像有人跟他们透露了什么秘密。

我自己的秘密还藏在心里。我叫来了殡仪馆有关人士，他们到的时候，正西装革履地坐在灵车里。结果，我通知他们来的时间太早了。在他们带走迈克之前，我们还要等临终关怀的护士来宣布迈克离世的消息。之后，殡仪馆的人员把迈克装进一个特殊的袋子里，然后滑下楼梯。一行人把迈克抬出屋子，走上前廊，下了台阶，然后进了灵车。他们行迈靡靡，小心翼翼。他们虽未表同情，但发动汽车的时候，发动机好像比原来安静了些。

我已经订购好骨灰盒，用来装迈克的骨灰。戴夫是殡仪馆负责人之一，之前他已经拿来了一批样品，但我一个都不喜欢。有的太过简单朴素，就像随意拼起来似的；有的又太过花哨，应该是精心组装的桃花木。戴夫让我多给他讲讲迈克的事情。"他崇尚简约，"我说，"我也是，但也不要太简单了。"我真的不知道。我从未想过，哪天要拿什么盒子来装我的丈夫。但肯定会有一个合适的盒子，完美的盒子，但是我找不到形容它的词汇。不能太便宜，但也不要太过戏剧化，高雅而不珍稀。

"交给我吧。"戴夫说道。

我待在空无一人的屋子里，想着戴夫会造出个什么？会是什么样的骨灰盒，放在殡仪馆那头，等着迈克的残骸？

孩子们还在公园嬉戏。丹没有手机，我没法通知他迈克的遗体已经运走了。他只能待在外面，待到觉得足够久了再回来。后来他们回家时，孩子们像萤火虫一样。我把他们抱上床，塞进被窝里，透过床单可以看到他们的光芒。我决定等到次日早晨，再把迈克离世的消息告知他们。这样，他们就可以好好睡上一觉，然后迎接天翻地覆的消息。但今晚，他们还会觉得丹叔叔出的是好主意，晚上就是去公园的绝佳时机。爸爸迈克还在楼上，在梦的最深处，而不是火化后放在一个我想象不到是什么样子的骨灰盒里。

———————————————◆◆———————————————

左邻右舍都知道迈克已经离开人世，因为我们家门前的街道万籁俱寂。迈克的母亲和哥哥离开了小镇，杰瑞也不用再来家里。我雇的护士助手、给迈克洗澡的服侍人员，也不用再往返家中。医疗设备公司收走了迈克的床，我把迈克剩下的药片和医疗器械统统扔掉了，结束了我们的抗癌之战。房子里有种空荡荡的感觉，就像炮击停止后的战场一样：一方面，我不敢相信这场战争已经带来了这样的伤害，我不敢去思量究竟造成了怎样的损失；另一方面，战斗结束了，我有种解放的感觉。硝烟散去，我还在原地。

杰西卡带着马克斯和亚历克斯去了她家，我希望两个孩子伴在杰西卡的父母和姐妹身边，在那个完整的、相亲相爱的家庭里待上几天。归来时，他俩如影随形，一直黏在一起。以前，他们对死亡的话语感到困惑："为什么大家总是说我们把他丢了？他没有丢，他死了。为什么大家要说对不起？这又不是他们的错。"他们需要我来回答这些难题，一声不吭地跟着我进了三楼的洗手间。"宝贝们，"我说，"我有点儿内急，得赶紧上厕所。"但与此同时，我也需要他们待在我身边。他们的房间有一张上下铺，还有一张双人床。马克斯睡在双人床上，亚历克斯睡在下铺，我睡在上铺。房里共有五间空卧室，但我们三个人睡在同一个房间里，就好像在室内露营一样。

我和孩子们在一起的时间总是不够。虽然我很爱马克斯和亚历克斯，但就像我舍不得迈克离开，又想让他解脱，这样思前想后的纠结，也可能让我和孩子们咫尺天涯。失去迈克，我恨不得立刻随他而去，缩短我们天人永隔的距离。只有和孩子在一起的时候，我才能不胡思乱想。尤其越小的孩子就越自私，或者至少可以说是利己。他们只关心当下之事，他们总会迫使你站在他们的角度去思考，强烈要求你把他们放在眼里。马克斯很体贴，为人平心静气，还很幽默。相比来说，亚历克斯更容易吸引大人的注意力，他经常在说一些或做一些稀奇古怪的事情。两兄弟的行事方式不同，却又总待在一个房间里。

一个完美的夏日午后，孩子们露营回家。我问马克斯想不想打网球，因为我们都喜欢打网球。亚历克斯可以和戴安娜待在一起，我们不用再闷在家里了，我希望马克斯心里想的和我一样：到室外去，远离疾病的图谋，尽情享受自由吧。我很高兴他同意跟我一起去打球，于是我们带上装备向球场走去，一路上我们聊个不停。当然，马克斯不健谈，他其实也没说什么，但我们还是搭话了，这样就很好。马克斯沉默了一会儿，天气真好，不冷不热，真是宜居带。

"你知道吗？妈妈，"马克斯说，"有一个死了的爸爸，总比病了的好。"

相信我，当你听到你 8 岁的孩子说出这样的话，你一定会停下手里的工作，就好比你第一次听到他们的誓言：意识到他们理解的世界远超你的想象，不得不为此倍感震惊。我想问马克斯他为什么会这样想。但在我问出口之前，我就已经想到了答案。我明白他想表达的意思。站在孩子的角度，他在很久以前就失去了迈克，也失去了我，尤其是在迈克快走到人生终点的时候。如今，迈克走了，但我回来了。对于马克斯来说，这场交易还算公平，一个总比没有好。

听到马克斯这样说，我心里很内疚。但我更内疚的是，在一切焦虑和徘徊过后，我竟然尝到了一丝陌生的解脱。我向来头脑清晰，善于专注地思考，但迈克死后的几周甚至几个月内，我再也无法专注地想清楚事情了。我不知何故。悲伤总能把事情变明晰，把所有不重要的、愚蠢的想法都抖出来。那年夏天，我走进了自己的办公室。那一瞬间，仿佛世界上其他地方比平时消失得更彻底，只剩我和我的工作，还有一系列未解之谜。

我有个学生在研究"迷你海王星"，即比海王星小、比地球大的行星。太阳系中没有此类行星，但"开普勒"发现它们是银河系中最常见的行星种类。因此，我们需要重新思考"家园"的概念，需要超越原有的经验去搜寻其他生命。另一名学生不仅仅致力于确定我们如何计算巨型系外行星大气的组成，还要研究如何使用"哈勃"或"斯皮策"的数据来测量这些气体的含量。有多少钠？又有多少水蒸气？这些并非易事，但我们共同努力找到了一种方法，以太阳系中行星的大气层为基础，借此构建"系外行星大气检索"技术。不知为何，迈克的逝世使繁星变得更加璀璨。

还有，"多陪陪家人。"每当问及如果我只能再活一年，你会选择做什么的时候，每个人都会这么回答。我的工作就是我的激情，但我不知道责任等同于什么。我没能履行对迈克许下的诺言，但我会对孩子们继续履行这个承诺。

—— ◆ ——

我给朋友和同事写信，信的标题是"漫漫长路的终点"。我邀请了其中一些人来参加迈克的追悼会。剩下的信里写了悼词，还有一些私人事务。我只对个别人提出了要求。我给麻省理工学院的校友里卡多写了一封特别的信，他是我在父亲去世后心生仰慕之人。我越来越喜欢那些会像父亲一样对我说话的导师，像约翰·巴考那样待我的人，他们只是把我当成女儿一样，单纯地希望我的生活变得更好，别无二心。"我正在调整自己，逐渐把注意力转向新的开始，我真心希望您能参与其中。"回信如潮水般涌来，有些信我都来不及读，但我一定要阅读里卡多的回信。"我和你所有朋友一样，会继续陪伴你并肩同行，"他写道，"共度余生。"

我想告诉孩子们，生活不仅会继续进行，还会是一场冒险。还有那么多未知的地方要去，那么多看不见的东西要看。我还想去埃及参观大金字塔，只可惜我刚刚沦为单亲母亲，只能在新罕布什尔州待上几天。

我们住在印第安海德度假村（Indian Head Resort），这个名字的意思是印第安人的面容。有人说附近有一座山，轮廓很像这张脸。孩子们很喜欢那里，有游泳池、拱廊和漫无尽头的徒步小径蜿蜒曲折地穿过树林。这个假期，我如释重负，从家庭悲伤中挣脱出来。但我看起来很疲惫，神志恍惚，其他宾客都一脸担心地看着我。

没错，旅行毫无意义，我的情绪终于在度假酒店的餐厅崩溃了。我想了想，还是先去预约晚餐。我走到一个年轻女人面前，她站在柜台后，前面摆着一本书，我以为那上面写的是姓名和时间。"我要预订晚上 6 点的晚餐。"我说。她摇了摇头，说不接受预订，先到先得。孩子们已经去了拱廊，我很焦虑，不想就这样去找他们。"这说不通。"我说。我已经幻想到我们在餐厅里排队等着，饥肠辘辘、精疲力竭。"你们怎么就不接受预订呢？"求求上帝让我回到以前万事计划的生活吧，我在这个文明社会什么都做不了。我已经失去了假装自己属于这个世界的所有天赋，开始变得心烦意乱。看到我这个样子，对面那个可怜的女人有点害怕。她找来了经理，可那经理后来跟她一样害怕。

不管怎么说，这是个度假村，我有理由让自己沉迷于这种怪异的解脱感中。这样看来，孩子们也不是负担了。徒步旅行中，亚历克斯想起了攀登华盛顿山时的誓言。早春时节，我在布莱斯（Brice）的鼓励和陪同下，曾带孩子们在怀特山脉上艰难跋涉了几次。布莱斯是个瑞士来的博士后，和我在麻省理工学院的课题组中共事，他带着亚历克斯攻克了最具挑战性的下坡路。如今，我常常抽空陪着亚历克斯去莫纳德诺克山和瓦派克山脉到处训练，一直训练到 8 月。去年此时，我们和迈克一起驱车，登上华盛顿山的一侧；而现在，我们已经准备好徒步爬上山的另一侧，只有我和亚历克斯两个人。

计划徒步旅行的前一天，我们驱车三小时赶往目的地，入住了附近的一家旅馆。泳池里挤满了其乐融融的家庭，水花飞溅，父母和孩子一起放肆玩耍。而我和孩子们，却再也无法感受到那种感觉了。我感觉自己又要崩溃了，但我不想让亚历克斯近距离目睹我这个样子，此时此地绝对不行。我尽量不让心中的怒火蔓延开来。"我讨厌你们。"我还记着那些飞溅水花中的和乐家庭。"我讨厌你们，讨厌你们的幸福。"他们还在那里拍水花。

好在我还有亚历克斯，我们还可以一起登峰。第二天，我们早早醒来，狼吞虎咽地吃了一堆薄饼，然后驱车来到山脚下。晴空万里，天高云淡，我们沐浴在暖融融的红外线下。

我们决定走最短、最陡的路，总长 4 英里，近 4000 步才能登顶，沿途有条小溪。亚历克斯基本上从开始就在奔跑，他没有忘记要创造世界纪录的承诺，我根本跟不上他。我们超越了身边的徒步者，一个接一个，一路风驰电掣地爬上山坡。亚历克斯表现得好像在进行一生中最伟大的探险一样，事实也确实如此。几小时后，我们到了一个临时营房，需要中途休憩的登山者可以在这里过夜。我们大概待了一个小时，只是为了喘口气，喝了点热巧克力。亚历克斯才 6 岁，他的小嫩腿像安了马达似的不知道累。我们继续前行，又行进了一个多小时，穿越林木线，来到布满石块的山肩。景色壮丽，视线遥及百里外，山顶触手可及。亚历克斯停在不远处，眺望他征服的国度，一切尽收眼底。

"为梦而活，直面恐惧，留心周边环境。"他说道。

直到今日，我都不知道他是从哪儿学的这些话。亚历克斯也不曾知道，他为我做了什么。迈克的离世从任何意义上讲都不是好事，但最出乎意料的是，他的离开让我忽然开始珍爱生命，想要尽我所能过上最开阔、最幸福的生活。迈克走之前，我跟他说过很多。我告诉他，他虽离去，但他的灵魂会一直激励我。一想到失去他的痛苦，我就要以他的名义而活，每一天都不会得过且过。我会奋发图强，追求宏伟的事业。我会更坚定地寻找另一个地球，对它的希冀更像一个使命。同时，我也会帮助孩子们找到同样的使命感。

此时此地，我和亚历克斯已接近山顶，我们小跑着走完了剩下的路。他没有创造世界纪录，但我仍为他感到骄傲，我也为自己自豪。也许，我们不再是一个完美的家庭，但我们仍然是一家人，依旧可以制造幸福的回忆。我们坐着小火车下山，然后开车回到康科德。那天晚上，我和孩子们睡在一屋，我睡在上铺，睡了这许多年来最好的一觉。

杰西卡已经转到离家较近的学校，她同意跟我、马克斯和亚历克斯一起住。我需要她帮我收拾房子、照顾孩子们，我也要填补迈克留下的空洞。我没有跟杰西卡要房租，我想让她像在家里一样，在二楼给她留了个套房。她选用薰衣草色装饰卧室，我雇了个承包商，把洗衣房改造成浴室，专供她使用。一切都是全新的开始。

　　承包商开了一辆大型装卸卡车，装修时把它停在了车道上。不知为何，看到它又让我崩溃了一场。情绪来得毫无征兆：有时我独自一人，情绪如泄闸的洪水般涌来；有时则有一群人，惊恐不已地围着我。唯一的共同点便是，我无法控制这些情绪。我忍不住大喊，像蒸汽出炉般尖叫，直到头发粘在湿漉漉的脸庞上。

　　这次，我生的是迈克的气。就在他亡故前不久，我们聊起哪种人的结局更惨，是身患重病即将赴死之人，还是那个眼睁睁地看着所爱的人受苦死去，还要强忍痛苦、被迫留下收拾残局的人？我不知道答案。但突然我感觉迈克抛弃了我和孩子们，好像他已经决定，归天总好过和我们共度余生。我既不理智，也不公道。迈克没有选择离开，他为了活下来与死神殊死搏斗。但现在他走了，我又一次情绪失控，悲伤浮出了水面。

　　迈克有收集的癖好，而我也有些恋物情结。我们有 15 艘各式各样的独木舟和皮划艇，还有几条船的残骸——在急流中撕裂成两半的船体，有些船的碎片甚至不是我们的。迈克的衣橱里塞满了从未穿过的旧衣服，车库里堆满了生锈的工具。家里有成堆的旧手稿，许多教科书的蓝本早已过时。而现在，我坐在房中看着我们房间的家具，再也按捺不住了。猫儿挠开了沙发的假皮革，漏出里面磨损的蒲团，床头柜、梳妆台看上去都破旧不堪。

我疯狂地把他的东西都扔进垃圾箱。我都没有迈克了，还留着他的东西干什么？垃圾车容量真大，我装进来了那么多。承包商怕没有那么多地方给我放东西，可他们又不敢阻止我。我快把整个卧室都扔了，感觉自己卸下了一个无法承受的重量，半是驱逐，半是驱邪。我不想再活在过去，不想有任何东西提醒我过去如何。我需要空间，永无止境的空间。

———— ◆ ◆ ————

那年 11 月，我去波士顿纽伯里街理发。有趣的是，随之而来的事情就像是天上掉馅饼。我想坐在椅子上放空一会儿，理发是好理由。

纽伯里街上一排排古老的棕色砂石墙面房子被改造成了商店，每层一个店。我总是分不清这些商店的入口和楼梯口在哪儿。果然，我走错了楼梯，没找到发廊，而是进了一个凌乱的房间，里面堆满了一摞白纸和黄色文件夹。一个戴眼镜的金发高个子女人走过来，问我有什么需要帮助的。

"我在找理发店。"我说。

她正准备给我指路呢，我忽然发现原来自己是在律师事务所里。我都快忘记了，我丈夫死后还有一些法律事务要办。这些事虽然不急，但也都是必要程序。死亡总能让一切事情显得急迫无比，也能让一切事情显得无关紧要。

"你了解遗嘱之类的事吗？"我问她。

这个叫弗雷娅的女士上下打量了我一番，点了点头。然后，她把我领进了隔壁的房间，一个整洁的小包间。她告诉我，她的专业包括家庭法的方方面面，因为她的客户群体主要是商人，商人总是离婚。不知为何，她直觉认为我不是离婚问题。她主动告诉我，10 年前她就守寡了，着实让我吃了一惊。弗雷娅当过律师，也当过当事人。当然，她乐意帮我。可那时我根本听不进去她在说什么，一直在想她是怎么知道我是个寡妇的，怎么能让她教教我这个技能呢。

"你最近如何？"她问道。

"说实话，相当不错。"我说。我告诉她，虽然生活不尽如人意，但我一直觉得自己有能力掌控它。就连我的脾气，都感觉像一种正义感。尽管想念迈克，但我毕竟没有错过他生命中的最后18个月。"几乎已经解脱了。"我补充道。

弗雷娅笑了。"你现在这么兴奋并不稀奇。看起来狂热的生活方式，实际上只是自我保护的泡沫。"她解释道，"这是创伤过后常规的心理反应。""哦，不，"我心里想，"我不要听这些。"我不由自主地后退。好比在地铁上，有个疯子在你旁边为你祈祷，我一点也不夸张，你肯定也会往后退。弗雷娅没有就此放弃，她开始给我讲她自己的故事。10年前发生那件事之后，接下来的几个月里，她一直觉得自己是个超级女强人。然后，一种委顿、漫无目的的感觉，又取代了她的解脱感。她告诉我，未来的某个时刻，我也会如此，就像死亡一样，不可避免。等到那时，我的感受就不仅仅是孤独了，还有失落。她想让我做好准备，既然知晓它会发生，就可以提前准备，渡过难关。

我真的不知道该说什么。我知道我的感受：我觉得有些事情你不告诉别人，一部分是出于礼貌，一部分是因为他们永远不会信你。守寡、生孩子、死亡这些事情，只能让人以自己特有的方式去体验。我需要迈克接受他自己的现实，我需要他调和自己坚忍不拔的抗争和不可更改的命数，但这些我都能感同身受。我的经历是独一无二的，没有样板。谁说所有寡妇都要一样？谁说我们的经历就得千篇一律？丈夫去世前，我们都不一样，我们的故事自然和我们本身一样丰富多彩。也许，弗雷娅已经陷入了一种无尽的黑暗，就是她所谓的"无尽黑暗"，但这并不意味着我也会如此。我怎么就不能好起来了？我肯定会没事的。

我结结巴巴地说了声"感谢，再联系"。她笑着看向我，有一丝悲哀地握了握我的手。

"我现在要走了。"我说，"我要去理发。"我想坐在椅子上，放空一会儿。

我走到外面，却感觉双腿抽离了身体般不听使唤。呼呼呼，我好像回到了街上，一场风暴把我拥入怀里。不知为何，我幡然醒悟。我成不了那种奇迹般生还的婴儿，在被龙卷风裹挟后，还能挂在迎宾树的枝头。风暴肯定会把我狠狠地砸在地上，若果真如此，它一定会带我远离新世界，那个我全力以赴、为自己建造的新世界，远离我对幸福的幻想。

或许几个月前，在迈克的生命之花凋落的那刻起，风暴就已经把我接走了。也许是弗雷娅指出，我从未反抗过地心引力：我也是它的受害人。也许在我走进门的那一刻，她就知道我是个寡妇。因为我上下颠倒，错把地板当成天花板；我把坠落和飞翔混为一谈。无尽黑暗将我团团包围，我要怎样才能分辨方向？

| 第十章 |

无尽黑暗

天文学要求你从不同的视角观察宇宙。我们通常基于观测去发现它的奥秘。每当我们发现自己遗漏什么现象时，都会张大双眼沿着先前探索的轨迹重新搜索，直到找到它。虽然在空间探索领域，这种方法不总能奏效。宇宙中有太多黑暗，有太多我们从未触及的地方。

有时，我们可以通过其他物体的缺失，来识别自己本要寻找的天体。就像我们从彩虹波长的裂隙中，发现了某些气体存在的痕迹。而其他时候，我们则通过研究某一天体对其他天体的影响，来发现它的踪迹。比如，系外行星可能对其宿主恒星产生引力扰动。除了行星，没有什么东西的引力可以大到使恒星位移了。

有时，我们也可以去研究不能独自存在的事物，借此来发现目标天体。你要找的东西一定就在那里，因为它一定是先行存在的。假如我们发现了一张桌子，周围还围着四把椅子，就可以推断，有时候一定会发生四人同时落座的情况。不然，为什么会有四把椅子呢？困扰天文学的，常常是切实存在，却又看不见的事物。从这个意义上讲，天文学就像在得到和失去间寻寻觅觅，就像爱。

迈克患病期间，我的工作时而受到影响，甚至在生日派对这种场合，我也得一心二用。我都不知道还可以延长"开普勒"的使用时长，以致错过了申请的最后期限，失去了使用一手数据的权利。要知道，当初申请到这项权益费了多大力气。我打电话给我的朋友里卡尔多。"萨拉，"他说，"你会好起来的，总有一天你会从悲伤中振作起来，继续前行。"开普勒望远镜大约以每天一颗的速度，发现可能存在的系外行星。曾经，我们的先辈还在西进运动中征服着几英里的土地，那时天文学家就已看到了一个全新的世界。而如今，我以局外人的身份旁观着这一系列进展，心中倍感孤独。

　　但是，迈克离世后，我或多或少也能遇上一些完美纯净的窗口，这种感觉非常陌生，赶上心情不错、遇上我最爱的午后雨天，我就可以再次逃离现实，进入广阔的深空和梦想的双重世界。我当初提议利用凌星透射光谱研究系外行星的大气层，这种思路现已成为标准做法。利用"哈勃"和其他望远镜，我们已经观测到了几十颗热木星及其气流。能在专业领域内有所建树，提出一个切实可行的方案，着实令人心满意足。我耳畔还时常能听到约翰·巴考的赞许，虽然这些鼓励对我来说不似以往行之有效。我特别容易受到鼓舞，无论是新鲜事物，还是未知秘密，甚至是划着小船驶入平静的湖泊。每一次新的发现，每一次跨出第一步，这种感觉都愈加强烈。发现热木星没什么可惊讶的，因为没有什么生命能在烈焰中存活。就这样一个接一个地排查毫无生机的行星……我感觉自己可以在我空荡荡的房子里，在一间间空荡荡的房间里，度过余生。

几年前，我遇见过一位名叫威廉·贝恩斯^①（William Bains）的英国科学家。当时他在加利福尼亚的一次天体生物学会议上发言。他一开口就引起了我的兴趣，真正让他在一屋人中脱颖而出的不是那一头红发和显眼的红胡子，而是他渊博的知识，从生物到化学，再到生物化学的交集。我十分赞赏他思考宇宙生命的方式。

每年春天，威廉都把他的生物技术课堂从英国带到波士顿。2009年，他在麻省理工学院待了一段时间，给我和学生谈了谈他的研究，涉及寻找除水以外其他可能维持生命的液体。这在当时引发热议，人们纷纷讨论起生命可能存在的不同形式。生命能在硫磺喷吐中存活吗？生命能否打破碳基^②的常规，转为硅基呢？那次访学相当顺利，我邀请他来剑桥待了几个月，和我一起探索天体生物学的极限。我不是科班出身的生物化学家，但我不想让自己局限在我本职的领域中，物质世界超越了我们划定的边界。假如我能看到值得探索的事物，特别是如果它能帮我在宇宙中找到其他生命，我就会去追求它。

我们策划了一个壮观的实验项目，尽管它很快以失败告终。我们设想在地球上培养一种结实易活的生命形式——大肠杆菌。在我们的假设中，温度越高，细菌就越喜欢在消化道中生存。可是，在实验室协助我们的生物学教授却说，这个实验毫无意义，因为大肠杆菌无法在水星这样的行星上生存。事实证明，她是对的。不过，和威廉一起煮细菌还是很有趣的，就像电影中那些疯狂的科学家一样。

从此威廉成了我的知己。迈克死后，他也曾来问我，不知能为我做些什么来排忧解难。"来麻省理工跟我一起研究生物标记吧。"我说。我们聚精会神，重整旗鼓，讨论了或许能让生命得以孕育的不同气体。我们想知

① 威廉·贝恩斯：生命科学领域的科学家、企业家和教师。将寻找系外行星、肾脏化学和风险投资经济学等不同主题联系在一起。——译者注

② 碳基生物：以碳元素为有机物质基础的生物。目前地球上所有已知的生物都属于碳基生物。——译者注

道，究竟在什么温度下无法产生生命，而求得这个温度只需要我们换个思路去思考生命的开始和延续。我们知道科学界刚刚开始了解系外行星，它们的多样性超乎想象：形态各异、五颜六色；可以由固体、液体、气体构成；宿主恒星既有巨星，又有矮星、双星。我和威廉在脑海中描绘着每一个可能存在的世界。

我依旧对系外行星的大气组成很感兴趣。我仍然相信，大脚怪的呼吸会暴露他的踪迹。但现在我已经不想再借助新一代望远镜去探索太空了，我开始思考我们应该用它们寻找什么。我和威廉深入行星化学领域，包括岩石、地表温度和大气温度、质量的不同组合，以及这种温度和质量的融合，如何改变系外行星的天空。行星的火山活动，也会对大气层产生剧烈影响。例如，火星上最高的山是奥林匹斯山，高度是珠穆朗玛峰的三倍。其他行星的火山有可能比这更大，或者比我们的火山数量更多，也更活跃。我和威廉时常提醒彼此：一切皆有可能。

我们的目标是动摇人们因对地球先入为主，而对其他行星所抱有的偏见，我们称之为"地球中心主义"，即人类与生俱来的、独有的盲目性。大多数科学家也在研究生物特征气体，他们把地球看作是维持生命的模型。这种做法可以理解，因为我们生活在一个如此美丽的行星上，大小和距离都恰到好处。科学家要预测生物体一年内能产生多少甲烷时，总会想当然地以地球为标准进行汇报。

我和威廉对数学的理解不同。我们知道，生命释放的气体常常在一系列大气化学物质中惨遭破坏。这种情况在地球上也很常见。太阳的紫外线可以把分子粉碎成有高度活性的成分，称为自由基。而自由基又会再与各种化学物质结合。我和威廉计算着外行星的大气中得有多少特殊气体，才能让未来的空间望远镜监测到。然后，我们确定下来要多少生物量才能制造出这些量的气体，在这过程中，也考虑了紫外线破坏分解的因素。要是一颗行星得有 16 千米高的树林才能积累下可供观测的足量氧气，那我们还是把它从宜居行星中剔除出列吧。嗯……很可能要把它踢出去。或许真的有颗行星上有 16 千米高的树林呢。又或许，有颗行星上的树还会走路呢。还有可能，有颗行星上的树木，当了大王呢。

接下来，我们问了另一个问题：富含氢气的大气层，也有可能是有生命的迹象吗？这一点很重要，因为氢气是一种轻[①]气体。这意味着，大气中富含氢气的行星，较之地球，看起来更"蓬松"：它们的大气比我们微薄的大气外壳延伸得更远。（地球上能放得起氦气球，是因为我们的重力场太弱，无法控制住其中的氦分子。氢气球也是这样。但一颗质量更大或者温度更低的行星，就可以固定住氢气，因此气球在它上面就会下坠，而不是漂浮在空中。）较之稀薄的大气，蓬松的大气层更容易用凌星法探测到，我们能很方便地看到穿越蓬松大气的光谱信息。也就是说，在初期探索中，沐浴在氢气下的行星更容易成为候选体。但是，我们不确定氢气是否会与生物特征气体发生剧烈反应，会不会在我们探测到它之前，就已经被其他气体消耗掉了，就像地球也曾消耗掉所有氧气。我们用计算机模拟所能模拟的每一种行星大气，看看它们的生物特征气体，能否在氢气的控制下存活下来。

结果是——能。

———————◆◆———————

我感觉自己有着无限的可能性，不过这也没准是人要彻底崩溃的前兆。我能深切感受到几乎所有的情绪，除了幸福。有几天我醒来时发现枕头湿了，感觉找不到去上班的理由，找不到做任何事的理由。还有一些时候，我感觉自己几乎无所畏惧，就好像已经建立起抵抗无尽伤害的免疫屏

———————

① 此处的"轻"指的是原子质量轻，氢在元素周期表中排第一位，相对原子质量是 1。——译者注

障。"还有什么事能伤到我呢？"我不再担心孩子们在玩耍时会不会伤到自己，不再阻止他们攀爬或是晃荡那些或许本不该碰的东西。"最坏的结果还能是什么？有什么能比我现在的情况还糟糕？"

我告诉自己，我不欠谁什么，我只欠自己一个微笑的机会。我会想起迈克，想起我们一起探索生活的那些时日，想以此让自己相信，未来还会再有美好时光。"有朝一日我会交到更好的知心朋友。"我一遍遍地默念，仿佛这是一句咒语。然后，我竟摔倒在地。一个小时又一小时的时间过去了，我要么觉得支离破碎，要么觉得刀枪不入。仅仅几秒，我就能从一个极端到达另一个极端。

我们在康科德有户邻居，是一对叫惠勒的年迈夫妻。有一次，我工作了一整天，正从火车站步行回家，他们拦住了我。"哎呀，你的孩子们真可爱。"惠勒太太跟我说。我愣了一下，她从未见过我的孩子呀。她丈夫向来和蔼可亲，显得她有点小家子气，我总觉得她有些高高在上，不近人情。于是，我做好了准备等着她下一句挖苦的转折。"他们把玩具落在我家了，"她说，"还有，你家院子一团糟，你把那么大一堆落叶堆在我家地上。康科德人可不会做这种事。"

我当场抽泣起来。真的吗？我的院子？我的丈夫去世了。这不再是小镇的秘密。落叶？玩具？我一句话也答不上来，好在我还知道要怎么呼吸。她茫然地看着我绝望的样子，我缓了口气，平复心情，心里想着，我在乎这些事干吗呢？尤其是她对我的看法，没必要。

于是我看了看她，扬长而去。

———————◆◆———————

我和孩子们一起搬出卧室，换到大厅对面的房间。这里以前是马克斯的房间，直到后来他决定搬去跟亚历克斯一起住。刚搬到这个新家时，迈克就问过马克斯，想把房间漆成什么颜色。马克斯想要黄色的墙，但在其中一堵墙上要加一道巨大的彩虹。迈克满足了这个蓝眼睛男孩的心愿。我喜欢这道彩虹。透过它，我可以看到曾经的生活。老房子的供暖系统不均匀，这间彩虹房也刚好是整栋房子里最暖和的小屋。我在里面放了一张单人床，每次蜷缩在上面，都仿佛置身最安全的地方。

我刚搬进彩虹房不久，就梦见了迈克。梦到他并没有死去，他回来了，那感觉无比真实，原来他是划着独木舟去荒野长途旅行了。这段旅程肯定很艰难、很耗体力，你看，他那么疲惫。他穿着短裤和一件皱巴巴的T恤衫，头上的棒球帽也磨得不成样子。可他看起来精神头儿还不错，晒得黝黑，身强体壮。

看到他，我震惊得失了语，只说得出一个"嗨"。

有太多的话要说，但我的思绪却翻滚着，横冲直撞。不知为何，我只说得出这一句话："迈克，我把你所有的东西都扔掉了。"

他微笑着。"没关系，"他说，"不知者无罪。"他很温柔，也很真实，接着他就消失了。我忽地醒来，心跳得厉害。我看着墙上的彩虹，泪流满面。

"哦，迈克，你真是太好了。"

那天，最后的希望破灭之后，迈克知道了自己要面临死亡，于是他送了我一份礼物。他坐在电脑前，用食指费力地打着字，为我写了一份"萨拉的地球生存指南"。去世前的几个月里，尽管病痛难耐，他还是尽力把三页双倍行距的信纸写得满满当当的。有一部分全是姓名和电话号码：出了这个问题该给谁打电话，出了那个问题又该去找谁，水管工、电工……还有需要我去支付的账单。孩子们长大后，要考虑去哪所蒙台梭利学校。他还写了份家务清单，标记着需要做什么，以及如何做家务。我们家有中央吸尘器。当然，吸进来的灰尘肯定要扔到某个地方，但我从没想过这件事。我不知道原来它在层层过滤后，最终进了我们地下室水箱的袋子里；

我也不知道还需要定期更换新袋子，不然吸尘器就要罢工了。迈克的单子上还有一个清空水槽的提醒。

那时，他一定是坐在那里，整理着他逐渐消逝的记忆，回忆起那些他曾经做过的事情，回忆起癌症前的日常生活，卖力地做着一个接一个不求回报的工作。那三张皱皱巴巴的纸连接起我和他曾经的世界。这就是物证，证明他是个怎样的人，证明他在这个行星上做过的事。他的显性、隐性 DNA 都跃然纸上。我的"地球生存指南"是一本问答题集的答案册，但它也问了一个简单又重要的问题：我怎么连这个都不知道呢？

迈克还活着的时候，我对他为这个家的奉献千恩万谢。在看了那张清单后，我忽然发现，再多的感谢也不足以表达我的心情，我还有很多谢谢没来得及说出口。为了让我在家以外的宇宙领域成为研究专家，他奉献了自己的时间和空间，成了贤内助，直到无可奉献。如今，这个家交到了业余主妇的手中。

| 第十一章 |

地球生命

我能做好母亲的角色，我能照顾好孩子们，让他们丰衣足食。孩子们也能按时上床睡觉。我会为他们答疑解惑，也会设定更为严格的家庭规矩，即使我知道放任他们会让我轻松一些。他们几乎不看电视、不打游戏，但我们会去公园，或是去瓦尔登湖玩上几个小时。我同马克斯打网球，和亚历克斯徒步旅行，我甚至学会了强迫自己耐心地看着他们玩乐高，只因为他们希望让我在屋里陪着他们。

现实世界给予我的挑战更多。日复一日，周复一周，我要习惯与陌生人交流，接触各种物品。我试着记起曾经的自己，那个受人忽视、被迫勇敢的小女孩。我曾经在黑夜静立于湖边，在图书馆过冬，学做一切别人未知的事。我可以再次成为那样的人，我可以做属于自己的研究。

要是有某个问题迈克没有留下答案，我就会到处咨询。我感觉自己成了镇上商店老板们的谈资：一个迷途失偶、愁眉苦脸的女士，跟跟跄跄地走了进来，问些连小孩都能回答的幼稚问题。后来我发现，有些特别的邂逅还是值得享受的。火车站对面新开了一家肉铺，我打算让柜台的伙计教我烹饪。我走了进去，买了块牛排，咨询烹饪方法。其中一个人告诉我，把牛排切薄，在平底锅里倒两勺油，然后把牛排放进去。

"这么多油啊，然后呢？"

"每一面煎两三分钟。"

"好的，接下来呢？"

"接下来你就吃呗。"

我选择信任他，于是，我按照那些油腻腻的步骤，让孩子们吃上了一块美味四溢的牛排。

其他主妇课程更难学。迈克在四家不同的商店采购，我觉得完全没有必要，所以我就带着马克斯和亚历克斯去全食超市，然后又去霍特酒吧（Hot Bar）共进晚餐。马克斯狼吞虎咽地吃着咖喱，亚历克斯吃了些水果还有一整条面包，我给自己点了鸡肉和米饭。饭后，我们去买日用品。几个月后，当我开始熟悉这一切，我终于明白为什么大家会把全食超市戏称为"权贵（全贵）超市"了。我开始按照迈克曾经那样，按部就班地去他买主食的地方买主食，去他买农产品的地方买农产品，亦步亦趋地行走在他留下的文字中。

杂货店是最难的。不仅是因为我不知道买什么，不知道买回家后怎么处理，更是因为总要排队结账，而我一停下来就会胡思乱想。独自一人坐着地铁上下班，我也会这样孤独地思考。我已经不记得我多久排一次队，多久想一次迈克，多久会感到熟悉的泪水泛上脸庞。从来没有人问我怎么了，人们都想离悲伤远一点，就好像悲伤是一种传染病，而我得了这种病一样。我孤身一人驻足原地，脚下很快就变成一个水坑，怕是哪个临时工看到，就会很快拿着拖把过来清理……

洛基五金零售店的雇员呢？他们可是真的应该安装一套警报系统，我这个"黑暗之神"一进门就黯淡了一切，就该用鲁布·戈德堡机械①锁上门了。家里要有一大群能帮我的人——杰西卡一周要来两个晚上照顾孩子们；克莉丝汀每天早上都会到屋里打扫房间，有时还会留下一顿晚餐，我热一热就能吃；戴安娜是家中常客，充当孩子们放学后的轮值人员。即使这样，还有些问题我们谁也解决不了，我只能寻求外界的帮助。我踏入洛基店只有一个原因，那就是家里的设备出了故障，而且不是操作不当所致，而是房子本身的问题。每次来这儿，我要么已经是大哭一场了，要么是哭哭啼啼地走进来，要么就是红着眼只待泪水夺眶而出。店里有个工作人员，每次看到我都会说："女士，不用说怎么了，告诉我要做什么就行。"每当这时，我都能看到别人眼中的自己：一个雨僝风僽的女人，身着黑衣，陷入某种旋涡之中。

周五晚上，我来到图书馆。刚搬到康科德后不久，我就加入了一个由孩子学校的家长组织的读书俱乐部。有天晚上，有个家长问我要不要来参加活动。我的第一反应便是"不去"。读书是件随意的事，而且我刚开始在这个新城镇的新生活。我第一次开车去参加晚间读书会的时候，迈克就取笑我说："反正你也交不到朋友，何必麻烦跑这一趟呢？"他其实比任何人都了解我。

但最后我还是去了。如今看来，这个形式老旧的读书俱乐部，似乎是让我重新认识外部世界最简单的方式了。第一步，拿到他们正在读的那本书。漫长的一周结束后，我在康科德下了火车，已经 17:45 了。图书馆 18:00 左右就要闭馆了，但我还是跑过去找了那本书。找到书后，我走向前台办理借书手续。坐在前台后的女人却告诉我说我不能借书了，因为我在另一家分馆的一本书逾期未还。一开始，我不知道她在说什么。但随后

---

① 鲁布·戈德堡机械（Rube Goldberg machine）是一种被设计得过度复杂的机械组合，以迂回曲折的方法去完成一些其实是非常简单的工作。由于机械运作繁复而费时，这里用来讽刺整个过程荒谬、滑稽。——译者注

我想起来了，今年春天，马克斯去参加朋友的生日聚会，我和亚历克斯在附近的图书馆消磨时间。那本书早就在家里天翻地覆的时候弄丢了。我告诉图书管理员，我找不着那本书了，但我可以赔钱。

她眉头紧锁。在图书管理员看来，丢书是最大的过失。

"需要多少钱呢？"我问。

"十美元。"

我翻了翻钱包。

"你不能在这里付钱。"她说着，仍皱着眉头。

"什么意思？"

"你必须去这本书所属的图书馆分馆付钱。这家分馆很远，而且跟这里用的系统也不一样。"

我只想结账拿书离开。我感到心底的怒火再一次升起，无法控制。"如果我能在这里还书，为什么不能在这里付款呢？我不知道你为什么单找我的麻烦，我不知道你为什么要让我的生活雪上加霜。"

她默不作声。

"我每周要工作 60 个小时，我只能在周五晚上下了火车之后，在你关门前 15 分钟内赶到这里来。"

此刻，其他图书管理员蜂拥而至，还有一分钟就到 6 点了。他们只想回家，我们都只想回家。

"我丈夫去世了，给我留下了两个孩子。我白天还要全职工作，我只想在图书俱乐部度过一个晚上而已。但这一切的前提就是要读这本……"

"这十美元，我收下了。"她说。

我的工作是一块磁铁，南极或北极，斥力或引力。我每周要工作 60 个小时，在麻省理工学院大约 40 个小时，剩下 20 个小时在家。我要么疲惫不堪，要么无所事事，全看心情。我没有太多耐心应对教职员工会议和学校应酬这些苦差事，如果我对某个座谈不感兴趣，便会在中途离开。时间如此宝贵，我拒绝浪费一分一秒。但是，如果我看到了工作的价值，我也会全力以赴。只要这项工作对宇宙重要，它就是我的掌上明珠。我不再精力涣散，只有有价值的事情才能赢得我的注意力。

我同时做着许多项目，就像研究生阶段那样。每一项都目标明确，都与寻找宇宙中的其他生命体有关，但我喜欢在不同方法间相互切换，殊途同归。出于兴趣，也出于策略考虑，我一直认为研究是一个结构良好的投资组合。通常来讲，我会做一些稳定、安全的工作，这些都是相对保守但绝对有回馈的领域。比如与学生一起研究真实、已知的系外行星大气，包括行星内部情况和迷你海王星。我还会涉猎一些风险适中但概率较高的事情，比如研究系外岩质行星的气候——这很具挑战性，因为我们还需要几年的时间，用实际观测来证实目前的理论。然后，我还会做一些非常冒险的举动，高风险、高收益。较之大多数研究人员，我更喜欢研究这类事情，纯粹出于爱好。现在我满脑子都是生物特征气体，还有阿斯忒瑞亚项目。

我改进了微型卫星的雏形，发明并测试了精确指向的硬件和软件，完善了机载望远镜及其防护挡板的设计。我努力清扫了剩下的路障，只待阿斯忒瑞亚项目梦想成真。为"设计建造课"打下基础后，我和学生通力合作，加入了剑桥大学德雷伯实验室（Draper Laboratory），那里的研究人员从事导弹制导系统和潜艇导航等方面的工作。他们在太空硬件上也倾注了诸多心血。每周我们都会召开会议，试图解决微型望远镜的问题。我们可以建造足够小的组件，可以部署卫星，指挥它们做事，但仍然无法使卫星保持稳定。努力解决这个问题的同时，我也利用自己正在进行的生物特征气体的研究，去确定哪些类型的系外行星值得关注。我想，在有生之年，也许可以探索出一百个左右的恒星系统。这些恒星系统一定会是我们需要的那种。如果在某处失败，我就会尽量在其他地方取得进展。我从不让自己陷入死胡同，因为我不知道自己能否忍受那样的心境。

我还帮忙讲授设计建造课。这门课程依然是一个亮点。首席教授大卫·米勒（David Miller）非常友善，虽然我们的关系不是特别亲密，但他一直都很支持阿斯忒瑞亚项目。他对一切事物都明察秋毫，沉着冷静。我去上第一节课时，一排排红色的空位上慢慢坐满了新同学，我和大卫坐在最前排等待。一般来讲，大家跟我一起坐在一个安静的房间里时，都不知道该说什么，我也不知道该跟大卫说些什么。但是，不一会儿，他就转过身来，温和地看着我说"欢迎回来"。这句话说到了我的心坎里。

这节课讲"REXIS"的新项目。这是一台已列入计划的 X 射线光谱仪，是 NASA 资助研发的源光谱释义资源安全风化层辨认探测器①（OSIRIS-REx）所配备的五个遥感仪器之一。在大卫的领导下，麻省理工学院赢得了 NASA 举办的指导研究生建造 REXIS 的比赛，获得了500 万美元的项目资金。

太空中有一些天体在等待我们抵达，还有一些天体正在造访我们的路上。OSIRIS-Rex 任务计划拜访名为贝努 101955 的小行星（那时也叫作1999 RQ36）。贝努 101955 就是我们所说的"含碳小行星"，是最常见的种

---

① 源光谱释义资源安全风化层辨认探测器（Origins Spectral Interpretation Resource Identification Security Regolith Explorer，OSIRIS-REx）是 NASA 于 2011 年发射的航天器，首个旨在从小行星带回样本的任务，有助于天文学家了解小行星的构成和起源，甚或是地球的起源。由可见光和红外光谱仪、OSIRIS-REx 相机套件（OCAMS）、OSIRIS-REx 激光测高计、风化层 X 射线成像光谱仪等设备构成。——译者注

类，主要由碳元素组成，直径约 500 米。到了 22 世纪末，贝努 101955 有极小的可能性会撞击地球。

有一个算法量表叫作巴勒莫撞击危险指数（Palermo Technical Impact Hazard Scale），即根据近地天体对我们地球造成的风险对它们进行分类。贝努 101955 小行星属于第二类高风险，有 1/2700 的概率与我们的地球相撞。它的大小约为切萨皮克湾陨石坑的 1/3，因此，我们应该尽量避免撞击。（投在广岛的原子弹的爆炸当量相当于 1.5 万吨三硝基甲苯，即 TNT 炸药，而贝努 101955 小行星的撞击相当于引爆 1200 个百万吨级的量。每一个百万吨级就是 100 个万吨级的炸药，这还是不完全计算的结果。）OSIRIS-REx 任务将造访这颗小行星，取样带回地球。我们的组件 REXIS 看上去有点像一个高级版精加工微波炉，覆盖着金箔。它将搭乘 OSIRIS-Rex 任务，着陆于贝努 101955 地表，拍摄整个小行星的 X 波段照片，从而帮助 NASA 的科学家确认，由 OSIRIS-Rex 任务带回地球的样本能否代表整个小行星。

整个任务得以实行的前提是更充分地了解"敌人"。这就不是我要解决的问题了——与寻找另一个地球无关，这是为了拯救地球——但我仍然很高兴能和学生一起完成这样一个切实必要的项目。虽然硬件商店有时会让我黔驴技穷，但空间硬件我还是游刃有余。

———— ◆ ◆ ————

你能想象吗？宇宙中有人举着更精细的望远镜，也在找寻我们，甚至看见了夜晚城市的昏黄灯光，看见了昏暗的中央公园的矩形外观，看见了塞纳河这条黑色丝带绵亘巴黎。这些幻想让我心跳加速。然而，现实是我的绝大部分工作仍是数学：理论的、统计的而非视觉的。数字是我们最常见的东西。

迈克去世后，我们的四口之家成了三口之家。从数学上讲，他的离开损失巨大：这是 25% 的家庭成分。然而，更关键的是，我们从偶数家庭变成了奇数家庭。这似乎无关紧要，但就像世界原本就是为了右撇子而定制的一样，我们也生活在偶数的数字专制①之中。再多说一点，很多人都在奇数中发现了不完美、不满意的事情；这些数字就像是建造工具箱的时候，一边零件短缺，一边零件过剩。基本家庭的原型是两个成年人和两个孩子，这也是美国社会的神秘基石。我们在这些数字中看到了平衡和对称：平方根和除法，不带余数。我们的社会建立在数学理想的基石之上。

我和马克斯、亚历克斯每去一处，都能感觉到这个家庭的不完整性。不仅仅在我们的计数之下，更是在城郊社会巨大的算盘之中。一个成年人，大家总会觉得你应该有另一半。即使还是单身，也会渴望成家立业。餐馆里的单人桌边总会放一把空椅子，以防万一。它提醒着你，你在思念着某人。如果你已成家，工作单位的设定就是四口之家。汽车和餐厅摊位、过山车和博物馆的家庭门票：两名成人和两名儿童。二加二，二乘二，都是四。

我强迫自己参加与工作有关的社交活动，只是为了让自己走出家门。这就意味着我得把孩子们留给杰西卡照顾。这个决定下得太早了，我常常因此后悔。有一次，我同工作方面的受邀演讲人参加一个大型晚宴，却没有察觉大多数同事都带着另一半一起来的。有人对我说："既然你单身，就坐这里吧。"我曾在麻省理工学院发现的得以宽慰的事物——逻辑、直率、实用的光辉——现在时时伤害着我。言简意赅的事实陈述从未如此尖锐伤人。

人们不善于和支离破碎的人打交道，他们每次跟我提起迈克都会说错话。"我根本无法想象我丈夫死后我要怎么办。"这绝对不是寡妇想听到的，但一旦听到又会时时刻刻萦绕在耳畔。我学会了把迈克的死讯拆分成

---

① 数字专制：人被数字异化，数字成为衡量人价值的工具，以至于数字让人望而生畏。——译者注

若干小信息，慢慢地告诉那些不知道的人，好像需要保护的是他们，而不是我。"你知道吧，迈克病了。"我开始说了，他们点了点头，"化疗效果不太好。"他们点了点头。我继续说，直到他们的面部表情出现明显不适。这时其他人就会询问关于迈克的事情，或者更笼统地用"你的丈夫"来替代。我发现，回避这些问题要好过直面回答它们。"你丈夫怎么不多帮点忙呢？"或者"你丈夫从事什么工作？"这些问题都很难回答。我教过孩子们如何回答学校或夏令营的孩子提出的类似问题。我们练习含糊其辞地回应，把答案打造成一个武器库，收集着藏在笑话里的最黑暗的元素。"嗯，他现在不能说话了"，或是"哎呀，他现在真的很忙"，又或是"他去长途旅行了"。每次说起这些，我们三个都会笑起来，直到笑声变成了哭声。

我参加了一个同事的婚礼，算得上是某种自虐行为了。经过庄严的东正教仪式，他和新婚妻子交换誓言之后，我是留在房间里的唯一一个单身女人，紧随其后的是一个喧嚣热闹的聚会。每个人都享乐其中，一起饮酒，一起欢笑，一起跳舞。我形单影只地离开了。我走回车旁，发现挡风玻璃上有张停车罚单。冬天的第一场大雪中，我开车回到家，钻回了单人床上。当时我不知道究竟是什么引发了我的悲伤，但是东正教的婚礼肯定是罪魁祸首。

我一直喜欢关于数字的事物，但现在它们已经让我产生了厌烦心理。数字是黑与白，是二进制，数字不会说谎。可是现在，它们提醒着我，我的新家庭永久无法完整，它注定是个奇数。

———— ◆ ◆ ————

发生这些事后，我不再长途出差了。哪怕只是短期旅程，我仍感觉无比孤独。我已经孤身一人吃晚饭很久了。有几天，杰西卡照看孩子们的时候，我埋头在巴尔的摩的太空望远镜科学研究所，那里是哈勃望远镜的科学运营之家。我是詹姆斯·韦伯太空望远镜顾问委员会的成员，韦伯望远镜是哈勃望远镜的增强版，可以在红外波段工作。

至少在那种场合，我不用一个人吃饭。我可以和鲍勃·威廉姆斯共进晚餐，鲍勃·威廉姆斯曾力排同行的众议，去探索哈勃深场。我需要在他身上找到同样的灵感。我们在一间木板房碰面，他说那是城里最好的酒吧，下班后，人越来越多，周围都聚满了人。我们坐在一张小方桌旁，点了饮料，然后吃晚饭。我让他再给我讲一次哈勃深场的故事，讲他在那十天受到的异议和意外的发现。鲍勃坐在对面笑了。他身材瘦削，阳光自信，是个天生的运动员，十分健谈，不需要解释太多，就能把他最大的胜利阐释清楚。他用那温柔的南方口音娓娓道来，说他觉得别人的想法对他来说无关紧要，他赢得了使用哈勃空间望远镜的权利。他说："我要去看看我想看的地方。"哈勃转向了那片漆黑的天空。在那里，鲍勃发现了三千个新星系，他发现了数十亿盏点点新光。

这一次，哈勃深场的故事并没有达到预期的效果，我觉得自己从来没有如此低落过。我对面坐着一位历史上伟大的开拓者，他给我描绘了一部天体物理学的史诗，而我能做的就是努力控制住自己不要哭，不能挤出此时不该出现的眼泪。

可怜的鲍勃，这个善良聪慧的人，帮我解答了大量谜团——面对一个哭泣的寡妇，他也束手无策。深奥的宇宙都没有让他自乱阵脚，反而是我的沮丧令他心慌意乱。他尽量让自己产生同理心。我把他当成另一个父亲，而他也倾尽全力满足了我的需求。可那天，我们的晚餐就像一场折磨人的网球比赛。他抛出建议，建议我做点什么让自己好过一些——理疗、冥想、休息一段时间——然后我又摇摇头，因为我要么已经试过了，要么就是知道它不起作用。

"萨拉，"鲍勃终于开口，"你知道，当我需要让脑子清楚一点的时候，我会做什么吗？我会在一天之内，疯狂奔跑，穿过大峡谷。"

他知道我喜欢户外活动，喜欢运动，喜欢身体力行的成就和实实在在的目标。他不知道我和迈克在多年前一起去了大峡谷，过着跟现在截然不同的生活。大峡谷？我记得那神奇的一天，我们在水上，陌生人为迈克的划船技术欢呼雀跃。那个世界已经弃我而去了，但仔细想想，这似乎也是一种正常的时空膨胀。

我停止了哭泣。

———— • ◆ • ————

一开始，我和马克斯、亚历克斯都不去度假，就当假期不存在。因为记忆总会浮出水面，不管是好是坏。它们对迈克和我来说一向不重要，我们与彼此家人的关系也不是那么亲密，不存在数着日历庆祝节日的压力。而如今，这些假期所带来的风险，可比我之前设想的那丁点儿回报高多了。我邀请学生和博士后组团来家里，有时亚历克斯会策划一场吃鸡蛋比赛，赢得一个小小的冷手卢克（Cool Hand Luke）。有时我还在感恩节和圣诞节之间办一个模拟感恩节的小活动。那次是个失误，我做不好火鸡，两条火鸡腿总是跟我唱反调。然后，我想起来，以前我们一家四口一起吃火鸡时，迈克会吃一条腿，马克斯吃另一条。我把这段记忆弄丢了。

我决定带孩子们和杰西卡去夏威夷过圣诞节。杰西卡的家人在平安夜庆祝圣诞节，所以我们会在圣诞节离开。越洋飞行是我能想象到的最好的隔离舱，只要飞翔在空中，我们就感受不到圣诞节。

亚历克斯徒步旅行的爱好坚持下来了。老实说，我对这件事的感觉很复杂——对划桨运动员来说，徒步旅行就像是一次没有水的旅行。但我想和他一同冒险，只要是他决定做的任何事，我都会帮助他。我告诉亚历克斯，夏威夷还有一座山，叫哈雷阿卡拉山，我们可以去攀登。这是一座巨大的盾形火山，是毛伊岛跳动的心脏，到火山口有一万英尺远。

我有点担心亚历克斯无法征服它。旅行前，我在一个会议上遇到了夏威夷大学瓦胡分校的一位同事，问起他徒步旅行的事。他义正词严地说："哈雷阿卡拉不是孩子去的地方！"我告诉他，我是在执行任务，要把权力交到孩子手上，让他们感受到这个世界或是他们所处的地方依旧美丽，即使我自己感觉不到。我告诉他，亚历克斯以前爬过山，他态度坚决，这份决心独一无二。"每个人的孩子都独一无二。"他嘲笑说。

我没有被吓倒，但是出于安全考虑，我还是决定雇个导游，找一个熟知路线的人。我在脑海里想，万一情况不好，导游可以帮我带亚历克斯走出困境。我在网上找到了一家公司，打电话问他们是否能带着我和一个6岁的男孩爬山。这个人开公司已经几十年了。我解释了情况：我在户外待过很长时间，对长途旅行了如指掌，同时亚历克斯想要创造一项世界纪录。我心里想着那人不会同意，但没想到他欣然应允。

凌晨4点半，我们便开始了我们的探险之旅。可我怎么也找不到续命的咖啡，心中暗起怒火，可还是遏制住了。杰西卡、马克斯和导游迪伦一起，开车送我们到了小路的起点。我告诉他们好好享受这一天，等晚上6点在山顶见。不过，我还是提醒他们带些书和毯子，以防我们迟到。互道再见后，我和亚历克斯、迪伦便开始了徒步旅行，伴着黎明的寒风，走在森林的树冠下。我们将沿着考坡峡，一路走到山顶。

那是一段漫漫长路。不过从很多方面来讲，我们都很幸运。爬最初2000多米的时候，一直凉风习习。等走进了广阔的火山口地面时，又有一片云彩挡住了炽热的太阳，像日食一样。后来，还下了一阵雨，身体又迅速凉快了下来。我们看到了哈雷阿卡拉特有的稀有植物：银剑，一种覆盖着银发的多汁植物，令人惊叹不已。但我们没有止步于此，还要踏过很多地方。2400多米后，我们到达最后一个返回山顶的岔道——在一条陡峭的土路上又走了8000米。亚历克斯气喘吁吁，他的小腿开始隐隐作痛。我跟他说，如果需要的话，迪伦可以抱着他走，选择权取决于他。但他说，他想自己完成此次攀登。

夜幕降临，亚历克斯的同名星座——猎户座出现了。我们爬上去了。虽然到达山顶的时间有点晚——我们最终花了十三个小时多——但我们做到了。杰西卡和马克斯在车里等候，我们瘫倒在车里，开车下山，回到酒店。亚历克斯在地板上用毯子搭了一个小窝，躺下来睡着了。我们其他人去酒店餐厅吃饭。回来的时候，亚历克斯仍然纹丝不动。我轻轻地摇了摇他，问他："你叫什么名字呀。"他没有发出声响。

我也进入了梦乡。第二天早上醒来时，亚历克斯坐在我旁边，脸上挂着灿烂的笑容。他得意扬扬地小声说道："妈妈，你说过，要是我这次攀登成功了，你就会带我去爬 4300 米高的山。我成功啦。"

一阵兴奋呼之欲出，就像找到了一种几乎被遗忘的好心情。我不知道是怎么做到的，但我们做到了。

等我们收拾好行李，开车回到岛上另一边的出租公寓，这种感觉却几乎消失殆尽了。我又坠入无尽黑暗，筋疲力尽，闷闷不乐，吃饭如同嚼蜡。我才意识到，我能感受到的所有幸福，就像一座从海上升起的岛屿：我的喜悦是毛伊岛，我的绝望是太平洋。我的快乐是猎户座，它淹没在黑夜之中。

我们飞回康科德，回到所有的回忆和记忆所在之处，回到了天寒地冻的严冬深处。这就是在寒冷、黑暗和冰雪覆盖下的日常生活，感觉还不如不去旅行，仿佛越狱的人又被抓回了牢房。我已经看到了一个不同以往的美好世界，但现实不允许我留在那里。

不久后，我又做了一个关于迈克的梦，他再次回到了我的身边。每次梦的起点都是他站在屋外，他走进门厅，看起来没有上次那么粗犷，精神头还不错。可这次他不是从旅行中回来，而是生了病，一直昏迷。他说他一直想告诉我，可他就是睡不醒。

我在梦中欣喜若狂，因为他归来了。但我也十分困惑，他的昏迷肯定代表着什么，或者说，至少这个梦有它的意义。但是，这个梦又太不真实，就像肥皂剧的故事情节。我看着他笑了，然后想起来，我得让他知道现实，就像我在第一次梦到他时跟他说的那样——"迈克，"我用最甜美的声音说，"我不知道你要回来，我把你所有的东西都扔了。"这次，他没有说他知道了。这次，他抓狂不已——"你说什么？"他问道。声音里夹杂着愤怒。

我怎么会这么冷？我才意识到自己哭醒了。醒来时，我独自躺在床上，仿佛在茫茫海洋中央漂泊无依。

--- ◆ ---

一到两个星期后，我的下腹开始剧痛，痛得很难正常工作。我以前花过那么长时间在医院诊断胃病的事，这次还是预约挂号了。寡妇经常会有些身体上的病痛，但大多数医生会不假思索地认为这是心理上的。我想起了迈克脚踝的骨折，于是敦促医生帮我安排体检。她让我做了子宫超声波检查。

我和十几位准妈妈还有她们紧张、幸福的丈夫坐在候诊室里。他们吃饱喝足，他们翘首以盼，他们互道祝福……那么多生命围绕着我，几乎要扼住我的喉咙。我摇摇晃晃地走进超声波室，超声导头压在皮肤上，冻得我发抖。我躺在那里，回忆起我过去的生活。上一次我接触超声导头，还是在听亚历克斯的心跳时。而这一次，超声波没有发现这个年逾40岁的女人有什么异常。后来，我回到家里，勉强熬过了那麻木的夜晚，瘫倒在床上。

第二天早上，能说服我从被窝里爬起来的，只有远处孩子们的笑声。吃过一顿简易早餐，马克斯和亚历克斯穿上各自的滑雪服，把塑料雪橇塞进车里后，我们开了一小段路，来到纳沙图克山的山顶。

| 第十二章 |

康科德的聚会

　　情人节前不久，米妮·梅咽下了最后一口气。毕竟，它比迈克多活了半年有余。最终，他俩在生命倒计时的比赛中相差不少。我不知道它怎么能活那么久，走到生命尽头的它瘦骨嶙峋。人们看到它时，都倒吸一口凉气。十多年来，它一直在服用药物，用来预防癫痫发作、膀胱结石，甚至靠百忧解克服焦虑症。它已然是九死一生，但是，它跳动的心脏就像是一个定制的小引擎，用来抵抗死亡终章。

　　一天，米妮·梅的后脚没了反应，像是合上了某个看不见的内部硬件的开关。它似乎并不伤痛，似乎毫无知觉。我把它抱进我的房间，用毯子裹起来。那天晚上，每隔一小时，我都会醒来，把手搭在它身上，感受它浅浅的呼吸。最后一次醒来，我在黑暗中伸手寻找。米妮·梅之前始终都是如此：仍然有呼吸、仍然活着，可现在不是了。

　　它陪在我身边，已有 18 年，见证了我成年生活中每一个重要的时刻，无论是好是坏。它是我最忠诚的观察员。它让我觉得，好像我们当中被命运选中的一小部分可能会永生。它的死，感觉像是最有力的科学证据，证实没有生命会永远活着。如果米妮·梅会死，那么一切都不例外。

早年间迈克在院子里为米妮·梅挖了洞穴，那里如今已覆满白雪，那堆等待它入土的大地已经结成累累硬块。尽管迈克倾尽全力挖了洞，我还是得把米妮·梅放在地下室的冰箱里。这是我为她搭建的临时停尸房，就像我之前把莫莉的尸体保存起来，直到户外冰雪消融一样。我回到楼上，坐在餐桌边，静静地待在曾经人声鼎沸的家中。我的生命中有一段时间，有自己的父亲，有自己的丈夫，有自己的狗和猫，生机和爱情围绕着我。而如今太多都已消失不见，就像零件脱离机器。就连杰西卡，也决定于2012年初搬走，走的时候气氛温和，却又彻彻底底，只留下我和孩子们。我的世界分崩离析，只留下一颗炽热的内核。

过不了几天就是情人节，此前梅丽莎已经通过电话告诉我，我的孩子们也受邀参加。现在，我和马克斯、亚历克斯正一起去参加派对。

———————◆◆◆———————

紧张和希冀各占一半——可能紧张更甚于希冀——我早早下班，计划着穿什么。我身着一件黑色衬衫，但又不想全身黑衣服地去参加聚会。我既没有邂逅浪漫的盎然兴致，也不想感觉是在参加一场葬礼。准确地说，即使我不确定为了什么，我也想穿得像去参加庆典一样。我穿了件长及小腿、浅黄褐色的羊毛衫，披了条亮粉色的围巾。这周早些时候，我做了美甲，粉色指甲油为整个造型增色不少。色彩一闪而过，让我的心理产生了出乎意料的变化，它们为我非黑即灰的世界里平添了几丝新意。

我早早买好一些心形的意大利面，带了过去。当时在肉铺店发现它的时候，我喜出望外。有个老人正在不远处买东西，他在麻省理工学院工作。当时，政府把所有卫星都归为武器——在错误的人手里，它们可能确实如此——而且对于外国人如何使用、何时使用这些卫星都有规定。我们和外国留学生、访客一起使用卫星的时候，他的工作就是确保我们不违反这些规定。我和他碰过面，数次讨论阿斯忒瑞亚项目。我们坐在同一辆火车上，我觉得他挺友善的。

"我很喜欢这个意大利面，"我告诉他，"我要去参加为寡妇们举办的情人节派对……"他看上去惊恐万状，就好像我无意中泄露了计划，向太空发射了真正的武器。他绝对不知道我是个寡妇，即使我以为这个消息早已人尽皆知。他往后跟跄了一步，好像怕我似的。我总是让一些人心神不宁，就算在我小时候，人们通常也不会那么明显地感到不安。那个男人看着我，仿佛看到了一个违规之人。

梅丽莎告诉我，包括我在内，派对上总共有 6 个寡妇，还有 11 个遭遇不幸而聚在一起的孩子。我们住的地方都相隔几百米，这让我很是震惊，觉得这并不像巧合。要不然就是我们这个古色古香的小镇正遭受着可怕的诅咒。两个孩子有点紧张，因为我的孩子不常参加与我工作无关的社交活动，但我已经做过计算。"这些小朋友里很可能有你们认识的人哦，至少一个。"我说。那段时间恰逢足球赛和夏令营之间，这个概率还是挺大的。

这是一所大房子，樱桃色的厨房通透明亮，这是盖尔（Gail）的房子。她比我年长一些，在这个房间里显得威风凛凛，也许是因为她是我们中唯一对周遭环境了如指掌的人。之前，其他寡妇只集体见过一次面，现在她们正在重新认识彼此。我们一起围在盖尔身边，就像开学第一天的学生，在老师的吸引下围聚一团。我们斜倚在柜台边，双手始终忙着沏自己的饮料，却不把饮料递给对方。晚饭备好之时，我们一起盛菜，一盘盘美食在各位寡妇手中轮转。

帕姆（Pam）是我们当中最年轻的，她穿着时髦、身材魁梧，头发、牙齿都那么完美无缺，真让我吃惊。我花了几秒钟才认出米迦（Micah），我们以前还见过一次面：我们曾在公园里寒暄，她之前询问过我关于玉项链之事，那是父亲生前给我的礼物。我还记得那天她和她丈夫在一起。我不禁想知道，从那以后，他们遭受了多么悲惨的命运。留着黑金短发的戴安娜（Diane）静静地站在角落里，看上去和我一样腼腆。然后是梅丽莎，她面带微笑，容光焕发，比我印象中的还要风姿绰约，我记忆中的她还站在纳沙图克山的山头。红色头发和完美无瑕的白皙皮肤，让她看起来像一团火焰。

孩子们跑得无影无踪。没有他们的陪伴，我独自站在那里有点不知所措。我尽量和认识的人闲聊，而我们结识只是因为我们各自的丈夫都已遭受厄运。我听得比说得多，看得比表露得多。寡妇们看上去都很健康，她们都发出了相似的光芒。我忍不住想知道，她们看着我时是怎么想的，是看到了星星还是阴影。我通常不在乎其他人对我的看法，我总是假设我和他人之间存在一段不可测量的距离。而现在，我参加了一个专属女人的聚会，她们都和我一样，至少有某个突出的方面。大约 10 分钟后，马克斯和亚历克斯又出现在厨房里，两人欣喜若狂。他俩想让我知道，至少我是对的：其中有一个同龄孩子是他们在营地认识的。然后，他们又走了。他们的欢乐真具有感染力，我感到自己的戒备心理开始消散。在一些事情上，我又可以自己做决定了。

与寡妇们见面，有件奇怪的事：没有一个人在外面工作——她们的丈夫曾是专业人士，或者她们在丈夫死后卖掉了曾经一起经营的生意——所以没人询问我的职业。从某种程度上讲，我松了一口气。作为一个新人，我感到异常焦虑和不安。在我走出家门之前，我试着演练过该如何与她们谈论我的工作。在我心中，这些谈话向来不会善始善终。

"萨拉，你是做什么的？"

"我在麻省理工学院任教。"

"你教什么呢？"

"行星物理学。"

"哇！嗯……那是什么？"

"我正在寻找太阳系以外的行星，其他恒星可能会有行星。我现在正在找。"

"为什么？"

"我想在宇宙中找到其他生命体。"

"你是说外星人吗？你在找外星人？"

"科学家们不称他们是外星人，称之为其他生命体。"

"没错。所以……什么是外星人？"

至少现在，寡妇们所认识的我只是一个不走运的同道中人，这样反而更好。在这个基本认知下，我们是一样的。之前的第一次见面，寡妇们肯定没有得到真正的启发，她们坚持闲聊的话题通常是关于孩子、学校和家乡。而现在，她们开始分享生活细节，这才是每个人都想知道的。

"你丈夫是怎么死的？"有人问道，"什么时候？"

"癌症。"我说。

另外两个人的丈夫也死于癌症。梅丽莎的丈夫因骑车而离开人世。当时他正骑着自行车下一座大山，却撞上了一只在马路上乱窜的老鼠，身体从车把上抛出，头重重地砸在了地上，当场死亡。当场！另一个死于徒步旅行，还有一个自杀身亡。

接下来，我们聊了丈夫死亡的日期。我们称之为"忌日"。

"7月23日。"我说。迈克7个月前就销声匿迹了。再过5个月多点，我将会在一周年"忌日"中醒来。我又一次陷入了暗自神伤的思绪之中。我看到有人写下我们的名字和日期，但是，我不知道她们为什么写。

我们回到餐厅吃饭，每个人都围着一张正式摆好的大桌子坐着。盖尔坐在头位，其余的人都在她周围"嗡嗡"说话，兴奋地想知道彼此是否有可能认识，想知道如何逃离黑夜，无论多么短暂，逃离那日常的艰辛。突然，米迦看着盖尔，脱口而出："哎，盖尔，你在约会吗？"对话戛然而止，我们都朝盖尔看去。

"没有，"她回答说，"我有过一次约会，但情况特别不好。"我觉得和刚开始时一样尴尬。我想知道，我们是不是要开始窥探对方的私生活了。至于我是否必须要参与轮流分享我的恐惧和秘密，我还没准备好。

"我们签了一份科图巴，那是犹太教的结婚证书。"盖尔说道。她指了指挂在墙上的一幅漂亮的镶框印刷品，上面有一些小插画，写着最精致的书法。"科图巴式誓言以'从现在到永远'结尾。"我回忆起自己的誓言：我同意和迈克结婚，直至天各一方①。我正要开始分析誓言之间的差别，盖尔的酒杯就碎了。酒杯在盖尔手中四分五裂，一圈忐忑不安的笑声过后，对话变了。

我们一直聊到深夜，努力用一捆无形的细绳连起每一个人，串着每一个分享的经历，每一段新的故事。盖尔的父亲就在那里——他最近刚成了鳏夫，要是说他是来干吗的话——他颤颤巍巍地拍下了一张我们并肩站在一起的照片，展现了大家对相互的联络比以前更有勇气。麻省理工学院给了我一种归属感，一种最终和志同道合之人在一起的感觉，但这里是不同的。成为寡妇让我觉得自己不可能再和任何人有一丝瓜葛，但是在盖尔家里，我并不孤独，我并非只身一人顾影自怜。我既不是她，也不是她们。我是萨拉，我很高兴见到你们，我是我们②。

这真是太好了，能再次使用这个词语——我们。这感觉像是一束温情满满、锃亮的光芒。

---

① 这里的"直至天各一方"是与科图巴结婚誓言的最后一句对应。这是作者与迈克结婚时，誓言里的最后一句话。——译者注
② 这里的"我们"，意在强调大家都是寡妇。——译者注

我们决定，每两周的周五早上，大家轮流聚在某人家里一起喝咖啡，像一群擅自占用他人房子的人，在其他死气沉沉的家里待上一小段时间，然后再去下一个遭遇不幸的人家里待一会儿。我们的孩子大部分都已适龄上学，我们可以借此分享彼此的感受。

情人节刚过几周，就轮到我做主人了。那是 3 月的一个早晨，阳光明媚。阳光穿过卧室的大飘窗照了进来。我坐了下来，等着每个人，提醒自己倾听是多么重要。三四个寡妇到了，一向慷慨的盖尔给我带了花。值得注意的是，一个新寡妇即将加入我们，有个更硕大的盆栽是给她的，我们寡妇团的最新成员。之后，我们都会聆听她的故事。

她叫克莉丝（Chris），来自邻城列克星敦。我们听说她丈夫 1 个月前去世了，那时正值 2 月滑雪的季节，他撞上了一棵树。那个冬天很暖和，雪也不多。我很惊讶，他们居然还在滑雪。

但是，这异常的气候，少有雪天……我们不难想象什么地方会出问题。我们都知道，"天有不测风云，人有旦夕祸福"。也许，情况不太好。也许，还有一些冰冻层和解冻层。这样一来，树木周围的井里就会有裸露的土壤，同时山上覆盖着的冰比雪还多。毫无疑问，克莉丝的丈夫会顺着他选择的斜坡往下滑，那条路已经滑过几千次。他可能达到了平时的速度，但也许没有找到平常的控制力。他失去了一边的掌控，一路驶进树林，头朝下飞向树干，撞向层层土壤堆垒的底部。他之前生活如意，结果却在错误的周末选错了路，滑错了坡，就这样，他一命呜呼。他妻子的余生中，总会有句话萦绕耳畔：至少她的丈夫死的时候，还在做热爱的事。但我知道这绝不会给她安慰。

克莉丝加入我们时，她是第 7 个寡妇。她跟我一般大，有两个孩子，一男一女，都和马克斯、亚历克斯的年纪相仿。失去父亲的孩子也扩充到13人。克莉丝站了很长时间才和我们来到客厅坐下。我第一次带她进来的时候，觉得她做得真的很好。她已经怀着悲伤，辞去了数据分析师的工作。她从头到脚都穿着黑色的衣服，但头发和妆容看起来很漂亮。接着，她一开口就开始流泪。她坐在我的长沙发上泪如雨下，眼泪都掉进了咖啡里。她请我们原谅她的悲伤，但她不需要道歉。她努力坚强地说出她丈夫死亡的日期，其他的就说不出口了，真的就这些。但是，她的"驱邪"仪式从那时就已经开始了。

我们分享故事的模式多种多样，信息蜂拥而至，其间还夹杂着数周甚至数月独自深思的低落情绪。我从来都不确定，中途休息是为了让讲述者恢复体力，还是为了让聆听者消化一些新痛苦的事实和图像。感觉好像我们分担了忧愁，但忧愁的总量却从未改变，只是分布方式变了，我们之间保持着一种无以言表的平衡感。如果我们中有人说话，想要卸下一些痛苦，那么接下来我们就得帮别人扛起这可怖的重担。我们就像骡子拉火车，在难以描述的地形上，沿着弯弯曲曲的路线行进，每个领头的都会拐个弯，把背包里最重的东西分给其他人。我们知道克莉丝的故事，像是我们的其他故事一样，会在晚些时候出现，也许是零零碎碎的故事，也许是突然进出的一串经历。无论什么时候，我们都会点头示意。没有谁的故事比别人的更悲惨，也没有谁的陨石坑比别人的更狼籍，它们都有相同的结局。7个寡妇，都是丈夫去世只留下了哀悼的妻子。

克莉丝停止了抽泣，等了好一会儿才缓过来。她那双红眼睛注视着我们每个人，阳光、鲜花和绿植填满了我的客厅。

我希望她能照顾好自己的生活，我把这想法留给自己。但是，我想知道克莉丝是否准备好了接纳我们。当初，我在她那种处境时就做不到。迈克死后一个月，我仍处于如释重负的感觉中。我还没来得及剪头发，还没有从弗莱娅那里了解到那随之而来的溃败，还没有开始满足精神意志和现实世界的痛苦要求，也还没有开始跟五金店和肉店里那群复杂的男人打交道。克莉丝每个周末都要带孩子们去滑雪，她把孩子们塞进车里，然后开车去佛蒙特（Vermont）。这很累人，但这是他们一直在做的事，她还没学会做别的事。五六个月的时间——我想那是加入我们的临时团体治疗的最佳时机，在上了几节关于最残酷真理的入门课之后。但是，我们不想把克莉丝驱逐出会。我们不能告诉她为时太早——她丈夫最后一次坐缆车上山的那天，她就成了我们其中的一员。

"哦，天哪，我真是一团糟，"她说，"你们都是那么的团结。萨拉，你的房子真干净。"

笑声快从喉咙里涌出来时，我赶紧憋了回去。克莉丝看着我们，就像那天早上我在山上看着梅丽莎一样。这是一种嫉妒，受苦之人面对幸存者，新受伤的人望着海湾彼岸。她不知道，我在过去几周里一直在努力，却没有找到力量从殡仪馆把迈克的遗体拿回来。戴夫是殡仪馆馆长，他一次次地告诉我不用担心。"迈克不在意时间的长短。"他说。

那年春天，某天之后，我真的以为自己已经准备就绪。一下火车，空气中的温热就扑面而来。我穿过街道，走进殡仪馆的大门，泪珠儿突然就要夺眶而出。戴夫用他习以为常的方式向我打招呼：愉快，但并非不可接受。他邀请我走进他的办公室，我真的说不出只言片语。"我快要哭了。"我说，接着眼泪汪汪的。戴夫露出了笑容，他有最让人放松的方式。丧葬承办人，可能是这个星球上最了解人类需求的人。戴夫知道我不需要他的怜悯，他的笑容也不可怜。他看上去几乎被逗乐了。"我就知道你还没准备好，萨拉，"他说，"迈克可以和我们一起住着，只要你需要。"戴夫又笑了，"他有很多同伴。"

星期五早上，我们又开了咖啡见面会，话题越来越平实了。寡妇们不再关注彼此丈夫的死亡，而是把话题放在我们的新生活上，我们正在学习做新生活的主人。只有在这里，有那么多次机会、那么多方法，有着同样命运的你可以东山再起。我发现收集实用信息非常有价值，我还在学习世界是如何运转的，而其他人则在我的地球生命指南上写下更多的诗句。

我从来不在乎钱，迈克死后，我更不放在心上，一直过着量入为出的生活，所以我从来没有真正担心过。此外，钱总是给我留下这样的印象——它是一个奇怪的、武断的发明。我记得我应该不会赞同这样的观点：同一张纸就因为它印着不同的号码，竟会有不同的价值。这太荒谬了，就像某人决定钻石是有价值的，就因为它们是闪光的石头。石英是一种有光泽的岩石，煤炭也是。为什么我要接受钻石比它们更值钱？迈克的节俭给我留下了深刻的印象，我母亲的堕落也如此。我明白有钱总比没钱好，但这就是我的想法。我不知道多少钱足够，也不知道如何赚取更多，也不知道当我拥有它时该做什么。

其他的寡妇更看重钱，她们频频讨论它。我意识到，我最好能试着去理解钱的复杂性，尤其是如何让它持续运转。我们讨论请保姆的合理工资和可以提出的税收要求，我们谈到了死者的社会保障福利，以及可以为每个失去父亲的孩子预留多少钱。

我们谈论男人只比谈论金钱稍微少一点。也许，其中一半的寡妇已经开始约会了，每周五我们都会收到一份当周糟心事的新综述。有一个星期，米迦报告她上一次约会太糟糕了，她真希望自己待在家里整理厨房的碗橱。我并没有真正参与这些对话，我不喜欢谈论男人，也不喜欢谈论我有多么不需要男人。我根本没想过要找另一份爱情。

我确实觉得很舒服，也开始分享更多信息，比如关于我的工作。系主任给了我一个春季学期的假期，不过我在大部分时间里还是会去办公室开会，做研究。星星是我生命中最基本的一部分，不谈论它们会让我觉得有些不充实。尽管如此，我还是小心翼翼，不会陷得太深。我最近的工作主要集中在生物特征气体和阿斯忒瑞亚，这是一些很难理解的话题、但是，我的学生和博士后致力于更广泛、更相关的研究，包括开普勒频频上新闻的发现。

寻找外星生命的感觉越来越不像科幻小说 —— 或者说，更不像阴谋论者和宅男宅女的视野 —— 更像是科学。我有时会被那些嘲笑我的怀疑论者，那些无视我的资历和我们在宇宙中孤独存在的可能性的人所刺痛。每次看到人们（通常是希望削减预算的政客）在《国家咨询报》（*The National Enquirer*）上拿一些事当笑柄，我感到很尴尬。我竭力帮助人们认识到，认为我们是天空中唯一的蓝光的想法很奇怪。我要指出，地球外有数以亿计的行星。从统计上来讲，我们星球是唯一能够维持生命的量体，这种可能性有多大？

去年 12 月，NASA 大张旗鼓地宣布，开普勒望远镜发现了第一颗位于类太阳恒星宜居带的行星——开普勒 –22b。我们对这些遥远的邻居仍知之甚少。我们只知道它的大小和轨道，但这足以引起很多人的注意。开普勒 –22b 的大小只有地球的两倍多一点，当时它是在其他恒星宜居带内发现的最小行星。

科学界和主流媒体之间，有些事物在转换中迷失了。当开普勒 –22b 远不如我们的星球亲切之时，很多头条就大肆宣扬"另一个地球"的发现。一颗系外行星，根据它的大小，其大气层很可能比我们的厚得多，这可能意味着令人窒息的温室气体包裹着它。或者开普勒 –22b 的大气层太深了，以至于行星没有我们想象中的固体表面。不管怎样，几乎可以肯定的是，它不能维持生命生存。

这一发现仍至关重要。短短的 10 年或 20 年里，我们有了巨大飞跃，有能力去发现行星。仪器允许我们看到更靠近恒星的更小天体，而更小的天体是合适的。较小的行星可能意味着较薄的大气、较冷的温度和岩石表面，像地球这样的行星一定在那里——也许有数百万个。一天，我告诉寡妇们，我真的感受到"我们将会知道，我们并不孤独"。她们望向我，礼貌地点点头，一如既往地支持我。然后，我们又开始讨论"当我们缺了另一半，如何生存下来"。

| 第十三章 |

星如珍珠

我们挤在一大块水泥地上，那是旧导弹发射场。夜幕如沙漠般荒凉，夜黑得更甚。身处其中，有些令人惴惴不安。新月之夜，明亮的星光不受月光影响，形成了最纯净的白光。我们抬头仰望，就像是第一次看见它们一样。

当时，我正在新墨西哥州中部，为阿斯忒瑞亚项目测试一个新元件。我越来越确信它的价值。它不是哈勃、斯皮策以及开普勒之类的太空望远镜，也可能永远不会如此壮观。但不是每幅画都应该或可能是梵·高的《星月夜》，宇宙中富有为小作品提供创作的空间，这是不同的艺术形式。也许，开普勒太空望远镜能找到上千个新世界，但是无法揭示其中的任何一个，无法让我们知道它是否是某种生命体的家园。如今，开普勒太空望远镜正扫视星空，那片恒星场距离天文学家天遥地远，以至天文学家对开普勒 -22b 这样的地方除了怀有念想，别无他法。

但是，如果我可以运转阿斯忒瑞亚项目，然后想办法发射一组卫星，它将会结合开普勒的最佳成果——联合 TESS 初期成果，能够发现类太阳恒星周围较小的行星——对红矮星能有更近距离的观测力和敏感性。迈克得病期间，我退出了 TESS 项目组。另外，REXIS 已经从设计与建造课中卸下。现在，阿斯忒瑞亚就是我最喜欢的项目了。

我的团队造了个原型，这是一个可行性较大的相机。它既可以保持稳定，又能在高温环境下工作，其可承受的温度比大多数卫星使用的探测器的都高。（大多数探测器使用时都必须冷却，这会增加机器的负担。）我只是不确定，它看到的是否就是我们需要的。当时，我有一个特别聪明、满怀热情的研究生，名叫玛丽·克纳普（Mary Knapp）。第一次认识她时，她还是名本科生。在我主讲的设计和建造那门课的第一节课上，她鼓励我们去室外调试相机，用它来看看真正的星星，她还提议把新墨西哥的沙漠当作试验场。那年 4 月，会有一轮新月，把原本清澈的沙漠天空遮得黑咕隆咚。那个新月之夜，也正好赶上马克斯和亚历克斯放假，这意味着我可以带他们一起去。虽然我很想看繁星点点，但我更想看他们。

我们全队出动。除了玛丽，一同前去的还有贝基（Becky），他是一位研究助理，也选修过阿斯忒瑞亚的设计和建造课程；还有布莱斯，一位来自瑞士的博士后；还有另一位博士后，名叫弗拉达（Vlada）。弗拉达碰巧是个迷人、黝黑、帅气的人，也是瑞士人，有一些塞尔维亚人的血统。要是寡妇们知道他，肯定会一直缠着他。我既把这次旅行当成是度假，也是工作。在这个远离新英格兰的试炼之地，我会和一群人一起做些有望之事，他们年轻，精力充沛。这是我的新生活，我下半辈子的另一番滋味。

生活很快给我上了一课，让我知道自己对世界的看法是多么悲观。我、马克斯、亚历克斯和这一行人在罗斯威尔机场碰头，他们开着一辆巨大的 SUV 来接我们。我们一到机场，他们就爆发出热烈的祝贺：有消息说我被授予赛克勒国际物理学奖（Sackler International Prize in Physics）。这是一个颁给年轻科学家的奖项，表彰他们对自己的研究领域做出的重大贡献。我因对系外行星大气的研究获此殊荣。当然，我很荣幸能获得这个奖项，奖金是 5 万美元，我非常乐意接受。这场追赶——因为我的生活有时会感觉像是一连串的你追我赶——让我必须去特拉维夫大学接受这份殊荣。这趟航班要十一个小时，我还得在那儿待上两天，所以毫无疑问，我不可能带着孩子一起去。我只能把他们留在家里，我一般只有在康科德附近短途旅行时才这样做。但这次我会比以往任何时候都离他们远一些，距离让我害怕。一想到他们没有了亲人在身边，我就惊慌失措。如果他们生病了，会发生什么事情呢？如果其中一个人摔断了腿怎么办？我没有对新墨西哥州感到兴奋，反而在脑海中专注去想什么才是严峻的问题。

我们从机场驱车到旅馆。我凝视着窗外，试图在无尽的沙漠中迷失自我。新墨西哥有时看起来像月球，有时看起来像火星。我在想，也许地球上某处就像是每一个岩质行星，每一个月球表面。这时，我一个儿子说他内急，想去解手。我们当时在一条空荡荡的公路上，铁锈色的地平线上，只有干枯的灌木丛和稀稀疏疏的强壮仙人掌打破了色泽。他很害羞，没有常见的树可以躲，所以我带他远离马路，在灌木丛周围的高草堆上跺了跺脚，想让他知道沙漠是安全的。不料一条硕大的响尾蛇蹦了出来，发出"咝咝"声以示警告。我们逃回了车上。"妈妈，"他说，"我不用再去了。"

我们到了旅馆。那里有一个小游泳池，很快，我们就和孩子们在水里嬉戏。弗拉达把他们高高地抛向空中，很难说是笑声更响亮，还是溅起的水花声更响亮。

突然，马克斯和亚历克斯从游泳池里跳了出来，把我拉到一边，每个人都急急忙忙的。他们低声说："弗拉达有点问题。"

"什么？"我问，"什么问题？"

"为什么他的胸口有头发？"马克斯问道。

尽管我们三个人在家里的帮工、寡妇和寡妇的孩子们都能帮助我们，但我当即还是狠狠地意识到，马克斯和亚历克斯在生活中需要更多的成年男性角色。

我曾咨询过当地一个业余天文爱好者俱乐部，他们告诉了我测试相机的最佳地点。那天晚上，他们邀请我们参加他们的观星晚会，庆祝新月之夜。我们在黄昏时分到达了废旧的导弹发射场。我仰望着星空，感到我孩童时的遥想又回来了。我想，孩子们也感觉到了。

我们调好相机，等回到麻省理工学院再分析数据。但是我们的新型探测器，一个还没有用于天文学的探测器，似乎起了点作用。我们至少知道，这个实验并非完全失败。在我的孩子们、学生们和相机，还有繁星的陪伴下，我感到一股不熟悉的情感在心中闪烁，我几乎找不到描述它的语言。我感觉到了希望。

沙漠越来越冷，水泥地之外，蛇和蝎子毫无疑问都出来了。业余天文爱好者俱乐部的人离开了我们。我和马克斯、亚历克斯站在新墨西哥沙漠和银河交界的边缘，我们能想象到可怖的东西，比如响尾蛇或者更可怕的什么，但我们没有。我们三个人站在那里，站在新月的夜幕之下，谁也不打算离开。我们想和灿烂星河待在一起，直到晨光初露，直到阳光把它们一个一个抹去，直到夜空中最亮的星也消失不见。

我们知道它们还在穹顶之上。人们谈论太阳和它的信誉，即使在最黑暗的日子里，我们也知道"太阳照样会升起"。反过来也一样。即使在最亮堂的日子里，碧空之外，满天繁星越过头顶，数不胜数。

———◆———

新一次咖啡见面会上，我告诉寡妇们我在新墨西哥州的所遇之事：繁星点点，如此美丽，我们离它们近在咫尺。我通常会和天文学家或航天工程师一起讨论阿斯忒瑞亚项目，他们会问我技术问题，有关相机镜头、轨道投影以及将使用的软件，但寡妇们对此毫不在意。

"听起来你经常和孩子们一起旅行。"米迦说。这话说得并不刻薄，她其实就是在观察，在表达一种观点。但从她的声音之中，我还听到了一丝批判的暗示。

"是啊，"我说，"旅行越来越贵了，我真的快把钱花完了。"

几乎不约而同地，寡妇们表达了对我经济上的担忧。"这些都不重要。"其中一个人说。

"只要做让你快乐的事就行了。"另一个人说。

米迦决定提出异议："你到哪儿都要带着他们吗？听起来劳心劳力的。"

我深吸了一口气。我承认，这是最可怕的梦魇：我怕一离开他们，我会出事。几乎就像我想象的那样，一位一只眼睛失明了的人，总是害怕会失去另一只眼睛，我担心我会死去，而他们变成孤儿。不知为何，我最担心的是，我会死于飞机失事。我知道这不太可能，但对我来说这似乎真的会发生。（我又见到了我的律师弗雷娅，她帮我做了一个准备齐全的遗产计划。）我仍然挣扎着要把马克斯和亚历克斯留在家里，即使和他们永别的概率极其渺茫。

"哦，萨拉。"米迦说道，"你必须朝前看。"

有时，有人说出了最简单的话，却用一种特殊的方式打动了你。这是其中一次。我常常听到这些话，直到它们变得毫无意义。但不知为什么，米迦的观察陈述了事实。地球是圆的，天空是蓝的，我得向前走。这个常识如此重要——生命的意义在于运动，在于不断变化——但它听上去再深刻不过了。她的话像找到路了一般钻入我的大脑，引起了我的共鸣。但那共鸣的部分之前一定从未示人，虽然这话我以前也曾听过。

也许，那晚星空下发生之事与之有关。旅行的最后，我和玛丽、孩子们已经到达机场，准备踏上我们回家的第一段航班。玛丽带着阿斯忒瑞亚的相机，相机装在一个派力肯大型仪器安全箱里。这架飞机小得出奇，我们在停机坪上走出去，阳光刺眼，行李员跟玛丽坚持要求，这个随行包检查后才能进入货舱。她尽量跟他们解释，这个箱子里装的不仅仅是内衣和袜子，它还装着超过一百万美元的零件和众多科学家的劳动成果。引擎的声音太大，我听不清她在说什么，但她的肢体语言与性格不符。玛丽生性镇静、爱笑，现在的她火冒三丈，瞪大了眼睛，双手在空中挥舞着。我们对自己在宇宙中地位的理解，可能就锁在她破旧的行李箱里。

行李搬运工无动于衷，这件箱子例行检查之事容不得商榷。玛丽拒绝了。作为一个打破僵局的专家，我过去帮助解决了这个问题。玛丽和我试着做每一件事——我们疑惑、哄骗、乞求、要求、微笑、训诫和推理，直到我们没有动词来描述我们在飞行前付出的努力和时间。我不知道我们是怎么做的，但最后还是取得了胜利，相机跟我们一起上了飞机。

唯一的问题是，刚刚分心时，孩子们不见了。飞机就要起飞了，就算没有我们，也不能没有他们。我和玛丽疯狂地四处张望，直到我们飞奔上了飞机，这是我们唯一没有搜查过的地方。马克斯和亚历克斯就坐在指定的座位上，系好了安全带准备起飞。我松了口气，有点尴尬，也很感动。

"没有你，他们也会活下来的，"米迦说，突然把我拉回了现实。"没有你，他们也会茁壮成长，但你必须去你所能抵达的地方都看一看。"

她是对的。我的孩子们都还小，只有 9 岁和 7 岁，离青春期还有好几年。但他们的成长之路很顺利。就在我真正了解他们的时候，孩子们就像科学一样在改变，以光速向前。他们将德才兼备，他们将身负重任。他们会活下来的，会茁壮成长的。马克斯和亚历克斯经过那么多事之后，我迷人的两个孩子仍会成为合格的成年人，去开创未来。

某个周五清晨，我们开始承认寡妇团都有共同的超能力：在公共场合突然崩溃。我不记得，那些让我们惺惺相惜的失败，哪一次是最能宣泄的出口。我本可以讲一些故事，关于图书馆和我需要的书籍，或是旧时在杂货店排队，或是惠勒夫妇因我家的落叶和孩子的玩具而生气，或是去五金

店，或再访五金店，还是三顾五金店。但我最后决定讲一个故事，是关于威廉·贝恩斯的，他是个富有奇思妙想的英国人，也是我的研究伙伴。

我和威廉对生物特征气体的投入极其巨大，有时周末都会在我家办公，我们都会全心全力地投入其中。现在的会面改成了每季度一次，他会从英国来造访我家。威廉有四个孩子，都已成年。至少，他做父亲的经历让他能够容忍我的两个孩子。一个周末，我问他是否可以陪亚历克斯在一起待着。我想休息一下，去和马克斯打网球。一对一的时间是重要的，对所有孩子的关注也很重要。我们去了同一个公园，但这公园很大，网球场在公园的另一端。我最后一次见到威廉和亚历克斯时，他们正朝操场走去。

"走呀。"亚历克斯说，然后他们便无影无踪了。

当我和马克斯比赛结束，回到了操场。威廉平躺在沙堆里，皮肤色泽如牛奶，而亚历克斯跪在他身边。

"威廉！你怎么了？"

他没有丝毫反应——我以为他在开玩笑，正在玩游戏。但是，后来我才意识到他异常痛苦，他肯定是肩膀脱臼了。"等等，威廉！"我边说边跑去取车。我们4人上了车，威廉汗如雨下。我们飞驰着穿过城镇，抵达地方医院。这是迈克第一次患病时去的那家医院，忽视他的背伤，还毁了他脚踝的那家医院，送他回家进行临终关怀的那家医院。

这些回忆又全部涌上心头，疾病的气味、无用机器发出的"哗哗"声传输到我大脑的额叶。分诊护士问了威廉毫无意义的入院问题，他的眼眶湿润了。显而易见，他特别疼，他需要的只是医生出来把他的肩膀归位。威廉是个有礼貌的英国人，他咬着牙尽力回答护士的问题。我真想一把抓住她，当着她的面喊：给他找个医生！然后，她按错了电脑上的键，抹掉了她写的所有东西。

"哦，亲爱的，我必须重新开始。"她说。

她的粗心大意，她的漠不关心，还有地砖上重新映射出迈克的魂魄……一切都成了炸弹的导火索。我原地爆炸，后果不堪设想。后来，威廉说他从未见过如此场景。最后，我不得不离开，向他道歉，让他做完手术后给我打电话，我不能再忍受和那些人待在一起了。接下来的一次，他来到我家，我让他再照顾亚历克斯一次。"但是要注意安全！"这次，他们决定来一场干瞪眼的比赛。

我把那天的所见所闻告诉了寡妇们，他们笑一会儿，哭一会儿。其余人开始讲故事，滔滔不绝，我笑一阵，哭一阵。某位家长无意中违反了停车场规范后，又跟另一个家长在学校走廊上一起摔倒了。梅丽莎和她儿子在波多黎各的假期以一场彻底的崩溃告终。听起来她可能会上新闻。（她所在的酒店，游泳池出了故障，由于语言障碍，她对丈夫死亡的解释导致了一场简短的谋杀调查。）克莉丝讲述了一个痛苦的故事，她在一家杂货店丢了车钥匙——杂货店显然是寡妇们的第七层地狱——当时，她接孩子已经快迟到了。商店经理安慰她，但于事无补，他们只能一起一辆一辆地搜寻那些车。最后，他们终于找到了，但那时已经错过接孩子了。克莉丝说，她哭了那么久，其他顾客都以为她是丢了孩子，而不是丢了车钥匙。

成为寡妇之前，我一直想象着早年丧亲之人是多么坚韧、泰然自若：形销骨立的女人裹着黑披肩，站在海滩上，望着吞没男人的大海，没有悔恨。我明白了，这是一段平静的悲伤期。我明白了，打开抽屉，对着丈夫的袜子哭，或者被纪念册上的一张照片压垮。我们在众目睽睽下的崩溃，我们对文明社会壁垒的频频控诉，连我自己都无法理解。我们必须要别人知道，我们受了多大的伤害。或者我们想让世界知道，我们不再畏惧受伤。也许，我们就像退伍军人在游行队伍中互相敬礼一样，穿过街道两旁，人们满怀感激。我们知道别人无从知晓的事，永生难忘。

2012 年 6 月，是我去特拉维夫大学领赛克勒奖的时候。我仍然因为担心要离开孩子们而踌躇不定。但是，我打了电话给孩子们最喜欢的、机智的蕾切尔姑姑。她是迈克的妹妹，生活在阿尔伯塔，她同意飞来波士顿照顾孩子们。至少，孩子们能和家人在一起。现在又出现了第二种困境，在我飓风般的头脑中，几乎与第一种困境等量齐观：我没有合适的衣服可穿。我的衣服只有工作用的办公室便装和其他用途的扣子套装。我很少有机会穿裙子。这次，我想穿裙子。

当物质世界的威胁将我吞没时，我做了习以为常的事情：我给梅丽莎打了电话。我们无话不谈：一方面，现在我最怕的是离开孩子们；另一方面，我也表达了我在时尚领域的悲哀。第二天，当我下楼时，一个服装袋神奇地出现在前厅的衣橱里，里面塞满了梅丽莎衣橱里的漂亮衣服。我翻看那个包，感觉像是在购物。我试着衣服，一件又一件，想象着自己的另一种生活，我想象出了一个不同的我。

我选了一件海军蓝的短袖连衣裙，前面还缝了三颗珍珠。蕾切尔照顾着我的孩子，梅丽莎关照着我的衣柜，我觉得自己好像被拯救了两次。我飞往以色列，沐浴在酷暑和些许关注中。这不是一个精心安排的仪式，我和戴夫·沙博诺教授同获那年的殊荣，毕竟，时间掌控得很好。我们每个人都做了一个报告，我收到了一份证书，可以放到办公室，仅此而已。但身穿梅丽莎的衣服时，我便知道了一个从外表上看着自己感觉漂亮的人是何种感觉，尽管那种经历只有一晚。

我兴高采烈地回到家里，同时也感觉筋疲力尽。我可能在路上某处感染了什么细菌，回来立刻就生病了。离开的时日，孩子们比平时更关心我。房子需要打扫；花园需要做好准备迎接夏日。我要很长时间才能再穿高跟鞋，我又换回了登山靴。

梅丽莎说过，我可以留下那件蓝色的连衣裙。时隔数月，我又打开衣柜时，阳光和煦，心情舒畅，那件衣服看起来像件披风。

| 第十四章 |

烟火人间

父亲节那天风和日丽，天空中飘着蓬松的白云。回想起来，寡妇们聚会时常常太阳当空，着实奇怪。电影中的场景总是阴雨绵绵，而在现实生活中，晴空碧日填满了我的记忆。

我们的孩子全都成了朋友，但这不是因为他们的父亲都已离世，而是因为他们在一起嬉戏玩闹很欢乐。每本儿童读物都是从儿童的角度出发来写的，这样做是有原因的。孩子不关心大人的事。每次看到孩子们不受外力的影响，用自身的韧性适应生活的改变，我们都知道，其实他们的内心很无助。可尽管他们痛苦不堪，却仍然懂得纯粹的快乐。

迈克去世后，马克斯熬了一年左右。我不确定他是在天真地观察着自己的世界，还是想给我传递一个信号，或许两者都有吧。这种情况一般出现在我开车载他去学校的路上。他会一口气地说："每个家庭都有一个妈妈、一个爸爸、一个男孩、一个女孩、一只猫和一条狗。"他每天都重复着这句话，就像我告诉自己我会快乐一样。我向他解释道，我们的家虽然不同，但很美好，我们在一起生活，其乐融融。突然某一天，他不说了，从此再也不说了。

父亲节当天，我们吃了顿丰盛的午餐，还精选了甜品。"寡妇真爱吃甜食！"亚历克斯喊道。一听到孩子们不叫"妈妈"，而是戏称我们为"寡妇"或其他类似称呼时，我总是忍俊不禁。有一大盘纸杯蛋糕，其中有一个蛋糕里藏着硬币。我不记得最后是谁打开了那份特别的硬币蛋糕——不过我觉得应该把那张字条大声读出来——有人读道：把每一天当作是自己的末日，因为总有一天将会如此。

这些话悬在空中好一会儿，天哪，硬币小蛋糕，这可有点儿沉呀。但随后，我们都笑了起来。有人"咯咯"地笑，有人放声大笑。意识到这些道理之前，我们都像孩子一样，陷入了歇斯底里。我们的集体幽默感从一开始就有些令人毛骨悚然，而现在越发黑暗了，我们像验尸官、像杀人侦探一样开玩笑，我们最轻松的时刻就是面对死亡。

午饭后，孩子们跑出去玩，我们靠在椅子上沐浴着阳光。成年人的担忧再次浮出水面，就像撕开那道已结痂的伤疤，血从裂缝中汩汩而出。每次我们聚在一起，失落感都似乎有增无减。我们在人生的不同阶段成了寡妇，但相同的是，我们都沉浸在无尽的悲痛之中。然而奇怪的是，丈夫的死不再是我们故事中最悲伤的部分。（以我自身为例，最悲伤的情况是随后冒出的小反弹和小涟漪，是发生在东正教婚礼上的一系列触发效应，或是在春天看到河床上涨，人家把独木舟拴在车顶上。）这不是不可预知的急流洪水；时过境迁，我们身上最糟糕的诅咒都已减轻，类似的事情就算再次到来，我们也能提前有些心理准备了。最大的威胁，其实存在于无数涓涓细流之中。

其中有个寡妇失去了因癌症离世的丈夫，她从整理丈夫遗物的过程中，竟然慢慢找回了生活的力量。我们一致认为，离世之人的生前之物可能很难处理。我们无法估量这里承载的回忆，揪心的一刻可能来自门前的鞋子，或是水槽旁的牙刷，又或许是后院挖的大洞。有些寡妇什么都留着，有些把所有东西都扔了。我介于两者之间。我把垃圾车装得满满当当的，但有一些迈克的东西，我不可能扔掉。最难以割舍的是他的船，无论是理智上还是情感上。迈克走之前，我们送了一艘给朋友，我又扔了一艘坏的，最后还剩下一艘"老城旅人"、我的"快如匕首"，还有迈克的"育空快艇"（Swift Yukon），这是他亲手改造的四座船，恰好能满足我们一家的需求。我都没勇气去看它们，更不用说舍弃了。

那个寡妇在她丈夫的办公桌前坐下，整理那些无底洞似的文件堆，思索着那个我们都不得不反复回答的问题：什么依然重要，什么不再重要？税务文件和保险索赔中间夹着四张去巴黎的机票，她花了一两分钟才意识到自己发现了什么。

她丈夫在开始化疗的前一天买了这些，乐观地打赌自己不会得癌症。这其实是一场相当自私的赌博，他没有跟任何人窃窃私语过自己的计划。而在他死后的第二天，飞机起飞时有四个空座位。那四张没用的机票代表了现在失去的所有希望，代表了永远不会发生的一切冒险。

这就是我们这群寡妇最脆弱的时刻，我们每个人都在努力向前看，但我们总是有理由相信生命中最美好的时光已然逝去。

孩子们还在玩耍，我们听得到他们在远处的笑声。可他们离得太远，看不到有关巴黎的思念如潮水袭来。

———— ◆ ◆ ◆ ————

很多寡妇都搬出了与配偶曾经共同居住的房子。因为房子里有太多痕迹，太多回忆。我已经考虑过了，我决定留下来。我喜欢我们漂亮的黄色房子，孩子们已经成长许多。我希望他们能够拥有我小时候唯一梦想的东西：一个屋顶。寡妇们支持我的选择，但她们告诉我，我再也不能把这所房子当成我和迈克共有的财产了，否则我将永远无法摆脱悲伤，就好比我邀请了一个心情不好的吸血鬼从前门进屋①，我得做一次彻底的心理突破。我必须把这栋房子变成我个人的。几乎是不经意间，自从我装满垃圾车的那天开始，我就已经做出改变了。而在我把杰西卡的房间刷成薰衣草色的时候，我其实是在继续着这个过程。但那是一所大房子，还有很多事情有待完成。

我不得不把我们的卧室变成我自己的卧室，我决定住到跟孩子们隔了一个大厅的彩虹房里。我想在他们一醒来时就听到他们的声音，同时，我也不想再回到我和迈克合住的卧室了，我害怕在那里会做什么梦。

迈克一直不断地出现在我的睡梦中，他总是从遥远之地归来，再一次旅行，又一次昏迷。他总是走在房子的台阶上，从外往里看。他的到来令我震惊，我努力让自己不要慌乱，想说点什么。就在我能说出口的时候，他总是消失不见。有时，梦栩栩如生，以至于我醒来后，不得不扫阅记忆，就像在橱柜里找寻文件一样，确认我确实是看着他死去的。

我雇了一个室内设计师，帮我做一些艰难但必要的决定。我找到了鲍勃。没有了迈克，我的口味变得更女性化了，鲍勃似乎明白我需要的是什么。他站在房间里，说着他想把墙面漆成古色古香的深粉色。有件松木家具，我想保留，于是他就找到一张四柱床来搭配它。他还找来了一个奶油色、镶褶边的情人椅，也知道该用哪种擦亮的灯来装饰剩余的空间。毫无疑问，这是属于我的一座适合公主居住的殿堂。我对他笑了笑，点了点头：开动吧。

不久后，漆工带着抹布和滚筒来了。我把他们领进房间，除了马克斯的黄色墙壁和迈克的彩虹，屋里也别无他物。我站在那里看着漆工撬开罐子，把厚厚的粉红色颜料倒进盘子里。他们的滚轮很快就以熟练的速度滑过墙壁。迈克花了几小时才画的彩虹，如今短短几秒内就荡然无存。

泪水从我脸上滑过，怎么也抹不干净。从理论上讲，我知道寡妇们是

---

① 传说吸血鬼不能踏入人类的房子，只能受房主的邀请才能从前门进来。——译者注

对的，我需要前进。我不能在悲伤中度过余生，我得振作起来。但是，当你失去某人时，你无法一下子失去他们，他们的死亡也不会随着死亡而停止。你以一千种方式失去了他们一千次，你说了一千次再见，你举办了一千次葬礼。

————— ◆ ◆ ◆ —————

寡妇们告诉我，除非我重新开始约会，不然葬礼不会停止。迈克去世一周年的时候，梅丽莎来到我家。她把我领进厨房，确定我们都还是单身。她告诉我，我必须假装，至少表现得对男人还有兴趣。直到我开始约会，直到我看着下一个男人，直到我打算把我的嘴放在他的脸上，这一切才能结束，否则，失去迈克的悲伤情绪永无止境，我会一直在身后寻找，盘点我丢失的东西。她说我必须去看看外面还有什么。

我知道外面还有什么，有数千亿的行星，绕着数千亿颗恒星运转。

梅丽莎摇摇头。其他男人，她说，还有很多其他男人。"我这么跟你说吧，"她低声说，声音不比冰箱的"嗡嗡"声大多少，"就算你不能再怀孕了，你也会得性病的，所以要提前采取预防措施。"

我差点摔倒。我不知道在梅丽莎心里我有多大年纪，但我才40岁多一点啊。"梅丽莎，我还能怀孕呢！"我说。我不能再多说了，我不是青少年了，不需要学习不安全性行为的危险。我根本不需要考虑性的问题，我怎么才能找到一个和我一起出去的男人呢？谁会愿意和一个在图书馆和杂货店里大发雷霆、哭哭啼啼的寡妇约会呢？仅仅是想认识一个新人，让他们了解我，这种想法就足以令人反感了，我几乎无法照顾好自己和孩子们。梅丽莎还不如告诉我去找一只独角兽，或者一个外星人。

"我没有让你去寻找完美，"梅丽莎说道，"你不是在找丈夫，你要找的就是一个带你出去吃饭的人，然后上床睡觉。"

我告诉梅丽莎，漆工把迈克的彩虹涂掉时，我哭得有多惨绝人寰。她觉得我对一个新嘴唇会有什么反应呢？

"这就是为什么你需要开始约会啊。"她说。我必须像收回房子一样收回我的心扉。

"别太担心，"梅丽莎说，"这和第一个人没什么关系。"

你说得对，我想，第一个人已经化为灰烬了。

------------------------ ◆ ◆ ◆ ------------------------

在美好的日子里，我能看到我所拥有的，而不是盯着我所失去的。马克斯和亚历克斯是我获得乐观的最主要来源，我继续把他们放在身边，就像护身符一样抵御外邪侵袭，保护我不受下一次悲伤的冲击。我仍然对我的旅行感到非常焦虑，但是不去旅行我又真的做不到，我一定要去参加各种会议和会面。星星没长脚，不会自己找上门，火箭也不会从马萨诸塞州发射。杰西卡或戴安娜整晚都能替我照顾家，但长时间的事务对谁来说是一种煎熬，包括我也是。唯一的解决方案，就是我带着马克斯和亚历克斯一起走。

2012 年 7 月，我在欧洲两个不同的会议中分别作了报告。我决定用两个报告的时间，为我们一群人安排一个史诗般的三周旅程。我和孩子们带着我们平常的小圈子：杰西卡、一群学生和博士后，其中包括玛丽·克纳普和莱斯利·罗杰斯（Leslie Rogers），他们以前是研究生，专注研究迷你海王星的组成成分。有时候我也在想自己是否在故意找借口和这么多人一起旅行——在迈克去世之前，我没有任何朋友；在他死后，我又与周围各种人群聚在一起，就像黑洞吞噬着靠近它的恒星。也许，这是我童年潜意识里遗留下来的东西，从我父亲换的一个又一个保姆上留下的痕迹，从我们兄妹三人一起睡在母亲家一个小房间里那些夜晚留下的记忆。也许，这是失去一个曾经如此亲密的人后所带来的自然结果。不管是什么原因，我喜欢和我称之为"朋友"的人走在一起。我的学生经常在会议上展示自己的作品，我希望他们能从这些经验中获得属于自己的一份礼物。但其实这些旅行大多是为我自己准备的，我需要让世界两端的人距离更近一些，让空间不再那么空虚。

我们从伦敦启程。一天下午，杰西卡迷路了，因为她不知道如何念"莱斯特广场"，我们在一个同事的公寓里累得团团转。然后，我们去巴黎待了几天。我盯着罗丹的"思想者"雕塑；孩子们更喜欢在卢浮宫外面和鸽子玩。为了参加其中一次会议，我们需要换乘四次不同的火车，才能到达德国的海德堡。当时我们有七个人，再一想到这一行人背包的大小，这感觉就像在做比火箭发射更复杂的练习。

我们在瑞士得到了博士后布莱斯的热情款待。他十分友好，把我们带到阿尔卑斯山山顶，靠近圣卢克的风车厂。弗朗索瓦-泽维尔·巴格努德天文台（François- Xavier Bagnoud Observatory）坐落在高山山肩，闪着银色的穹顶。站在那里俯瞰地球，美景深深刻在脑海：绿色的河流像鲨鱼的牙齿一样，在一排排山峰之间流淌。在那个高度上，一派景色尽收眼底，简直令人叹为观止。

下面不远处，有一个地方叫作"行星之路"（Planet Path）。这是一个太阳系的比例模型（年代久远，还包括惨遭降级的冥王星），行星之间有一条蜿蜒的泥土轨迹。每一米的轨迹就代表一百万千米的距离。即使考虑到尺度显著缩小，从太阳表面到冥王星远端的距离也只有6000米，或者说不到四英里，跨越几十万千米真的会给你一种空间质感。这条行星之路只围绕着我们的近邻所建，即使如此，也仍然需要极大的耐力去覆盖这之中所有的空间。

布莱斯曾经在这个小天文台工作过，每晚都睡在希望盈盈之地。以前的天文学家就像灯塔守护者一样，他们会爬上自己的山头，仰望星空，一待就是几个月。现在，大多数小型望远镜都是自动化的，机器植入我们编写的程序，寻找和检测某些恒星。但是，布莱斯已经越过了自己的山头，开始向外望去，看着繁星如船，满载而归。

他有一项重要发现，利用凌星法发现了一颗行星飞掠，如今我们称之为 GJ 436 B。他发现的信号后来得到了以色列大望远镜的证实，但布莱斯首次发现了它的特殊之处。GJ 436 B 的大小与海王星差不多。当时，它是迄今为止发现的最小的系外行星之一，所遵循的轨道距它的恒星几乎不可能更近了。（GJ 436 B 与其宿主恒星之间的距离比水星离太阳近 14 倍，因此它上面一年的时间不到 3 个地球日。）它绕恒星运行的轨道还是垂直的极轨道。我们现在知道了，有一些行星不是像我们一样走赤道型的路径，而是会翻山越岭似的爬过它们的恒星，然后落到恒星下面。GJ 436 b 就是一个典型的例子。可这似乎还不够特殊，GJ 436 B 还有一个像彗星一样的尾巴，一个使它看起来像是大气在泄漏的外大气层。除了自身是行星，绕着一颗恒星运行之外，GJ 436 B 和地球再无其他相似之处。

我们都在那个令人惊叹的雕塑中度假，我的博士后和朋友在那里发现了一个与我们如此不同的星球，几乎无法用语言来形容。罗马人相信，有一个名叫"朱庇特"的天空之神；埃及人相信，他们的国王死后，灵魂会变成星星。而布莱斯用一组精美的玻璃和镜子，看到了一件谁也想象不到的东西。他所发现的道理，就是每一次发现带给人们的教训。我站在那些相同的山上，向自己承诺永远不会忘记它。他只需要安静些，再安静些，睁大眼睛。他待在一处，却看到了另一处风景。透过他的窗户，是一个崭新的世界。

———————————◆◆◆———————————

就在我们去盖尔家参加第一次聚会后不久，这份精心策划的遗愿清单就通过电子邮件发了出去。我们决定，就算为了纪念它们，我们也会聚在一起。那些纪念日，承载着我们的小胜利和流逝的微时光。同样重要的是，我们不能独当一面。它们可能是痛苦的入口，让我们重新体会失去。他们可以轻而易举地把我们带回来，就像他们可以助我们一臂之力前行。我们的日历上，又多圈定了七个聚会日。

7月23日，我们聚集在一起，为了纪念迈克离开的日子。我不敢相信他已经离开一年了，我真不敢相信只有一年。

那是一个甜蜜的夏夜，梅丽莎把我们都带到外面，孩子们挤在我后院小门廊的台阶上。她做了一个小型演讲，是和我、马克斯和亚历克斯说话，也是在和大家说话。"你们都知道我们为什么在这里。"她说。孩子们知道会发生什么，他们坐立不安，倍感不适，假装问题出在天气炎热上。"我们想帮助马克斯和亚历克斯度过没有父亲的第一年，尽管你们的父亲都不在这里了，但我们希望——我们知道，他们仍然是你们一生的指路明灯。"

我们都开始在暮色中嗅来嗅去，梅丽莎还没说完。

"所以，我们要点燃烟花！"她说。

她给每个孩子带了40根烟花，这可不是个小数目。孩子们一下子释放了天性，在车道上跑来跑去，一次点燃两根烟花棒。他们捏着那撮亮光，每当熄灭时，就赶紧从对方仍在燃烧的火焰上再点起新的火花。空气中开始弥漫着浓厚的硫黄味，一股浓烟弥漫车道，飘到街上。有人担心会招来消防队，但也有人觉得招来消防队也不错：一群强壮的消防员，秀色可餐，不失为结束这个夜晚的好方法。

事态一直都是这样发展的，上上下下，前前后后。关于复苏，没有任何线性关系。所有的寡妇都有挫折，在低潮期，我们感觉好像失去了我们所取得的一切进步。这些低潮仍然可能出人意料地到来。有一天，我给一个寡妇发短信说我真的很想改变一下。"等雨来吧，"她回信说，"等下雨了，你就又会感到很糟糕。"有时候，它们又在不经意间出现。克莉丝在和一个男人约会，那人看起来有点像她过世的丈夫。她不得不假装咳嗽、打喷嚏，躲在菜单后面掩盖她永远饱含热泪的眼睛。继我之后，她仍是唯一一个加入寡妇团的人，我试着把别人给我的建议转达给她。我告诉她现在约会还太早，只有等她终于发现男人又相貌堂堂了，才能明白自己已经准备好了。她愤怒地回应道："我准备好了，萨拉。"她说着——但我知道在想要感知事物和真正感受到它之间，还是有区别的。当我醒来的时候，有那么多天我都以为自己快成功了，但是我身上还有一个黑斑，只需轻轻敲打它，或是在一不小心的瞬间，它就会变成一个可怕的、蔓延的污点。

我需要给孩子们找一所新学校。原先蒙台梭利学校的入学率在下降，债务也在攀升，显然，这所学校要倒闭了。我遵循迈克在"地球生活指南"中的指导，并依照他推荐的学校，安排了相关的入学面试。我讨厌那种站在两站之间踌躇的感觉，也讨厌那种稀有事物的不确定性，事情本就该是确定的。你应该知道你的孩子在哪里上学。我亟须解决这些事情。

谢天谢地，孩子们很喜欢新学校。学校准备张开双臂欢迎他们，我们的过渡期毕竟可控。我已经解决了集体生活中的一个重大问题，而且大部分是我自己解决的。我自己可以做决定了，我站得更直了，我看得更清楚了。我带孩子们回他们现在的学校上课。那天下午阳光明媚，天气暖和，在我看来，这个世界好像一片绿色，生机盎然。

我平时不喜欢开车，那天我把孩子们送下车后，我竟然迷了路。我摇下车窗，把收音机的音量调大了。没有交通堵塞，我的头发被风胡乱地吹着，几年来，我第一次感觉到一个真正的微笑，浮出表面。我不知道该如何解释那种感觉，但我的微笑几乎像是我脸上的一道裂缝，像是肌肉从萎缩中恢复过来：久旱之后的一阵雷电，狂风骤雨后的第一个宁静清晨。

我把脚踩在油门上，那条通往康科德的路仿佛在过河前变宽了。我把它想象成一条跑道，我站在起跑线上准备出发，我从座位上站了起来。

就在那时，我看到了警车的闪光灯。

我低头看了看车速表，当时是时速 70 英里，而这条路限速 35 英里。

我停下车，关掉引擎，从后视镜里看着自己。身上的每一滴美好的感觉都在流失，我的微笑消失了，我又陷入萎靡不振。

警官走到我的车前，靠在我那扇仍开着的窗户上。我很快就下了决心，不去抵抗那熟悉的热泪盈眶的感觉，毕竟眼泪不会伤害我。寡妇们称之为"打寡妇牌"——一种公认的策略。

"我的丈夫死了。"我边说，边流泪。

他拿了我的驾照回到警车上。我坐在座位上等着，我的黑斑像一朵奇怪的邪恶之花一样原地绽放。

警官走回我的车前，他手里拿着一张纸。他把它和我的驾照一起交给了我。

"今天不开罚单了，刚刚给你写了一份书面警告，"他说，"请小心开车，祝您一切顺心！"

现在，我哭是因为别的。

又一个晚上，我打电话给梅丽莎，言语几乎如鲠在喉。我哭得很厉害，她儿子通过电话听到了我的声音，我听到他问："有人死了吗？"

梅丽莎放下一切来找我，像上次给我带漂亮衣服一样，又带来了一本贝壳画册。她注意到我有一个贝壳收藏品，那是我父亲和祖父送我的礼物。这是她向我展示世界依然美丽的方式，只要我们还记得去看。她还给了我一块大石头，在河流的冲刷下磨圆了边缘，摸起来十分平滑。她让我把它放在钱包里，我也照样做了。每当我在钱包里面翻找的时候，我都会感觉到指缝无意触碰到那块石头。它时刻提醒着我，岁月可以磨平所有事物的棱角。

| 第十五章 |

水中砾石

　　我手中握着"地球生存指南"，最后一行是迈克明确的指示：把我的骨灰撒向佩塔瓦瓦河（Petawawa River）。迈克去世周年纪念日，在车道上点燃烟火的几周后，我终于准备好完成这最后一项任务了。河口离他童年在渥太华的家很近，河流上游更偏僻，在阿冈昆省立公园深处。到了春天，河流狂暴，上下翻腾。早在1995年夏天，我们刚在一起不久，就在那里待了一周。我还记得有只狐狸，我看到它在树上飞窜。再次计划回去时，我知道自己已经做好准备和迈克道别了。

　　阿冈昆射电天文台矗立在佩塔瓦瓦河附近，建在一个绝胜的寂静之地。我和迈克曾跋涉于湍急的河水中，我们停在水中央，为孩子们找到了一个仰望太空的营地。天文台后来关闭了。我听说一个年轻的家庭以政府租赁的方式接管了它，开始修复工程。他们抵达现场时，前门大敞，门外的风雪飘了进来。如今，他们提供望远镜租赁服务，还为过夜人提供客床。我预订过他们这里的大部分房间。按照我的新习惯，我带了一个"巡回马戏团"来到了树林里：我、马克斯和亚历克斯、迈克的母亲、迈克最好的朋友皮特，也是他最后一次去加拉帕戈斯的同伴，还有弗拉达。那时他对我来说不再只是个博士后，而是一个值得信赖的朋友。

一行人离开之前，我最后一次去殡仪馆看戴夫。我告诉他，我已准备就绪。他点了点头，去找回迈克的骨灰盒。他带着最完美的盒子回来，盒子是用木头做的，接合得很好，看上去天衣无缝。这正是我想要的，但我无法用言语形容；我怎样对他表示感谢都觉得不够。他把骨灰分成两个塑料袋装在里面：小袋的可以给迈克的母亲和兄弟，这样他们可以把他的骨灰撒向佩塔瓦瓦的河口，那里与渥太华相接；另一个大袋的是给我带进树林的。

作为给我的最后一次服务，戴夫讲了一个故事。他说，人类的骨灰不好。有些很锋利，因为有些骨头碎片还没有完全磨成灰。我要小心翼翼地决定在何时，用何种方式把它们撒开。他说他认识一个女人，她把丈夫的骨灰撒在院子里，结果有些被风吹过篱笆，吹到邻居家老人的眼睛里。说起遗骸飘进了邻居的眼睛，戴夫禁不住笑了。"小心刮风。"戴夫开玩笑说。我不知道他的故事是不是真的，但他达到目的了。我不想让迈克的最后安息之地落在我或其他人身上，我会好好观察风向的。

我们驱车十小时，向北进发。我的状态不好，总是流露出焦虑的情绪，孩子们感觉到了，他们已然受够了煎熬，一坐下就不消停，抱怨着这趟旅程，互相斗嘴。车停在路边，我们吃了点心。此时，弗拉达成了我的老师。"萨拉，你必须停止焦虑。"他说着，"孩子们都在看你，不要再焦虑了。"我花了几分钟让大脑冷静下来，或者至少是让它显得平静一些，然后起到了效果，孩子们在剩下的路程中也平和起来。

我们与皮特和迈克的妈妈相约在天文台碰面。那周末，我们是天文台唯一的访客。那是片寂静之地，断断续续地睡了一觉后，我把迈克的骨灰装进背包，我和皮特动身去河边。我没带着孩子们，我不确定自己最后掏出迈克的骨灰撒向河流时，会作何反应，我不想把悲痛暴露在他们面前。我把孩子们交给弗拉达照顾。我和皮特离开的时候阳光明媚，地上投射出大朵白云移动的影子——又是一个完美的日子。一般在电影剧本里，撒骨灰应该是在下雨天。

但是情况有点不对劲。我们到达河边时，河水并没有像往常那样水位上涨。河的一边低得难以置信，我和皮特只能沿着河床走下去，岛屿变成了半岛。我们走过了应该有水的花岗岩搁板，可现在，我们的脚却踩到了石块，一如多年前，我和迈克努力躲避触碰船底的礁石。

最后我们到了应该是瀑布的地方。不难想象，水位再高些的话，我们站的地方会在急流和泡沫下消失。我和皮特一致赞成，这才是撒骨灰的正确地点，我们一时间面面相觑。我从背包里拿出塑料袋，那一瞬间，我几乎难以相信，此时我手里捧着的是迈克。这次，我终于不再懂得该如何用数学解释：他所有的精神、力量和活力几乎全部化为乌有。我看了看风向，我和皮特轮流把迈克的骨灰撒向河里。到了最后一捧：这是我能把他捧在手心的最后一次。云彩掠过头顶，树木沙沙作响，河流找准方向。我把骨灰放飞，把对迈克的最后一丝感觉撒进了水里。

皮特第二天清晨就离开了。我和弗拉达带着孩子们去远足，我不是有意回到那个地方的，但事实就是如此，仿佛是河水把我们引到那里后，现在又把我们引回来了。我们一起坐在岩石上。弗拉达看到我眼里涌出的泪水，知道我接下来要说什么。"马克斯，亚历克斯。猜猜这是什么地方？"

孩子们也心知肚明。

我们坐在阳光下，处在静谧处，独自思考。我不知道孩子们在想什么。我想知道以后水位会不会也是这么低；我想知道是否还会有人会站在同一个地方，想知道这个地方是否只有一条河流。我想知道迈克是否会成为急流的一部分，那个我们曾经一起划过的急流，永远在那一处打磨岩石，就像我手里摸着钱包里的石头，我知道它也曾在水中待过。

梅丽莎来找我，又谈到约会事宜。我跟马克斯和亚历克斯也透露了一些她的观点，尽量说得清楚，但又不能太直白。就算我说得这么抽象，马克斯仍激烈反对。"不要结婚！"他喊道，"我们不能离开寡妇俱乐部！"他已经爱上了这群人。

我不知道梅丽莎究竟对不对。杰西卡的姐姐叫维罗妮卡（Veronica），她顶替杰西卡住在了她薰衣草色的卧室里——现在墙面涂成了浅蓝色——所以我每周都有几个晚上的空闲时间。我决定打开心扉，接收宇宙带给我的可能性。一天下午，马克斯朋友的爸爸开车把他送了回来。这是个离异爸爸，性格很可爱。也许，是时候要练习打情骂俏了。我请他帮忙打开木桌上卡住的抽屉。我扮演了一个微微忧愁的少女，我们说着话，他一边想着该怎么办，我也努力回忆着该怎么像正常人一样闲聊。我问他问题，又假装很在意他的答案。最终他真的打开了抽屉，这确实帮了我大忙。过了一阵子，我请他过来吃晚饭。尽管我已经做了很多烹饪练习，但在厨房里，我做的饭菜离"家的味道"还是天差地别。虽然没把他吓跑，但我们还是选择下次出去吃饭。我们去瓦尔登湖，望着湖水。自从遇见迈克之后，这是我第一次觉得，吻一个新的男人正合时宜。

但支离破碎的我们并不合适。

我吻了他，心想：这可能就是吻你哥哥的感觉吧。他一如既往是个好男人、好爸爸，有着灿烂的笑容。对我来说，他是一个和蔼、温和的人。后来，我们在夏令营接孩子时又碰面了。我们彼此微笑，是发自内心的微笑。只不过，我们做不成浪漫的情侣。我决定了，如果我要去约会，我就要坚持，我要得到的不止于此。

寡妇们举办了一次拍摄活动，由梅丽莎主持。她告诉我们带些漂亮的衣服和化妆品；克莉丝是俱乐部里最时髦的成员，她借给我一双漂亮的鞋。梅丽莎雇了朋友吉吉（Gigi）来给我们拍照片，她是个名人，给切尔西·克林顿（Chelsea Clinton）的婚礼拍过照。其中有些集体拍摄，我们一起坐在沙发上，调侃克莉丝的荤段子笑话，有些恶趣味，还有一些是脸部特写，准备当我们在线约会的头像。吉吉的工作做得很到位，我参加了很多约会。

可继续约第二次的人就不多了，能约第三次的更是少得可怜，堪比彗星。我告诉孩子们，一切都不顺利。"为什么不顺利呢？"他们会问。有时候，我是那个问题所在。我太尴尬、太聪明、太悲伤、太唐突或是其他的"太什么"。有时候，原因不在我。"怎么说呢，"正当每次马克斯和亚历克斯问起失败的约会时，我都会跟他们讲，"他不够聪明，身体有点垮。"

孩子们尽力帮忙，提出建议。"那个在攀岩馆的人呢？"亚历克斯问道。

"他才 25 岁。"

"你以前约会过的那个人呢？"

"是营地上见面的那个爸爸吗？"

"不是他，是另一个人。"然后，他停顿了片刻，"哦，对，我记起来了。他身材又胖，说话又吞吞吐吐的。"

———— ◆ ◆ ◆ ————

那年秋天，我要给房子搭一个新屋顶。我明白屋顶的用途，它能防止东西从天上掉进屋里。我不明白屋顶的传输函数——一个屋顶是如何实现其功能的，我从没想过。我们房子的上一位户主也是位单身母亲，她似乎也没有考虑太多这样的事。30 多年来，不管经历过多少主人，经历过多少暴风雨，屋顶都做了它该做的事情，可屋顶下面的每个人都将它抛之脑后。显然，木瓦不会活一辈子。

迈克在我的"地球生活指南"中没有提到屋顶维修，所以我给梅丽莎打了电话。每次我给她打电话的时候，她都会做她通常会做的事：天使般地飞了进来。

她给一群屋顶维修工人打电话，把范围缩小到少数几个能干活的人，然后通过电子邮件继续询问。最后，她把一份长篇报告寄给我（她比其他人更懂得我的大脑是如何运转的），我们一起选定了一个人。然后，她带着我在附近散步，从沿途的每个屋顶上寻找灵感，各种各样的屋顶、颜色、图案和材料都令我动容。我和梅丽莎最后决定用漂亮的小瓷砖，我认为瓷砖的图案具有历史意义，不会太浮夸。她打电话给维修工人，向他交代这些事情。

他来干活的那天，看见我和梅丽莎在一起，有点困惑。他从未和我说过话，也不知道我是谁。显然，他的眼神落在了梅丽莎身上。梅丽莎穿着一条紧身牛仔裤，美极了。他仔细而认真地打量着她，这是我第一次意识到我们这个年龄的女人，仍然可以成为异性关注的对象——我们并不是注定要生活在年轻女人的阴影下，乞讨她们的剩男。那人的目光让我觉得有点恶心，但同时也给了我希望。

很快，屋顶工就不再给我希望了。像许多陌生人一样，他觉得我和梅丽莎是一对情侣。他透过梅丽莎看向远方，不再关注她了。有那么一刻，亚历克斯单纯地观察着这一切，诚实地跟我说："妈妈，你应该和梅丽莎在一起。"

寡妇俱乐部中两名成员都和鳏夫约会成功，这对我来说意义重大，我加入了一个专门为失去第一任丈夫或妻子的人而开设的约会网站。这可能是互联网上最悲伤的地方。最后，我遇到了一个很棒的人：事业成功、头脑聪明、热爱运动、风趣幽默，我很喜欢他，我们在一起享受着开心的时光。要是说真有什么不对，就像他说的那样："好像没有谁死过似的。"跟我出去约会，确实让他的悲痛宣泄不少。可这悲痛漫出堤岸，也快把我给吞没了。有一次，我们正约着会，我就哭着跑了出来。孩子们说："如果这真的那么痛苦，为什么你还要做？"我想不出好答案。我问梅丽莎怎么和别人分手，她给我回了一个长长的短信，详细说明了步骤。

我按照她说的一步步和那个鳏夫分了手。经过近一年的努力，我开始觉得约会是一场不必要的闹剧，我的生活本身就已足够戏剧化。我告诉自己，我有足够的爱。我的孩子们、我在自身成长中发展起来的朋友圈——帮手、学生、如父亲般的人物、寡妇们——满足了我的所有需求。我让马克斯坐下来。"你不用再担心了，"我说，"我将成为寡妇俱乐部的终身会员。"

———————◆◆———————

格林大楼顶部是我在麻省理工学院工作的地方，那儿有一根卫星天线，直指苍穹。它看起来很壮观，但自 20 世纪 80 年代以来就没怎么用过，以前用作多普勒天气雷达，但现在已经过时。麻省理工学院无线电协会是有着百年历史的俱乐部，偶尔会用它从月球上反射一个信号。其余时间，它在原地静静待命。这让我很烦恼，它明明是一个连接工具，一种把卫星连接成"盟友"的手段，但它除了生锈以外，什么也收不到。我想让不再工作的天线接收器复工。我有一个想法，我可以用它来发送命令信号给我的阿斯忒瑞亚原型，一旦它进入轨道，我就可以用它来接收数据。以后，我甚至可以从我的办公室指挥整群阿斯忒瑞亚卫星。

我去见了自然科学院的院长，他叫马克·卡斯特纳（Marc Kastner），是位物理学家。他问我们是否能获得一笔资金来修理这个接收器，我们约在他的办公室会面。那是一栋陈旧的校园建筑物，温暖的木质镶板与麻省理工学院凌乱的实验室形成鲜明对比。我知道马克这个人，但我们的关系并不算亲密，我们都属于埋头工作、少与人交际的类型。这就是为何在他关心我的时候，我会大吃一惊。他就像梅丽莎拨了第一通命运般的电话一样，问了我最简单也是最难以回答的问题："萨拉，你过得好吗？"

我不知道他有多想知道这个答案。但是马克有着和善的面庞、浓密的胡子和真诚的微笑。我决定对他说实话。我遗忘了屋顶上卫星天线的所有事宜，我告诉他，我还在承受着所有重压。我喜欢麻省理工学院，但秋季学期的要求很高。在夏天我还可以喘口气，有回旋的余地。要是事情不对劲，我有时间恢复，有空闲时间来寻找补救措施，进行纠正。

可现在，我不能有半点差错，每天都感觉像是一个疯狂的科学实验主题：20 分钟内我能做完多少事？从早上在床上爬起来、到晚上回到床上，这期间我能不能保证自己不要崩溃？有些迈克生前的职责我能承担得起，可有些我做不到。介于我能做的工作和付钱让别人做的工作之间，我选择我做一半，请别人做另一半。即使在别人的帮助下，每天对我来说都是一座山。给孩子们做早餐和午餐，开车送他们上学，然后自己开车到工作单位，再坐火车进城，这些就已让我筋疲力尽，我就是跟不上。"一定要牺牲点什么的话，马克，"我说，"那它只可能是我的工作。"

我说这话的时候，言之凿凿。那不是我第一次特别想辞职了，这个念头一直在我脑海里回荡。这种思绪飘荡的感觉，与我在哈佛读书时的倦怠性质不同，那时我想当一名兽医。而现在我热爱我的工作，我感觉自己好像与梦想成真的日子越来越近，这是我一直以来都祈祷自己能做到的事。但由于迈克的死，我意识到自己在时间分配上犯的错误。我仍然记得我对他所许下的诺言，但我已经违背。每当想起这件事，我就感到一阵羞愧。我发誓和马克斯、亚历克斯在一起时，绝不会犯同样的错误。这个世界漫漫的历史长河中，他们需要我多于我需要在人类漫长的历史上得到几句功名。

几个月前，俱乐部的 4 位寡妇来工作单位看望我，那是一个周五晨间的咖啡会：盖尔、米迦、梅丽莎和克莉丝。通常，只有克莉丝经常来我的办公室。她在城里的一所大学上商业课，星期三下午她可以休息。她决定不再回去做数据分析师了，而是自己创业。毕业后克莉丝开始了新的职业，也许是时装或设计。我为她感到骄傲，我总是这样告诉她。她当时是一名私人购物员，我成了她的第一批顾客，既是客户又是啦啦队队长。她带着一大堆衣服来给我试穿，我很惊讶她能找到适合我穿的衣服，我做梦也想不到自己会买衣服。

而现在，我成了那个事业上需要帮助的人，我转身向 4 个朋友寻求出路。我觉得自己像冬日的太阳一样低沉。从我的窗户望去，波士顿像是冰封了一样，查尔斯河像块磨砂玻璃。我背对着黑板，像往常一样，黑板上写满了方程式和图表，都是我一手造成的混乱，而我还会继续涂涂画画，努力把想象转化成现实。寡妇们坐在我对面，那天安排得像一场招聘会。不像一般来我办公室的访客，喜欢盯着黑板看，她们没有一个人把视线从我肩上跳过去看黑板。寡妇们从不走神，她们的双眸直勾勾地看着我，只看着我。

"我想我必须辞职了，"我说，"我做不到，我跟不上了。"

我希望她们反对。我希望听到她们的告诫，告诉我有工作是多么幸运，工资薪酬很高，我是个成功人士。我们都受到同样的创伤，萨拉，请振作起来。

可寡妇们什么也没说，她们几乎在统一战线，说："我们相信你，萨拉。做对你和孩子们都合适的事。不管你选择做什么，你都会成功的。不管怎样，你都是很优秀的。"

我惊呆了。这里有我认识的最聪明、最坚强、最有趣的女人。我看着她们，看着康科德令人惊叹的寡妇团，这是与悲伤无休止的斗争中的超级英雄，与悲伤的邪恶力量对抗的快乐守卫。我的脑海中仍有一部分想法认为，即使我们在一起这么久了，她们肯定还是把我看成一个怪胎；我觉得和她们还是疏远了。尽管除了孩子们，她们是我在地球上最亲近的人。直到那一刻，我才意识到，自己在她们身上看到的，她们也可能在我身上看到。

而现在，马克·卡斯特纳就坐在我面前。他没说我做什么都会很棒，他说离开意味着我将放弃自己最想做的一件事。他拒绝了我可能放弃探索的任何想法，转而采取了一种更贴合实际的方式。他告诉我，他和妻子一直都在工作，家里有管家在安排。"你需要一个管家。"他说。

我告诉他，我有那群管家——杰西卡、维罗妮卡、戴安娜、克莉丝汀，但尽管她们给了我很多支持，可有些工作只有我自己能做，我付不起比现在更多或更长时间的工资，我的积蓄都花光了。马克点点头。我的问题——再一次，像所有的问题一样，同每一个问题一样，是一个统计问题。我有帮手，但我需要更多的帮手。那就意味着我需要更多的钱。他把手放在面前的膝盖上问："你需要多少钱？"

又一个问题，我难以回答。有时复杂问题有简单答案：我们能修好天线接收器吗？这是一个是或不是的问题。在我的世界里，简单的问题是最难的问题。你昨晚睡得怎么样？你今天打算吃什么？

"萨拉，"马克说，"你需要多少钱？"

马克给了我足够的钱。我不知道他是怎么做到的，但我拿他给我的资金支付了高昂的助理服务费。从那时起，我的家里几乎总会有人——我花钱雇来的公司。作为回报，这家公司留住了我这个客户。如果无琐事叨扰，我每周会有更多的时间喘息。他的慷慨解囊也让我明白，即使在麻省理工学院，这个充满不可能的梦想的工厂里，我的梦想也值得我为它而奋斗。在一个人们试图治愈癌症、给机器赋予情感、制造人造皮肤喷雾罐的校园里，这个寻找外星人的女人是值得被拯救的。

不久之后的 12 月，《时代》杂志将我评选为 25 位太空领域最有影响力的人物之一（Twenty-five Most Influential People in Space）。这感觉有点不同于获得那些只对学者来说很重要的物理类奖项。对于大众来说，寻找其他生命体变得更加合理了。短短的一个世纪里，对于人类有能力看到系外行星，我们已经从无法说服大众奋斗到站在了《时代》的版面。

我喜欢他们选的照片。当然，我还是穿黑色衣服，但是我涂了红色唇膏。这是摄影师想要的氛围，诠释的是：数学书呆子。我站在办公室黑板前，满脑子都是疯狂的代数。这封信给了我一个"孪生地球探索者"的头衔，这很酷。尽管埃隆·马斯克和迈克尔·布朗（Michael Brown）分别得到了"火箭人"和"冥王星杀手"的称号。我传记的最后一行坚定地记载着我的信仰：我想找到另一种生命，"让哥白尼式的革命转个完整的圈：地球不仅不是宇宙的中心；宇宙中还有很多其他有生命的行星"。

当我和寡妇们一起去参加周五咖啡会时，有个插着蜡烛的纸杯蛋糕，上面有用糖霜写着的"祝贺"。她们必须让我知道，大家正在庆祝我获此头衔。

话题很快又回到了日常琐事。科学仍然很难与这些事相抗衡，我还要面对收支账簿、追求年轻男人的刺激冒险、来自又一位老师又一通电话、对病态性儿童艺术作品的担忧：一个充满妖精的墓地、一片涂成黑色的天空。从某些方面来讲，空间科学对我的影响比以前小了。那天，对我来说最重要的是，我的衣服洗得有多干净，或者是衣服已经洗好了。我可以用金钱购买时间，可以用烤箱做烤鸡肉，这一切都让我获得了自豪感，也许是一种新的决心。

但当我看到那些纸杯蛋糕，我发觉自己也不总是活力满满，不总是个乐观派，只是有种力量再次提醒了我，系外行星工作有其价值和意义。"继续前进吧。"我想。

| 第十六章 |

遮星板

　　新年那天，我哭着醒来。我熬过了 2012 年，这是没有迈克陪伴的第一年。我仍记得两年前那个糟糕的夜晚，那时我们一起坐在餐桌旁，盘点着当时的亏空："明年情况更糟。"我试着回忆种种往事，用以抵消这种无可奈何的情绪，我想起父亲和他那不可动摇的信仰。那时候，积极思考已经成为我的一种习惯。"总有一天我会幸福的。"我低声自语，每次都会抬高音量，我甚至可以比以往更幸福。我也许了解如何做到这一点。

　　1 月 4 日，孩子们回校上课，树上还覆着雪花，NASA 的天体物理学部呼吁申请者加入两个新的科学技术团队（Science and Technology Definition Team，STDT）。（NASA 的优秀工作者不仅在太空领域极为出众，在缩略词领域，也是当之无愧的世界领袖。）科学技术团队的委员们由科学家、工程师和学者共同组成，每个人都从 NASA 内部或外部的专家队伍中挑选而出，旨在解决有挑战性的特殊问题。1999 年，我在普林斯顿大学也加入过类似的团队，开展"类地行星搜寻者"计划。虽然这一计划或许从一开始就注定会失败。任务完成后，委员会便解散——或者，据我所知，考虑到太空探索昂贵的前期投入，任务最终能否完成也未可知。太空需要完美，但却很难实现"完美"。

NASA 将两支团队合并，同时执行一对太空任务，名为"探测器系列"。按照超凡的太空探索标准来说，这些项目都还算普通。项目目标是行之有效、便于建造的硬件，需斥资 10 亿美元；影响深远的类地行星探测器的成本要高出许多倍，大约是 5~10 倍。10 亿美元也是一大笔钱，但在政府的预算方案中，还算普通。建造一艘新的航天器大约需要 130 亿美元。相比之下，"探测器系列"的花销只是其中的一小部分而已。只要有优秀的团队，还是有望在这项有价值的项目中创造奇迹的。

两支团队将从不同角度研究同一个问题：争取观测到耀眼星光旁那束暗淡的光，这是一个千古难题：第一组会摸索建造一架太空望远镜，上面安装着具有空前灵敏度的精细日冕仪，这是一种从内部阻挡恒星亮光的方法，与我们多年前在解决这个问题时采取的思路一样；第二组将致力于从外部解决问题。那时我还在类地行星探测器研究组中，巨大的遮星板激发了我的想象力。这便需要再一次把科学和工程领域精要结合在一起。我仍然很喜欢阿斯忒瑞亚项目，但与可能制造出的华丽仪器相比，它只能算是个备选。我旧日搁置的梦想，再次浮现在眼前。

我决定加入遮星板团队，因为它对我来说具有纪念意义。虽然人类的眼睛浑然天成，但它并没有完美无缺的内置日冕仪。我们可以张大瞳孔，但必须眯着眼睛才能看到光：只有在双眼紧闭的时刻，黑暗才会到来，为了不被强光刺瞎，只能闭上双眼感受黑暗。我们强化了这份进化之礼，发明了有帽檐和帽舌的帽子。我们还可以戴上太阳镜，或拉上窗帘。那么，为什么不能制造出一种与之有同样效果的太空望远镜呢？

我又一遍重读了项目提案，更加坚定了对自己的信心。我审视了这种自我信念，这种信念很理性，没有一丝狂妄自大，也没有放任自流：我需要它。整个计划有理有据。我想象着，委员会里什么样的人才是有用之材呢？是我啊！什么样的大脑才有用？我的大脑啊！我了解黑暗，有时你只有借助黑暗才能洞悉这一切。

但是，再次通读提案时，我又感到苦恼。令我心烦的是一份小记，关乎委员会将如何运作，大多数人会忽略这部分内容，可我却对此表示迟疑：按照规定，这个团队每个季度都要碰面开会。

我盯着电脑，十分恼火。项目预计期限为 18 个月，那么就会有 6 次单独的会议，大部分会在加州召开。这 6 次会议都离家很远，我可以勉强应付现有工作中的差旅要求。如果再离家 6 次，每次还要待上几晚，那么我一直努力追求的微妙的平衡感必然会被打破。我总是做得不太好。

假如起草那份提案的人恰好在那时踏入了我的办公室，那他们看到的一定就是我最崩溃的样子。我会斥责他们，怎么可以如此冷冰冰地规定其他人的生活和工作呢，一点也没有个性化的人文关怀！我的孩子们无法和父母团聚，周遭也没有亲人可以依靠，只有我和他们相依为命。我一直很爱他们，现在也是。我喜欢看马克斯做数学题，看他用乐高搭建些漂亮且复杂的小玩意儿，看他好奇地观察着生活中的趣事，露出他特有的笑容。我喜欢和他一起打网球，在回家的路上感受他平静的温暖。我喜欢看亚历克斯在一群成年人面前手舞足蹈，他那么勇敢胆大，不怕陌生人，也不怕大个子。我喜欢听他吹吹牛，想知道他是从哪里学来的这些话，怎么学来的这些逗人发笑的小模样。

我再也不想离开我的孩子们了，我已经妥协得够多了。我告诉"探测器系列"研究的组织人员，就算不是故意的，他们对申请人的要求仍然是带有歧视性的。其中一个组织人员——他还没生孩子——回复说，他之前没有仔细考虑对差旅的要求。委员会开会是理所应当的，这是他们的职责。但值得肯定的是，他看到了问题所在，他看到了像我这类人的学术价值，这些人有一定的能力做出贡献。但即便如此，也不会因此为我特作申请。他问我，号召书要怎样写才能更具包容性。

我的回复一看就不是什么特别聪明的答案：不要把科学家和宇航员混

为一谈。想看看和想达到是两种不同的欲望，不是每个人都愿意为一个具体的成就牺牲这么多。

我还是很沮丧，我需要再发泄一下，我早已听不到我内心深处提醒我要有礼貌的声音。《赫芬顿邮报》让我定期写一些关于女性和科学的文章，我本来还没有接受这个邀请呢。现在，我要开始写了。我写了我的困境，让我陷入了永久的、不可挽回的境地；我担心我总是会困于热爱的事业和泛滥的母爱之间。我的文章发表于 2013 年 1 月 14 日，标题是：系外行星如此之多……女性科学家如此稀少。

我开始书写有关理解宇宙大爆炸的文摘，有关我们早期绘制的星空图（从好事写起）。多亏了开普勒望远镜，我们发现，每六颗类太阳恒星中，就有一颗可以成为地球这般大小的行星的宿主。我们已经确定，仅在银河系中，就有 170 亿颗地球大小的行星绕着自己的宿主恒星运转。想一想，170 亿是多么庞大的数字。但大多数都是人为发现的。为什么只有一半的人做了几乎所有人的工作？太空探索是一项艰巨的任务。如果我们想要实现我们所相信的事业，就需要每一双可能的眼睛。我们所有人都应该得到同样的机会，为他人提供帮助。

"我相信，成百上千年后，人们终将会找到一种前往行星旅行的方法，这些行星绕着离它们最近的恒星运转，在它们眼中，我们就是发现类地行星的第一代人。"我在一篇速报中写道，"希望在这些事发生之前，我们就能实现全人类的平等。"我感觉自己就像站在街角，声嘶力竭地大喊："横看成岭侧成峰，远近高低各不同！"

尽管我口头上有所顾虑，可还是申请了加入委员会。我在自己的领域享有相当的地位，因此我确信自己能收到回执邀请，但是否接受这份邀请，我还要自己来决定。之后，我就要在家庭和工作之间做出选择，在寻找另一个地球的渴望和在这个地球上美好生活的愿望之间做出选择。

那天晚上，我努力入睡，却发现天花板上有个洞。透过它，我看到了一个美丽的巨型遮光板微微闪现，它悬在太空中，好像有根看不见的绳子牵引着它，将它连接到一个闪着银光的望远镜上。两艘飞船协调得惊人一致，配合得天衣无缝，抹去了一颗又一颗的恒星，"北斗七星，仙后座"。它们所在之处，有上千星座，有些星座现在还看不到，只能在我们的想象中悄悄组合。我们在这座私人博物馆里守护那束最弱微光，为它保驾护航。

———— ◆ ◆ ————

天文学家莱曼·斯皮策（Lyman Spitzer）提出观点，建造遮光板，与望远镜协同工作。他的名字听上去并不陌生——斯皮策太空望远镜就是以他命名的，因为他也是第一批想到太空望远镜的人，那时还是 1942 年。斯皮策又花了 20 多年的时间，才在 1962 年一篇发表的论文中提到，太空望远镜可以与他所言的"掩星盘"相匹配。想法很简单，如果将望远镜与保护它的小伙伴结合在一起——虽然二者的轨道相距数万公里，但可以以某种方式捆绑它们——那么，这个遮光板就能滑到望远镜与恒星之间的位置。这样，周围较为黯淡的光才能有机会在我们的视野中闪烁。在同一篇论文中，斯皮策还描述了这种类型的望远镜，最终我们以此建成了哈勃望远镜。我们只造了望远镜，还没有造出"盘"。

原因有几个：人类创造望远镜已有几百年的历史，而造太空望远镜只有几十年。外置日冕仪是一种全新的仪器，天文学家还没有确定它的最佳形状，工程师也没有选定合适的材料来建造它。另外，同时发射两艘宇宙飞船也非常困难。望远镜和它的遮光板需要完美对接，才能让一切正常工作。而在失重状态下，完美的对接并不是"说发生就能发生"的事情。此外，如何修复两个悬浮的物体呢？如何让它们移动到另一颗恒星上，然后再固定它们呢？万一要观测一颗又一颗的恒星，怎样接二连三地调整呢？

斯皮策的论文发表后，进展一直时断时续。科学家思维活跃，注意力集中，在一阵思想迸发中产出了一些见微知著的成果，然后……就什么都没有了。有时，几年的时间过去了，还是什么都没有。回首过往，仿佛我们在这个领域里拼凑着一张有着百万块碎片的拼图。有人会过来拿起一些碎片，放到合适的地方，然后其他人来看一下，再放几块，可还有那么多块亟待解决。除此之外，还有很多因素让事情变得更加复杂：一般来说，我们在拼图时，都会从边缘开始，把四个角连在一起。但遮光板这个思路似乎是从拼图中间开始的，要向外延展。我们不知道最后的几何形状是圆或方，还是其他形状。那些边缘正是我们所缺少的部分。

我记得 10 年前，在"类地行星搜寻者"项目的那段日子里，我们第一次听说遮星板。不久之后，我们又听到了查理·诺克尔（Charley Noecker）第二场激动人心的演讲。一小群天文学家和工程师，大部分来自诺斯罗普·格鲁曼公司，他们一直埋头奋进，想带给我们一个更新换代的仪器。已经有一篇支持巨型掩星可移动卫星①（Big Occulting Steerable Satellite，BOSS）的论文发表了，论文主张使用巨大的方形屏幕，中心不透明但边缘透明。一些科学家则认为，不太可能完全准确地获得阴影，因为李奥衍射环②的问题还没有解决。诺克尔及其同事也同意这一观点，因此他们想规避方形的可能性。

诺克尔向我们展示了一个花状的遮星板。最初斯皮策就想过，花形是

---

① 巨型掩星可移动卫星是一枚人造卫星，用以配合望远镜来观测太阳系外行星。这枚卫星由一张大面积而轻量的薄膜，与一组推进器及导航系统组成。它能够移动至望远镜与恒星的视线中间，阻挡恒星的辐射，使行星能被观测得到。计划中的卫星大小为 70 米×70 米，重量约 600 千克，并利用离子发动机与太阳光压推动。翻译自：[Copi, C. J., & Starkman, G. D., (1999). The big occulting steerable satellite (boss). Astrophysical Journal.]——译者注

② 贝尔纳·费迪南·李奥（Bernard Ferdinand Lyot）发明了日冕仪，但是由于光如同石子入水会产生同心波纹（详情见第四章有关日冕仪和李奥的介绍），这部分的同心波纹也可称作"李奥衍射环"。——译者注

不是圆盘的最佳形状。这些花瓣不仅有助于消除圆形或方形周围弯曲的光波纹，还能在图案上衍射光，从而产生更暗的颜色。如今，斯皮策的坚持得到了证实。正如日冕仪的形状模仿了猫眼，遮星板新形状的灵感虽然来源于数学，在自然界中也有所提示。

它的形状就应该是一朵花。

多年以后，当我一闭上眼睛，仍然能听到诺克尔在那个房间里演讲的声音：那是一种纯粹的绝对寂静。一般我们开会时都不太安静，有异议的低语，有时会演变成大声的争论；有些无聊的会议上，还能听到翻文件的"沙沙"声，笔记本电脑键盘的"噼里啪啦"声，有时还伴有咳嗽声。但那天下午，房间里仿佛真空一样。那是一个声音完全消失的空间，因为有一束光照亮了所有人的心房。当然可以是一朵花，遮光板的形状就应该像一朵花，一直都应该是朵花！

但它是什么形状的花瓣呢？又有多少片呢？所有问题里，这是我记得最清楚的。我记得我坐在那个房间里默不作声，心里想着：花的种类数不胜数。

———————— ◆ ◆ ————————

我第一次参与遮星板的研发的时候，也是我第一次发现自己在科学家和母亲两个角色间左右为难。2003年，我还在卡内基研究所参加了一个寻找类地行星的会议。当时，我怀着马克斯——可能是因为有孕在身，我无法集中精力听取相关报告。我接受了同事们的祝贺，但对我来说，我只是履行了"女人的天性"，为此受到祝福，我感到有些不自在。我从来没有遇到过受孕这么自然而然的事情。

我收到科罗拉多大学天文学家韦伯斯特·卡什（Webster Cash）的来信时，马克斯呱呱坠地不久，还是一个婴儿。BOSS项目之后，一个名为

"UMBRAS"的相似议案提出又撤销，卡什接下了接力棒。他不想做一个纯粹的遮星板，一个所谓的"恒星屏蔽板"。反而，他设想的实际上是一个针孔照相机，尺寸几乎令人难以置信，一个像足球场那么宽的不透明正方形，中间有一个 10 米宽的针孔。卡什请我加入他。他邀请我一起去，因为他需要科研伙伴，能做模拟地球大气层模型的伙伴。我有良好的编程能力，生物特征气体的知识也迅速增长，这让我成了不折不扣的优选之才。也许我是卡什的唯一选择，因为没有多少人能做我的研究。我没有对卡什说过，现在可能不是我着手这样一个大项目的最佳时机。

幸运的是，马克斯的睡眠很好，而迈克已经接手了远超其份额的家庭俗务。我一般是在马克斯午睡的时候工作。那时，我可以静下心来干一会儿。有一次，为了赶卡什的最后期限，我通宵达旦，模拟研究大气，只能偶尔停下来给我那兴奋的小男孩喂喂奶。我会和他一起坐在椅子上摇摆，看着他入睡，然后再回到我的代码，我的算法，我的第二个、第三个和第四个类地行星。我很累，但也很满足。我正忙着做两件大事。

我们提出了一个达到研究目标的建议，关于把一个巨大的针孔照相机发射到轨道上的可行性。诺斯罗普·格鲁曼公司的乔恩·阿伦伯格向卡什伸出援手，想问问他的公司是否可以帮着开发遮星板项目；他们是建造所谓空间"大型部署装置"的专家。会议得出了一个惊人的结论。乔恩说服卡什放弃他的针孔相机，设计一个更小的遮星板，返璞归真，但这有一个精确计算的形状。和大部分数学家一样，卡什明白，理想遮星板的几何形状是一个连乘积的等式，一个简单、优美、可证明的总和。他还担心这可能无解呢。

接下来的几个月，他一直致力于解决一个古老的问题：如何发现探照灯旁边的萤火虫。卡什是一位经典的天文学家，从小就对太空着迷。8 岁时，他的重点兴趣从远古恐龙转向了繁星点点。他从不回头看，只抬头仰望。如今，白发银须的他把钢笔放在衬衫口袋里。他的履历令人印象深刻：他帮助设计了哈勃望远镜和其他主要的太空任务。遮星板是他的下一个大冒险。他先是尝试了几十种不同的设计，然后又尝试了上百种，大多是花状的，他编写代码，进行复杂的、毫无结果的计算。他从来没有成功地阻挡过太多星光，总是有干扰源，他的遮星板总有衍射光透射。

卡什屈服于这位科学家的"隧道视野"。一种特殊的花迷住了他，比如百合花。他的每一个设计都有从相同的小中心辐射出的花瓣。2005年，也就是他工作近两年之后，他问了自己一个新问题：为什么不是向日葵呢？

他开始重新设计，在中间设计了一个大圆盘，让花瓣附着在圆盘上，而不是像原来那样彼此相连。他用 12 或 16 片花瓣做设计实验，花瓣在逐渐变细之前，会在长度的一半处膨胀。这些花瓣的形状发生了微妙的变化，但这些变化并不像他选择的花种那么重要，但他的选择似乎奏效了。计算证明，一块形状精确的向日葵式遮星板，可以完全挡住足够的星光，而在它旁边的任何类地行星的微光都能显露出来。他提出了一个最终的设计方案，遮光板的直径约 50 米，由轻质、耐用的材料制成，适合太空环境。在大多数人看来，这是迄今为止最实用的遮星板设计。卡什做了一个模型，精致且精确。当卡什拿着这个成果的时候，他的眼神流露出一种老父亲似的骄傲。

卡什发明了一个新词来描述他这一版本的遮星板："Starshade"。2006年，他向 NASA 提交了一份严密的提案，建议建造同詹姆斯·韦伯太空望远镜一起发射的遮星板，计划在 2018 年发射升空。它们将在 5 万千米外绕地运行，通过无线电波保持联系。卡什认为，我们有望借助它们一起看到另一个地球。我们可以预测遥远的地方，有海洋、有云、有水、有生机。

NASA 评审会听完后，拒绝了他的提案。卡什重新提交了一份又一份的提案，但颗粒无收，全被驳回。他不明白个中缘由。一开始，"类地行星搜寻者"计划取消；现在，遮星板无人问津。他认为 NASA 过于规避风险。他们知道自己可以建造太空望远镜；但不知道是否能成功制造出遮星板。在美国各地，诺斯罗普·格鲁曼公司、普林斯顿大学和加州喷气推进实验室的一小群研究人员努力争取在这项技术上进行投资，想在未来几年里保持这团星星之火。但是这块遮星板从来没有进入现实建造，NASA 从未许可。

然而几年后，2013 年 1 月 —— 孩子们回到学校，雪花落在树上——NASA 发出了两支新科学技术团队的邀请，都是要把星光遮住，一种是从望远镜里，另一种是从望远镜外。我申请了建造遮星板的工作，做的时候热情满溢，感觉心火燃烧，等待命运，等待 NASA 传来的消息。

———— ◆ ◆ ————

那年 4 月，消息在一封电子邮件中发布，来自 NASA 的物理化学家道格·赫金斯（Doug Hudgins）。道格是自己建望远镜的那类人。他的官方简历中，最后一句话是："他的望远镜包括在家自建的 61 厘米、f/5 牛顿式望远镜和米德公司生产的 18 厘米、f/15 马克苏托夫–卡塞格林式望远镜。"他是个强迫症患者，一个在宇宙中寻找其他生命的真正信徒。我在麻省理工学院的办公室里，收到了他的信。信从"亲爱的萨拉"开始，看起来有戏。我继续往下读，嘴巴不由自主地开始张大。

我发送这封邮件的目的是让你知道，我们已经完成了所有提交申请的审查工作，这些申请都是为了响应我们正在组建两个系外行星科学技术团队（STDTs）的成员。在此，我很高兴地通知你，我们不仅希望你担任系外遮星板项目的科学技术团组（Exo-S）的成员，而且我们想邀请你担任团队的主席。

几行之后，道格以一种几乎让人放下戒备心的谦卑态度结束了谈话。

如果你能确认你愿意为 Exo-S STDT 服务，我将不胜感激。同时请让我知道你是否愿意接受我们的邀请，担任 Exo-S 团队的主席。

我把椅子后退了几步，深深喘了口气。"愿意接受邀请，担任 Exo-S 团队的主席"，短短几字对我来说意义非凡。带领 STDT 团队是个巨大的荣誉，这个特定 STDT 的时间选择意味着它也是一个重大的责任：遮星板项目（Starshade）可能最终会因为我们的努力而建立起来。或者，因为我们的失败，它可能永远无法建成。我们可能是莱曼·斯皮策梦想最后一丝致命的微光。

我在自己身上看到了很多品质，有好有坏，但从来没有把自己看成遮星板项目的不朽领袖，尤其是在这样一个关键时期。我知道我很聪明。我已经全身心投入工作，具备观测黑夜所有必需的视野。但在我看来，一个领导者是自信的、泰然自若的、有组织的、有控制力的。我仍然不确定，容易崩溃、慌乱，几乎不能保持所有东西整合在一起。我从来就没有自欺欺人的能力。我非常诚实，尤其是对我自己。

我最近才意识到，自己当前的生活是如此边缘化。我带着孩子们去西北太平洋度假。我们从多伦多飞回家，必须在机场通关。移民官异常健谈，问马克斯和亚历克斯关于他们的冒险经历，然后他转向我："他们的父亲，知道他们去了哪儿吗？"

"他已离开人世。"我说，并竭力保持镇静，刹那间，我们的天空黑透了，"你想看看死亡证明吗？"我问。这是寡妇们的秘密负担之一：她们必须为当局提供她们遭受苦难的证据，护照、机票和死亡证明。移民官摇了摇头，显然他很慌乱。

我骗不了自己，我以为那些记忆已经被埋葬了。事实上，它们总在那里，等待着。现在，我担心它们会以某种可怕的方式出现，让我分散对遮星板项目本该投入的认真专注。我不知道什么可以打开这些闸门，或者可以打开多宽。我曾在《赫芬顿邮报》上撰文指出，科学界的女性——就像在许多领域一样——必须比同行男性更努力地工作，特别是为了赢得、为了保住领导职位的时候，她们背负着更重的自我证明的担子。她们被指责过于情绪化，不适合这种冷静的临床工作。太脆弱了！太尖锐了！别介意，我这个领域的人不管在过去还是现在都擅长爆发，喜欢长篇大论。她们当然会充满激情，投入热爱之事，但我不会接受如此善解人意的判决。我总是小心翼翼，不让自己在工作中表现出情绪；做遮星板项目的时候，我必须更加谨慎。

我还坐在办公桌前，开始反驳自己的担忧，为自己设想这个场景。我提醒自己，我本以为会有人邀请我加入这个小组，不过只是作为一个普通的成员。我记得，所有发生在教室和实验室的那些年受过的正规教育，包括研究、编程、建筑等。我在系外行星领域取得了重大进展。但是，我也经历了一段不同的旅程，走过了一段不同的人生。我失去了丈夫，但我活了下来，为自己建立了新的生活，我组建了新的家庭，我找到了新的朋友和新的地方。没有多少人像我一样有这么多的经验，我可以帮忙做一个新硬件。

我回信答道："我愿意"。

他们把其余队员的名字传给我。我的电话几乎立刻就响了，其中一个电话来自韦伯斯特·卡什。他说一定是出了什么差错，显然他应该当主席。他更老，更有经验。多年来，他一直在制作遮星板。他比我懂得多，知道正确的形状，他甚至自创了一个词汇（Starshade）来形容它。

这是一个关键时刻。我一直都很喜欢卡什，一直都是。他是一位有洞察力、有天赋的天文学家。我也理解这种苦痛，失去自己一直热忱的事业，那种感觉就像你提出的就应该是你的，旁人不能僭越。这事曾经发生在我的身上。例如，我可能发明了凌星透射光谱，然而自那以后，许多天文学家都来了，而且用它做的研究比我还多。你不能为一个想法申请专利——你所能做的就是记住那个属于自己的美好时光。然后，你必须放手。你不是唯一一个可以看到彩虹的人。

"你得给 NASA 打电话。"卡什说，我本该在此之前告诉 NASA，我不想当主席，我想让他领导这项研究。

"我不打，我想带领这个团队。"

卡什发脾气了，他在电话里提高了嗓门。他不想承认这个他已经知道的事实：NASA 不想让他领导这项工作。NASA 知道他能给他们什么，也会给他们什么。他们见过他的建议不止一次，但是每次都拒绝了。他不明白为什么，但他们一定有自己的理由。他们想要一个全新的视角，一个知道自己不知道什么的人。他们想要我。

"他们想要你，因为他们知道怎么控制你，"卡什说，"他们知道你就是朵紫罗兰。""咔嗒"，他挂了电话。

一朵紫罗兰，我想，这是一朵多么娇艳的花啊。

———— ◆ ◆ ————

我们的第一次面对面会议定在 7 月初。这将是两支科学技术团队——日冕仪和遮星板的建造者——为期两天的联合会议。实现"寻找另一个地球"这个共同的梦想之前，各个团队会共享彼此的基础知识。我们每天都安排了讲座和头脑风暴。除了协助主持这次联席会议外，在第二天午餐前，我还会有将近半小时的时间，来介绍我对超级地球光谱学的了解：半小时来谈谈我毕生对微小、遥远星光的研究。我只有不到 3 个月的时间来准备领导遮星板项目团队。我会做一直在做的事：读书、听音乐、工作。

对我而言，决定参与遮星板项目是一个全新的起点。它的一切都是我心中仪器的样子——是最好的自我延伸，像船桨一样，是前进的动力，是人类最大的欲望。更重要的是，我觉得这是我们拍摄遥远世界的最佳机会。它或许可以为我们提供其他可见的生命的证据，印证我们握在手中也存之于心的那个认知：事实上，我们并不孤独。

遮星板项目也会在我的过去和未来之间出现。我花了很长时间来思考，是时候让我专注于未来了。我想，如果委员会成员竭尽全力做好工作，也许，我能在一生中利用遮星板探索到多达一百个恒星系统——从统计数据上看，足以找到十几个潜在的地球。

然而，第一步，我必须让自己沉浸在遮星板项目中，其中的某段历史并不愉快。可惜，有很多原因会导致复杂的东西无法工作。评论家针对我们的错误和失误，已经评价了几百年。我们最伟大的成功大多始于热议，每当你尽力去做一件史无前例的事情时，都会有无数的理由去解释为什么之前没有人做这件事。我可以从数学的角度构想其他生命，有太多的恒星，我们不可能单独存在。但反对这个观点的论据更简单、更明白：为什么现在看到的只有地球上的我们呢？

我给同事和朋友讲了关于遮星板项目的事。他们普遍认为，虽然这个项目很特殊，但它还是不可能实现——实际上，虽然不可挽回了，但它就是不可能。我一遍又一遍地听到同样的话。放弃吧！别费心了！这个想法注定失败，早就没人这么想了！我在波士顿参加一个系外行星科学家的烧烤会，那些人嘴里塞满热狗和汉堡，可还是不停地告诉我，为什么遮星板行不通。（科学家和社会名流通常不会出现在同一场景下，从吃的东西就能区分出来。）两艘飞船相距数万千米，还要保持完美的队形？一个制作精确到微米级的巨型遮星板？让恒星星光消失？想想吧，萨拉。对他们来说，这就像是让我爬上一座看不到顶峰的山。

甚至，团队内部也有谣言说我们注定要失败。我不愿意相信这种愤世嫉俗的东西，但我内心有一小处角落明白他们的逻辑。如果我们不能按时、按预算提出一个可行的解决方案，那么 NASA 就有了永远搁置遮星板项目的借口：我们尽了最大努力，他们也无法破解密码。这就像投票给一个政治候选人，只是为了证明他们的提案有多糟糕。我们试过了，但没有成功。所以另一个答案一定是正确答案。另一个答案就是日冕仪，除非它们也失败了。那么，我们唯一的结局就是无尽黑暗。

———— ◆ ◆ ————

不知道为什么，马克斯和亚历克斯觉得房子前厅是他们进行光剑战斗的最佳场所。唉，假如这个世界上有两个孩子注定要沉迷于电影《星球大战》，那无疑就是我的孩子了。他们会举起塑料武器，不小心击中从石膏天花板上垂下来的吊灯，而且次数要远比我想的更多。那道光会在它的链条上摆动，看起来好像会落在他们的头上似的。每次发生这种事，我都在想，我得做点什么。但我不知道该做些什么，也不知道怎么做，所以这就变成了另一项未完成的工作。

在一场别具一格、充满电影效果的决斗之后，我知道，结局要么是一个孩子败下阵来，要么就是灯出了问题。孩子们要是相安无事，估计灯就遭殃了。我也不打算叫任何人来取下我的灯。如果我想成为一个领导者，我必须带头。

除了触电和从梯子上摔下来这两件事，拆灯似乎也没有那么难。我和其中一位寡妇交谈，做了详细的笔记，还在网上做了更多调查。我照例一丝不苟、一步一步地把指令写下来，一遍又一遍，直到我对自己的探索有了信心。要是逻辑不通、调查不准，那就只能寄希望于运气了。

我关了灯，把梯子取出，爬了上去，尽量不去注意脚下吱吱作响的地板。我把手举过头顶，取下固定装置——小心地旋开必要的螺丝，更小心地把黑色导线和黑色导线分开，把白色导线和白色导线分开。我从梯子上爬下来，把灯放下。然后，我又爬上梯子，并拿了一些绝缘胶带，把它缠在裸露在外的电线上，让它们在天花板上的洞里晃荡着。

我从梯子上爬下来，欣赏自己的手艺。门厅里现在有点黑了——你觉得我会知道灯光变暗后会发生什么吗？——但至少不管孩子们玩得多疯，也不会再撞到吊灯上了。我做了小小的改动，可以伪装成胜利的样子。

感觉身体被掏空，同时也感觉自己巍然如山。

| 第十七章 |

不期而遇

　　我坐在小型客机上，飞往加拿大安大略省的雷湾（Thunder Bay），同时还纳闷着自己为什么会答应这差事。我要和孩子们分开，独自度过漫长的周末，就在第一次遮星板项目的面对面会议前夕——我人生中最重要的一次会议。

　　在此之前，我已经同意在加拿大皇家天文学会（Royal Astronomical Society of Canada）的年度大会上发表演讲。一般来说，这种邀请我都会拒绝，因为夏日的周末对我来说很宝贵。但加拿大皇家天文学会为我付出了这么多心血，让我不忍回绝。我第一次用望远镜看月亮时才不过 5 岁，那是在一场社交派对上，父亲站在我旁边，我把眼睛睁得大大的。后来，从我十几岁直到大学毕业，我参加了几乎所有在多伦多分部召开的会议。所以，离出发去马里兰州的 NASA 戈达德太空飞行中心制作遮星板还有几天，我还有另一个任务要完成。

　　我在卧室收拾行李，亚历克斯懒洋洋地躺在床上看着我。我不知道该穿什么。"有时候就是很难选择，"我跟他说，"我不想太正式，毕竟过完了漫长的一周，这应该是一场挺有趣的聚会，但我又不想太随意，显得我不认真对待邀请一样。"亚历克斯看了看衣橱，又看了看我手里的衣服，点了点头。"我懂，"他说，"女人的衣服太多了，但合适的衣服却永远都不够。"我不禁大笑，享受着这愉快的时光。既然开始担心该穿什么了，就说明其他忧愁都已经消失了。虽然只有收拾行李的这一刻，但我已经做得不错了。

坐在飞机上，我望向窗外，凝视着下面的云层。再过几周就是迈克的两周年祭日了，寡妇团对此没有任何计划。如果说要从悲伤中解脱出来，一年，需要大把大把的烟花；但两年，需要的就只是几个小时的黯然神伤了。我之前在哪儿看到过这样的话：成了寡妇之后，要么在两年之内再遇新人重新结婚，要么就永远不会再婚了。我不禁想到，至少在再婚这方面，我已经没有时间了。

在我演讲之前还有一个招待会，标志着周末活动的开始。校园不大，空无一人，我们在此休息。透过大窗户，可以俯瞰岩石和树木。雷湾这个名字大概是有缘由的，但我去的那周阳光明媚、天气和暖，直到十点钟还是光芒万丈。我想着，加拿大漫长的夏季总是能弥补它短暂的冬季。在飞机上的无奈之感，早已消失得无影无踪。房间里还有一百余名业余天文学家，都与志同道合的伙伴相谈甚欢，兴奋不已，我甚至都能感受到那种燃烧信仰产生的令人上瘾的火花。好多人都知道我是特邀而来的演讲嘉宾，纷纷与我交流，主要是谈哪个望远镜比哪个更好一点。

我还记得第一次见到他的那一刻，我能真切地感觉到，我的头转向他，就像向日葵向着光一样。他个子很高，就算整个屋子人头攒动，他也异常显眼。一头长发向后梳过，戴着一副黑框眼镜，脸上挂着灿烂的笑容。他皮肤黝黑，好像一辈子都晒在太阳底下似的。那件笔挺的白衬衫把他显得更黑了。我的天啊，我心想，那个男人是谁？我暗下决心一定要去会会他。但我不知道该怎么搭讪，只好尽量不盯着他看。

他似乎感受到了我的目光，回看了我一会儿。然后又转过头瞄了身后一眼，好像以为我是在看他身后的什么人，还是什么东西，接着又回头看向我。那一刻，我们目光交会。那一眼就是我们的全部交集，好似凝结了千言万语。

那晚我上台时，那个高个子男人正坐在礼堂后面。我仍尽力躲开他的视线，假装专注地看着自己的笔记，虽然我对这篇演说词早已倒背如流，我都记不清讲过它多少次了。我讲到自己的探索，讲到发现第一个地球的孪生兄弟，讲到我这一生都在搜寻宇宙中最微弱的星光。

演讲结束时，我长舒了一口气。一切都进行得很顺利，现在我可以坐下来享受剩下的汇报了，第二天再继续。鉴于天文学会议不完全是高端类型的，大会安排我住在一位满头银发、精神矍铄的天文爱好者家里。她是个寡妇，我们聊了聊守寡的事，还有再跟人约会的事。她跟我说，好几次都有人约她，但她都拒绝了。我试着给她一些关于男人（如果准备好了，就应该去约会）和钱（应该去把浴室翻新一下）的建议。然后我们把话题转向天文学，这才是我真正的专业领域。

这位女主人是个虔诚的天主教徒，但她也喜欢满天繁星。她知道，在这样的宗教团体中，谈及发现宇宙中的其他生命不太容易，这会影响到他们的信仰。这种担心是可以理解的，他们（每一个）教会的历史都有过挑战科学的人——哥白尼、伽利略、达尔文——他们不得不再次迅速地决定，这条条信仰中，每一条对另外一条意味着什么。用不了多久，宗教就不能再为人们解答所有问题了。我们聊到深夜，讨论着所谓的"觉醒"。

那一晚，我可能比她睡得沉。第二天，我去学校食堂吃午饭，去得比谁都晚。食堂里基本没人了——除了那个高个子男人。我们一同站在沙拉吧台前。我转向他，但不知道该说什么，只能等着看他会不会先说点什么。

他清了清嗓子，然后伸出了手。"西格尔博士，你好，我叫查尔斯·达罗。"他说。接着是一阵沉默。查尔斯·达罗看着有些紧张，但神色坚决地说出了剩下的话："你愿意和我共进午餐吗？"

我们把托盘端到自助餐厅远处一张安静的桌子上，旁边是落地窗，可以俯瞰窗外的一切，岩石啊、树木啊。一路走到这张桌子前，就像是一种胜利：我终于遇见了他。我从未对一个男人如此一见钟情。我目光如炬地看着查尔斯，脸上挂着灿烂的笑容。我们相互做了自我介绍，讲了一些自己最基本的情况，以及对彼此的初印象。我得集中精力才能听他说话。查尔斯来自多伦多，也就是我在加拿大皇家天文学会旧分部工作的地方。世界真的很小！他在一个叫"蒂尼（Tiny）"的地方住了很长时间，在休伦湖乔治亚湾的岸边。他白天坐在海滩上，晚上用望远镜看东西。我想知道他为什么在蒂尼待了那么久，但我没有问，他也没有说。

那一晚，我们在另一场报告会中又碰面了。查尔斯问我，可否坐在我旁边。我们坐在黑暗中，听着报告和彼此的呼吸声。我喜欢和他挨着，他的身材比我高大得多。从某种程度上讲，我觉得自己好像坐在一个引力源的旁边。

第二天早上，我在机场坐早班机回家，然后快速转机去参加在戈达德举行的遮星板项目会议。查尔斯给了我他的名片，我把它拿出来，捏在手中看了一会儿。我给他写了一封电子邮件，说很高兴认识他。老实说，我觉得我们不会再见面了。他有他的生活，我有我的生活。我查了下从多伦多到康科德的距离——883.5 千米，跟生活在两个世界一样。

———————— ◆ ◆ ————————

我只在家里待了一个下午，时间足够我打开行李重新装箱，再带着孩子们游个泳了。杰西卡接下来能照顾他们了。我回到机场，坐上飞机。我读了读下次演讲的笔记，这次演讲的听众是专业天文学家，不是业余爱好者。同样的想法讲出来，听起来却多有不同，如何理解取决于听众，每次想到这个我都觉得很有趣。

"哎，我听说你是遮星板项目的专家。"我刚到会场不久，就听到有人略带讥讽地说，还有一个人也几乎一字不差地重复了那句话。他也是语气讽刺，毫无真心实意。这个人是工程师，而我是科学家，所以我知道他为什么这么说话了：他比我懂得怎么造东西。尽管如此，我还是不太高兴，我未来的同事竟然都如此出言不逊。我知道，但凡在我位置上的是个男人，他们肯定不敢这样对我，但我还是尽量压抑着心中的不满，不让自己看起来像被蜇痛了。

我第一次和我的科学技术团队坐在一起：委员会有 10 个人，包括几个来自喷气推进实验室的特使，那个实验室是建造火星车等神奇仪器的地方。还有一个价值连城的设计团队，配合我们一起工作。毕竟那些凭空幻想的东西太不切实际，它们的存在就是提醒我们，把蓝图搬进现实也是有限度的。

第一天过得稀里糊涂，但随着时间一小时一小时地推移，我对胜算也越来越期待。尽管我们起步不稳，但我已经能感觉到，我们是一个团队。这个团队很棒，技能互补。那天晚上我们在当地一家泰国餐馆吃晚饭，我虽然疲惫，但仍很开心。我们要做些颠覆性的事情。

会议第二天，我起得很早，接受 BBC 关于世界不明飞行物日（World UFO Day）的采访。有人会在 6 月 24 日庆祝这个节日，那天飞行员肯尼斯·阿诺德（Kenneth Arnold）首次看到了不明飞行物，并大肆宣传：1947 年，他在华盛顿州的雷尼尔山附近飞行，看到了 9 个编队飞行的物体。他说它们的形状就像饼盘——这就是为什么我们称之为"飞碟"，以及为什么科幻作品中的外星飞船通常被描绘成圆盘的原因。（我一直都觉得很奇怪，因为我们自己从来没有造过飞碟。）7 月 2 日，我又接受采访，那天也是一个公认的世界不明飞行物日。据推测，就在阿诺德发现飞碟后没几天，外星人就坠毁在罗斯威尔附近的新墨西哥沙漠中，那时大概是夏天。

我不相信外星人造访过地球，不管是 1947 年还是哪年，什么人、什么东西都不可能走那么远。不过，我仍然希望 BBC 的全球观众能去想象这种可能性。我穿上了我最喜欢的棕色皮夹克——仿佛听到了时尚达人克莉丝悄声提醒我不要在电视上穿得像个呆子——然后坐在酒店房间里，沐浴在晨光中，等待声线很有特色的英国播音员蒂姆·威尔科克斯（Tim Willcox）打来的视频电话。我已经准备好了，要提出我的标准论点。

"你的直觉是什么？"威尔科克斯问，他笑了笑，"这么说不是很科学，但你凭直觉说：你觉得那里有生命吗？"

"这么说吧，"我笑着说，"科学家绝对不会在没有任何证据的情况下对一件事说'是'或'不是'，尤其是在 BBC 上。不过，我可以告诉你，从统计学上讲……只要稍微计算一下，想一想到底有多少颗恒星、多少颗行星，那么在我们宇宙的其他地方有生命，似乎也是不可避免的。"

"好吧，希望你能找到氪星，"威尔科克斯说，"也希望你能找到新超人。萨拉·西格尔，祝你好运，没准儿等你找到了，我们还能再聊一聊。"

我真的很希望有一天能参加他所说的这个后续访谈。你能想象吗？我们找到证据证明宇宙中存在其他生命的那一天？等那一天来临之时，我们知道外面的世界另有其人，会不会纷纷变身哨兵，站在过去和未来之间。我幻想着那一天，一位住在雷湾的银发寡妇打开收音机，听到这个消息，她用手捂着嘴，眼里噙着泪水。那个场面只能用两个字来形容：觉醒。

我着了魔似的回到了戈达德，发表了演讲，也听取了一些人的观点，包括最适合生命存在的系外行星，以及天外巨行星的演化。房间里很快就充满了创造性的活力，我们经常用"目标"这个词。现在，我们就在瞄准目标。

在机场等着从戈达德飞回家时，我终于有机会查查自己的电子邮箱。看到查尔斯回信的一瞬间，我差点从椅子上摔下来。

"有件事我忘了告诉你，"他写道，"我们可以谈谈吗？"

———————— ◆◆◆ ————————

7月4日那天，我和梅丽莎带着我们的孩子，和她那些没丧偶的朋友聚在一起。我知道自己已经大有好转，因为我都可以忍受她们"咯咯"的笑声了，不像之前一样带着轻蔑：哦，我不想杀了她们，很好，很好。我们乘坐红线①到了剑桥，走进麻省理工学院的校园，直奔有21层楼高的格林大楼楼屋顶。这是在河上观看独立日烟火的最佳地点。我给梅丽莎看了我和查尔斯的邮件往来。这时我已恢复了平静，尽量显得回复得很随便："当然可以。"然后，就到了现在，我巴巴地等着电话响起。

"有趣！"梅丽莎的大嗓门盖过了火车的噪声，接着又大笑不已。我知道她想告诉我什么。"跟他好好玩，但别把他的话太当真。"只是这一次，我觉得梅丽莎说得也不尽然。我被彻底震撼了，就好像发现了一些新知识，被自己的"觉醒"弄得晕头转向。我和查尔斯只是在雷湾认识了一个周末而已，从那以后就没再说过话。我是个科学家不假，可别人也看不出来我是个科学家。但我知道，他身上有某种特质，他与众不同，他和谁都不一样。

他第二天打来了电话。后来我才知道，他拿起手机又放下，来来回回五次，最后才鼓起勇气拨打我的号码。在看到屏幕上那个熟悉的多伦多区号时，我的心率飙升，心脏怦怦直跳。

"你好？"

"嗨，萨拉！我是查尔斯。"

我们什么都没说，只是闲聊。

————————

① Red Line：波士顿地铁系统中西北－东南走向的地铁线，因车身颜色而得名，连接波士顿市多所著名大学、学院及历史文化景点。——译者注

"最近怎么样？"

"还行，挺忙的，但还不错。"

我们对对方仍然不太了解，所以彼此还是有些尴尬。我跟他说过，我压力很大，我想跟孩子在一起多待一会儿，但我对满天繁星的热情，却让我左右为难。查尔斯告诉我，他觉得工作很重要。但他还说，他父亲一开始是一名旅行商，后来做起了劳心费力的买卖，渐渐地就开始后悔没有多跟孩子在一起。查尔斯想让我知道，就凭我开始忧心在工作和家庭中寻找平衡，就说明我是个好人，是个好妈妈。就算现在没有找到，迟早会可以的。

从他的只言片语中，我隐隐约约看到了他的一些影子，但我还是觉得他有一些重要的事情没有告诉我。当然，我也有些事情没告诉他。我们挂了电话，但我一直在想他，而且不像我平常想别人那样。我的大脑不再条理清晰，我已经无法细致地思考。我只知道，我还想再跟他谈一谈。

我们通话的第二天，我和孩子飞往瑞士再次拜访布莱斯。不谈工作，是个真正的暑假。有天下雨，只能待在旅馆里，我决定给查尔斯发一封简短的电子邮件，算是最委婉的提醒。"这是一封来自瑞士的问候，"我写道，"雷雨天困住了我们。你最近怎么样？"

他回得很快，让我吃了一惊。"给我带点奶酪哦。"

我躺在床上笑了。这个反应倒是让我出乎意料。我们又来来回回写了几次，查尔斯总是写些让我开心的东西。他问我，回家后还能不能再通话谈一次。"当然"，我写道。不过这一次，我想用 Skype 聊天。我想看看他的脸，我想看看他的眼睛。

"好的，"他写道，"让我给自己的大丑脸买台相机。"

大丑脸？查尔斯照镜子时看到的肯定不是我眼中的他。我觉得他很帅气，他看着自己时，肯定像一个特差劲的观众。而我看着他，却看到了他生命本身。

有时我想把一切都告诉他，但我和查尔斯相互之间却不这样说话。彼此坦白并不急于一时，不要急着把关系推进到下一步，因为根本就没有下一步。我们成了朋友，而真正的友谊需要时间。关于我们究竟是谁，我们经历过什么，其实给彼此的线索都很少。我告诉自己，我这么做就是让宇宙自生自灭，但这样不一定全对。更重要的是，我知道我想让这个宇宙做什么，任何事都不能妨碍它。我确信我们身上会发生更大的事，我也决心要让不可避免的事情发生。

我告诉过查尔斯，我有孩子，但他不知道孩子的爸爸是谁。他不知道我是已婚状态还是离婚，还是其他的什么。他只知道我是个天文学家，知道我在麻省理工学院教书，但不知道我的生活是怎样的，也不知道我在这个领域有多出名。我想，他知道我喜欢他，但不知道我有那么喜欢他。

查尔斯告诉我，他在多伦多的家族企业工作。我在网上找到了这个企业，它是一家专营机器零件的批发商。他懂得工具的原理，他不仅知道滚珠轴承的存在，也知道它们为什么存在，知道不同的地方需要不同的滚珠轴承。我佩服他这一点，有一种似乎能掌控世界的感觉。他按时工作，周末休息，需要休假就休假。他的生活就像有着某种秩序，他能自己把握这个空间。

然后查尔斯又说了些别的，我只听到了那句"我的妻子"。

他的妻子。用的现在时，没有形容词。他结婚了。

幸好，我们只是朋友，我只是有点喜欢他，并没有进展，也没有造成实质性的伤害。我也告诉他关于迈克的秘密。那是迈克两周年纪念日的前一天，我告诉了他明天会发生什么事。他没有说听到癌症的事很遗憾，也没有让我从所爱之人的逝去中找寻希望。他只说他希望我没事。

8 月初，我不得不去多伦多处理父亲不动产的事情，还有些没有了结的事。我问查尔斯愿不愿意跟我聚聚，帮我从这堆乱麻中解脱出来。他开着他那辆白色大众汽车接了我，车上一尘不染。我见到他相当激动，但很快又有点困惑。因为他看起来很紧张，尤其不像我们在线上聊天时那么放松。

我们原计划参观位于城北的大卫·邓拉普天文台，他想带我转一转。我跟他开玩笑说，这个导游可能应该让我来当，因为我在多伦多大学的时候，在这个天文台待了两个夏天。我对这个地方了如指掌。它建于 20 世纪 30 年代，那个宏伟的圆顶是在英国制造的，造好后运送到了这个空气污染较小的殖民地。它坐落于山顶上，周围是古树组成的保护伞。里面有一个很大的 1.88 米口径的望远镜，最初投入使用扫描天空时，还是当时世界上第二大的望远镜。后来学校把它卖给了一个开发商，开发商又把天文台从私有财产中分割出来，暂时交给了加拿大皇家天文学会的多伦多分会。这就解释了为什么查尔斯现在拿到了钥匙。

"有压力了吧。"我说。

我告诉过他，图书馆是我最喜欢的房间。"此次旅程不包含图书馆。"他打趣道。

天文台里的很多东西都勾起了我的回忆，让我想起我为什么要做我所做的事。那时候，我学到了很多东西。自那以后，我也学到了很多。尽管我们都热爱漫天繁星，但我和查尔斯从未谈论过这种热爱因何而起。因为不需要。你不需要向一个和你有同样爱好的人解释你的爱好，他们自然懂得你的理由。

我们第一次在大型望远镜旁合影。然后，查尔斯带我吃晚饭。他送了我一个礼物，一个小盒子。我打开它，看到里面有手表发出的微光。这不是一块普通的表：这是一块属于天文学家的表，上面有一条白色的带子和一张大表盘。里面有一个日晷——给定特定的位置，显示太阳的升落——还有一个月晷。下午看着我的手腕，就能知道当晚的月相。

"谢谢你愿意做我的朋友。"查尔斯说。这种说话的方式让我感到他身上有一种深深的悲伤，一种到目前为止我还无法体会到的悲伤。我已经接受了这种跨国的友谊。只能靠电子邮件、Skype、短信来维持，抑或是我只要在多伦多，就会见见面。我们只是两个可以一起热爱璀璨星空的人。现在他给了我一块表——只有在每次戴上它，我才会想起他，只有每次想知道太阳或月亮身在何处时，我才会想起他。

吃完饭后，他开车送我去市区，去安大略湖，我在那边港口附近的旅馆定了一个房间。第二天一早，我就要从多伦多群岛乘飞机离开。我们在旅馆外面停了下来，查尔斯关掉了引擎，我们一起坐在那辆一动不动的车里。空气变得沉重，仿佛被一种强大的重量压迫着。

我们在那里坐了几秒钟，感觉就像过了几分钟，甚至几个小时一样漫长。

"嗯，"查尔斯终于说话了，"我开回家还要很久呢。"这是暗示我该离开了。

我从座位上站了起来，说了声"再见"，然后缓缓移到人行道上。8月中旬，人行道上的温度比车里还要低。我深深吸了一口气，凝望着他渐渐远去。

| 第十八章 |

逐渐清晰

"萨拉，"鲍勃终于开口，"你知道我想让脑子清楚一点的时候，我会做什么吗？我会穿越大峡谷。"

我与鲍勃·威廉斯含泪共进晚餐的事情已经过去快两年了，自那之后，那些话仍回荡在我的脑海。有很多原因让我对它难以忘怀。迈克死后，我去过很多地方，但心境却不似从前了。我想找到我们划桨穿过沃拉斯顿湖的感觉：那种对距离的恐惧和征服它的满足。随着遮星板项目的推进，我渐渐有了对最终目标的渴望，对成就的向往。我也想感受到自己有能力实现自己定下的目标，想去体会未来在自己手中的感觉。我需要锻炼出强健的体魄，考验自己的决心。"大峡谷"就是我的挑战——我拿它隐喻冒险。我的生命里有一条条边缘，而我内心要跨越的鸿沟将此隔开。

我还记得，鲍勃以为我真的会去穿越大峡谷时流露的担忧。从我当初给他的反应来看，我没准就去了。见面第二天他给我打电话。"萨拉，这不是件容易的事儿，"他说，"它叫大峡谷是有原因的。无论你做什么，千万别逼自己在一天内干完。"这的确是个雄心壮志，但很容易被搁置。

2013 年夏末，夏令营结束了，秋季学期还未开学，中间有几周的时间，孩子们没有活动安排。我还在纠结着生命的短暂，无法自拔。我问亚历克斯，他还想不想攀登 4300 米的高峰，上次他回答这个问题时急切不已。"想呀。"他说。我让他给自己的欲望从 1~10 打分。"七八分吧。"他说。亚历克斯说话轻轻柔柔的，夹杂着些许无法确定的感觉，让我觉得他心里还有不同的答案。

亚历克斯长得真快，那时他才 8 岁。大约有两年的时间里，他似乎不长个儿了，缩成了一团小小的肌肉球，然后又突然往上蹿了几厘米，重了快 30 斤。体重越重，运动就越难。也许在他现在的心目中，山比以前更高了。

我想知道，看到真实的山能否会激起他旧日的亢奋。于是，我决定带孩子们去科罗拉多。杰西卡会带着她一贯的热情跟我一起去，我还给麻省理工的毕业生苏莎（Zsuzsa）也一起买了票。这个年轻的女孩子也热爱徒步旅行，是我们大家庭中的一员。我还在收留流浪的成年人，就像曾经收养无家可归的流浪猫一样。苏莎需要地方住，而我的房间都空了，床也空了，况且家里也需要帮手。她也是个人物，据说她的俄罗斯父亲从小就训练她当克格勃的特工。她说她生而为险。我有段时间担心房子会在半夜着火，那时她就一直说，要是这样的话，她一定能救我们。

飞往丹佛的航班上，我望着窗外，俯瞰落基山脉，这才想起来我们一点计划也没做。我甚至都没选定我和亚历克斯到底要爬哪座山。我低头看着群山，心想：哪座山峰会是属于我们的呢？

我们花了点时间对科罗拉多州堡垒般的群山进行了短期调查，然后亚历克斯突然放弃攀登了。他说再也不想打破世界纪录了。或许这就是他成长的一部分吧，他是谁和他想成为谁之间的距离越来越大。不管他找什么借口，我都会告诉他，没关系。其实我已经提前告诉杰西卡和苏莎了，我们得做两手准备，现在就用上了——我们要开车去大峡谷了。

到了科罗拉多州的格兰森克之后，我们在一家旅馆里过夜。不远处有一个游泳池和一个小游乐园。马克斯和亚历克斯受够坐车了。于是晚饭时，我们商量，杰西卡和孩子们待在大本营，我和苏莎继续往西南的方向开。

"萨拉，"鲍勃终于开口说，"你知道我想让脑子清楚一点需要做什么的时候，我会做什么吗？我会穿越大峡谷。"全程是苏莎开车。这是一次蔚为壮观的旅行，从科罗拉多州出发，经过犹他州，然后进入亚利桑那州。地球是最奇妙的行星。我们从山上开车下来，穿过峡谷，进入第一片沙漠，树木变成了仙人掌。绿色泛成了黄色，棕色变成了红色。感受着温度、光线、气味、声音和风，每走一英里，周遭环境就会发生变化。我们并没有感觉越过了几个州的隔界，而是感觉就像我们在一个宇宙中入睡，又在另一个宇宙中醒来。

我先打电话到北缘的一家旅馆，问他们有没有房间。他们说还剩一间，于是我们在地图上做了个标记。

我们驶进大峡谷旅馆，那是我能想象到的最美丽的地方。这些房间就像小木屋，酒店外面紧挨着陡峭的悬崖，悬崖后面的天空和云彩变幻得多姿色彩。夜幕降临时，我在岩石中找到一个安静的洞穴，抬起头来。没有什么比沙漠更能吸引点点繁星了。我像肉眼观天的古希腊人一样仰望夜空：繁星是一个永恒的谜，繁星有了生机。

我和苏莎只是简单地勾画了行程，但我也庆幸没有做足计划。因为要是给我更多时间来考虑细节，我可能又会焦虑不安。我们约定早起，系好靴子，背上小背包。我们带上水、防晒霜和零食。要是水不够用，我们就从沿途看看有没有泉水，毕竟下面有条河。从北向南航行，在南缘的另一家旅馆过夜，然后在第二天凯旋。

我们在黑暗中醒来，向峡谷边缘走去。本以为我们特立独行，没想到我们并不孤单，因为在起点处居然还有一群人。我很失望，但或许也在心里隐隐松了一口气。我们要做的是平凡的人所做的非凡的事。

太阳从地平线上升起，我能感觉到体内的肾上腺素在迸发。我朝苏莎点了点头，她也朝我点了点头。不用太在乎鲍勃的衷告，一天爬完峡谷也是不可预料的事情。我们试探性地迈出了进入峡谷的第一步。地心引力很快开始把我们拉向海底，就像水流找到排水沟一样。徒步几个小时后，苏莎跑得起了劲儿。我在后面跟着，双脚失去了知觉，额头上也沁出汗珠，肺里像被挤压一般吐着空气。

苏莎放声大喊："这是我人生中最美好的一天。"她喊着，冲入峡谷深处。

———— ◆ ◆ ————

犹如在断壁残垣前无法忽视时间的流逝，地质学家们看着科罗拉多河在地表不断加深、变宽，这段过程具体持续了多长时间，大家意见不一，但最有可能的答案是大约五六百万年。如今，大峡谷长达 455.8 千米，最宽处达 29 千米。从本质上讲，这是一个相当大的洞，是风和水流在沙子和岩石上一粒一粒精雕细刻的产物。仿佛大自然雕刻的纪念碑，一点一滴，千锤百炼。峡谷的山壁上，有些地方高出 1.6 千米左右，暴露了大约 20 亿年的地质历史。

每从北缘向下走几步，就犹如跨越了几个世纪，而我的一生也仿佛在这徒步中走向了终点。西班牙内战爆发了，文艺复兴就这样结束了；普韦布洛人走了，神圣罗马帝国离开了，商朝消失了。我们物种的起源就这样结束了。恐龙、史前爬行动物和生命的起源都消失始尽，要是给科罗拉多河足够的时间，它没准会发现大爆炸呢。

我和苏莎用更直接的方式测量着时间，最简单的方式便是通过距离。从北缘到南缘的徒步旅行长达 33.8 千米，降幅 1.6 千米。其中某个地方需要穿过河流，那是一段相当长的攀登。下山有点欺骗性，它是一半的路途，但也不是，因为下坡路总是好走得多。

我们还用日光来测量时间，我们和太阳赛跑。那天是阴天，就温度而言还不错。当一说到眺望远方，看看还有多远，或者天色已有多晚时，就不是那么理想了。

峡谷底部有一座横跨河流的桥，我俯视着那片无边无际的水域。我和迈克也曾从那座桥上走过，我也曾跟那些从那座桥上看着我们的人群挥手致意。算算时间，已经过去 10 年有余。我忽然感到了片刻的悲伤和痛苦的阴影，但好在这种感觉没持续多久，仿佛我去了一个不同的地方，以一种奇怪的方式，看到了自己的魂魄，那个年轻的自己在水里，随着岁月渐渐流逝。我知道发生在她身上的一切，仿佛旁观着一个陌生人，解读着她的命运。我可以看到她在河里，我可以叫她出来告诉她这一切。可是，我应该告诉她吗？

一列载着游客的骡车“哐啷”着把我拉回现实，打破了我奇怪的魔咒。一个穿牛仔衣服的老人领着队伍。他真帅啊，我想着，然后才发现，自己在想着这个问题呢。他真帅啊，这是一种不自觉的简单反射，是对积极视觉刺激的条件反射。这种想法就像一座桥。或许我终于可以从一边穿过另一边了。

我和苏莎接近头晕目眩，3/4 是人生旅途中最让人绝望的节点——已经走过这么多，可还有那么多要去——一切都在一连串美好的感觉中消逝。我的腿还好，精神状态也不错。苏莎跟我说过，没准我们能当天晚上就回。乌云正在散去，满月即将来临。

谁知后来她的膝盖有些不舒服了，于是她让我先继续前进。我独自一人爬出了峡谷，坐在岩石上，在最后的金光下望着外面的红色墙壁。坐了一会儿，我打算下去找她，没想到她终于爬了出来。我们已经抵达南缘，那里挤满了游客。我想起了华盛顿山、司机和徒步旅行者，想到他们之间的不同。我想和衣而睡，我想睡在峡谷深处。

那天晚上，苏莎终于做了决定，她不跟着我走回来了。因为她的膝盖不行，承受不了这些。她有点失望，因为要坐很长时间的公共汽车。

我只能独自一人踏上行程。第二天一大早，我找到返程的小路起点，在黑暗中等待黎明的到来。太阳升上来的时候，我跑进峡谷，来到峡谷底部的桥上，英俊的老牛仔又出现了。

"我昨天看见你了。"我说。

他洁白的牙齿从帽檐下漏出来。

"我爱你。"他说。

这是一个超现实的时刻。他说得很轻松，轻松到我没觉得这是个表白，好像就是在跟游客开玩笑一样。可他听起来很真诚，仿佛在陈述地质事实一般，我露出了最灿烂的笑容。一个牛仔的爱和我沉重的腿把我从峡谷底部拉出来，再次回归攀爬一族。我擦去眼角的汗水和嘴角的灰尘，我尽量不抬头看。我把注意力集中在面前的岩石上，一层又一层。恐龙又来了，西班牙内战又爆发了。

苏莎在峡谷那边等着我。我冲了个很长时间的澡，然后和她坐在一起吃了一顿最令人满意的饭。我感受到那股电流，让人欣喜若狂。

第二天早上，我们开车返回大本营。苏莎接过方向盘，我调宽座椅靠背，浑身都是乳酸和自豪。我看着沙漠变成了森林，峡谷变成了山脉。我不知道，凭自己的口才能不能跟杰西卡和孩子们讲清楚那趟旅行的样子，也不知道如何讲清楚那趟旅行是如何让我确切地知道，我究竟是谁。

"萨拉，"鲍勃终于开口，"你知道，我想让脑子清楚一点的时候，我会做什么吗？我会穿越大峡谷。"手机一有信号，我立刻给鲍勃打了电话。虽然我们偶尔也会交谈，但我这次没跟他说我去了大峡谷。

"嗨，鲍勃，"我说，"我做到了。"

我做到了，在那一刻我明白了，这从来不是距离的问题，只是时间的问题。

| 第十九章 |

天才闪光

从科学上来讲，你对某事或某人的追求，有时会让你向更好的方向发展。在我们最好的年华，科学家就是探险家。

又一年 9 月份的开学季，上一次穿越大峡谷的感觉仍历历在目，那种坚强的感觉又回来了，我已经很长时间都没有这种感觉了。旅行刚回来，我和查尔斯又开始了频繁交流——电子邮件、短信、Skype、通话，我们成为了笔友。同时，我又全身心地投入到遮星板项目中，投入到我最喜欢的研究中。

开普勒太空望远镜一直在忙于绘制银河系的薄层图，即飞马座附近的一片区域，带来了一系列希望满满的发现。截至当年 8 月底，已有 14 颗之前未发现的系外行星得到确认，大约 150 颗新开普勒行星得到命名，还有数千颗行星候选体正排队等待。大量发现让业内人士开始在行星系统中寻找关联，我们有独特的样本巡查方式。毕竟，这不仅仅是"集邮"。对于那些对行星形成过程感兴趣的天体物理学家，现在可以研究的例子更多了。

我把那项工作留给了别人，我想更深入地探索新领域。我和威廉·贝恩斯对生物特征气体的研究有了惊人的新进展。我想到，除了那些显而易见的气体——氧气、甲烷——我们一般把它们视为生命的迹象。除此之外，还有哪些气体是生命的产物呢？这个想法让我倍感震惊。除了氦等惰性气体外，我想知道，是否每一种气体都由生命产生呢？我把这个想法告诉了威廉。他当机立断，认为这很荒谬。但我反驳道：地球大气中存在的每一种气体，即使是那些以万亿分之一的比例可检测到的气体，都可以由生物制造出来。虽然它们通常有非生物来源，但生命也可以制造它们。这下，威廉终于发现我的想法没有他最初想的那般荒谬了。于是我们与一名叫雅努什·佩特科夫斯基（Janusz Petkowski）的优秀博士后一起，做了大量的工作来证明我的疯狂想法。一天下午，我们前往哈佛大学，向诺贝尔奖得主、生物学家杰克·绍斯塔克（Jack Szostak）讲述这个观点。杰克很有礼貌地听了我们的演示文稿，说了一种气体的名称，然后摸了摸他获过大奖的头，戏称道，这可不是生命的废气。

如果杰克能如此轻易地说出一种气体的名称，那一定还有更多。不管怎样，只要有一个就足以推翻我们的理论。我和威廉、雅努斯都大失所望，但我们并没败下阵来，又重返岗位。很快，我们就得出了一个惊人的结果。考虑到地球的表面温度和大气压强，超过 14000 种分子可以以气体的形式存在，其中 1/4 是由地球上的生命产生的。谁知道它们中哪些可能是另一个世界的生命产生的呢？如果这是真的，那我们在搜寻时要多么小心翼翼才行啊。发现富含氧气的外星大气必然是突破性发现，但这绝不是唯一可能的生命迹象。氧气只是其中之一。

我们迅速扩大的数据库遭到了众多业内科学家的质疑和批判。他们坚定地认为，只有氧气、甲烷、臭氧和少量其他气体，而且只有在产生得足够多时，我们才能探测到，但我不在乎。我努力让自己对生命有更广阔的定义。我知道，我们的工作将成为更多研究的基础。作为其他发现的发射台，谁能知道会有多少呢？万一能产生无数梦想呢？

雅努斯自己就已经有了一些惊人的发现。他研究了非生物产生的气体和固体，发现了它们特有的精准序列。有些分子碎片——我们称之为"基序^①"——生命基本上拒绝制造。我们有一种感觉，那些基序，那些生物空洞，就像未经探索的海洋一样充满了可能性，没人知道我们会在里面找到什么。

例如，我们观察到，我们所知道的生命确实创造出了成千上万个不同的分子，其中大约 25% 含有氮，3% 含硫。这是我们这个世界上相当丰富的两种元素，可是含氮硫键的分子却极其罕见。对此我们深表诧异，因为氮硫键在工业和制药业很常见，尤其在橡胶制造和各种染料和胶水的生产过程中，大家都在强制结合这两种元素。但生命呢？生命似乎总是在避免建立这些联系，因为一旦二者建立了联系，往往会产生有害的结果。

与之相反的是，生命经常把硫和氢结合在一起。含有这种化合物的蛋白质普遍存在，它们可能存在于地球上每种生物上，存在于每个细胞中。我们三个人一起建立了一个理论，认为氮硫化合物和硫氢化合物在自然界中不可能轻易共存。地球上的生命选择了氢来做硫最常见的伙伴之一，而氮出现的概率很小。二者几乎互斥。

这是否意味着，如果我们在大气层中发现了一颗含氮含硫的系外行星，它就不能孕育生命？也不一定。我的一些同行可能会争辩说，忽视地球上的生命经验，会使我们的研究范围大得难以想象。我不同意这种说法。如果说我对生物特征气体的研究教会了我什么的话——事实上它教会了我很多东西——那就是生命会找到属于自己的出路，而且并不总是在同一条路上走两次。我们需要更深刻地思考，而不是减少思考。

因此，让我们来一起想象。想象一下，我们以某种方式到访那个沐浴在氮硫之中的陌生星球。我们会把火箭降落在它的表面，无论生命的形式

① 基序：也称作模序、模体，是指 DNA、蛋白质等生物大分子中的保守序列，介于二级和三级结构之间的另一种结构层次。——译者注

是什么，尤其如果它是智慧生命，那大概都会聚集到一起来迎接我们。我们会打开舱门，走上那个陌生的地表，伸出我们颤抖的手。我们体内的硫化氢化合物会渗入他们的皮肤，污染他们体内的氮硫化合物，反之亦然。我们会毒死他们，他们也会毒死我们。于是，所有人、所有事都开始缓慢地、致命地向化学世界的末日行进。

如果那些外星人来到地球，情况也会如此。如果他们打开那扇门，我们所知的生活就不仅仅是改变而已了，它会消失不见。地球将重新开始生命旅程，新事物会取缔我们的位置。生命会找到另一条演化之路。

———————— ◆◆◆ ————————

从麻省理工学院回家的火车上，我按照自己的想法在脑海中"凝视太空"，翻看着凌乱的收件箱，忽然看到了一封来自麦克阿瑟基金会的电子邮件。看到这个名字，我的心"扑通"地跳了一下。麦克阿瑟基金会发放著名的所谓"天才"奖助金：在五年内，不附加任何条件，面向每一个能想到的领域、所有从事鼓舞人心事业的工作者，发放 62.5 万美元。

邮件里说，那天早些时候，他们曾打电话给我，但我的助理出于安全防护拒绝接通电话。我猜想，他们可能没有提到麦克阿瑟这个名字，所以我的助理把它当成了一个精心虚构的骗局，每周都往我的办公室发邮件。就好像每个新的星球都有一套阴谋论，我的知名度让自己成了他们众多目标中的一个。我不能因此生我助手的气，他做着他认为是正确的事情，我很感激他对我的保护。然而，没有人告诉过你麦克阿瑟基金会的电话吗？我无法想象这只是个偶然。

我带着歉意回了信，请他们第二天再打个电话。于是，漫漫长夜，我倍感煎熬，一直在思索，他们到底想要什么？一两年前，他们打电话给我，说想要开表彰会，让我核实一下熟人的推荐信。或许，他们想让我再帮他们检查一下？可能就是这样。他们想要的是消息来源，而不是我这个对象。但当我看着那些树从车窗边掠过，仿佛它们已经从地上飞起来，变成了赛跑。我无法抗拒这样的想法：也许该轮到我了。

第二天，他们又打来了。这次我接通了，他们问我是不是坐着呢，我确实是坐着的，尽管我已经开始从椅子上飘起来了。

轮到我了。

有时候，生活中会有一些重大事情发生在你身上，但你只有在回顾的时候才能意识到它的巨大影响。你需要时间来理解它的意义，一些看似无关痛痒的选择或不可预见的事件，对你或你爱的人产生了巨大的影响。然而麦克阿瑟基金会的电话则并非如此。那通电话是少有的几个时刻之一，刹那间，我就知道改变人生的事情正在发生。我能听到办公室外的大厅里人头攒动，他们不知道我这里发生了什么，只有我知道。那一刻，我如灵魂出窍了一般，看着肉体这具实验对象：看那个人的世界峰回路转时，会发生什么。

"西格尔博士，这事现在还是一个秘密。"电话那头的人告诉我。我得把获奖的消息压在心底，直到 9 月晚些时候再公布获奖消息。那时，离颁奖还有三周多一点的时间。

"憋不住的话，你只能告诉一个人哦。"他们说。

他们的意思是，送我一个安慰剂、一个镇静剂：我们知道，这个秘密太大了，无法保守，所以你可以告诉一个人，这是我们送你的礼物。只是，我感觉礼物不是这样子的。我可以告诉一个人，其实这个人应该是我的另一半。我曾经有过，但后来我失去了他。我不确定，在这由最精致、最完美的玻璃拼凑而成的一刻，此时的我是否比那时更深刻地感受到了迈克的缺席。我收到了一些人生中最好的消息，我一边挂电话，还一边在说："谢谢你，太谢谢你了！"——我泣不成声。我又想起了我对迈克许下的诺言，当时我们的生活和需求都很短缺：总有一天，我们会有时间的；

总有一天，我们会有钱的；总有一天，我们会有时间和金钱的。

至少现在的我有钱了，但你不能对已经不在人世的丈夫信守诺言。他活着的时候你要么遵守诺言，要么违背诺言。

我本能地知道，我即将遭受一种更深层次的悲伤，这种感觉就像你知道你得的感冒会很严重。它不会自己来，自己走；如果我想让它离开，就得和它战斗。我问他们是否可以告诉两个人，麦克阿瑟基金会很好心地答应了。我想的是马克斯和亚历克斯，但后来我改变了主意。为什么他们要提前知道妈妈得了一个他们根本就不懂的奖呢？于是，我告诉了梅丽莎。她像狮子一样吼出声来；我也告诉了查尔斯。他很惊讶，在我们还相互藏着这么多秘密的时候，我却把如此巨大的秘密告诉了他。

在大会宣布的前一天，我还告诉了麻省理工学院自然科学院院长马克·卡斯特纳。在我踌躇不前之时，他一直非常支持我。他帮我的小团队申请了更多的资金，花费了更多的时间。他们每工作一小时，我就得再工作一小时。我去了他的办公室，感谢他为我付出的每一个小时。他给了我一个大大的拥抱，这让我大吃一惊。我不是最可爱的人，但他对我却很重视，就像重视麻省理工一样。7 年前，人们还对是否该录用我持怀疑态度。前不久，我也一直在他的办公室里谈论辞职。我就是那个夜晚站在湖边不知所措的小女孩。而现在，我因为曾经学会的一切而即将被称为"天才"。

———— ◆◆◆ ————

宣布麦克阿瑟奖消息的当天早上，当我醒来，胃里有一种奇怪的感觉。事情似乎有点虎头蛇尾。我还没有完全认清现实，但我已经花了几周的时间来思考这个奖项对我的意义。我决定不把这笔钱花在任何引人注目的事情上，除了给孩子们买一件大礼和几次旅行。做一个有工作的单亲妈妈成本很高的，即使在马克的帮助下，我也已经花光了我的大部分积蓄，没有任何真正的计划或对稳定生活的希望。现在，一个金融救生圈扔向了我。我将把大部分拨款用于儿童保育和食品杂货，以及帮忙做家务。当然，我还是会做一些家务的——我甚至有点喜欢洗衣服，虽然洗前和洗后都很单调——但那时我已经认识到，人类存在的广阔领域，我永远无法掌控，那也没关系。但在其他方面，我能做到最好。我终于可以谈论关于麦克阿瑟奖的事了，这让我松了一口气——事实证明，这个秘密很难保守——但那天主要是外界对这个荣誉的反应，而不是我自己的反应。我已经知道我的感受了。

宣布这一消息的那一刻，就像听到敲门声，打开门一看是游行队伍。麻省理工学院发布了新闻稿；同事和学生到办公室祝贺我；马克斯、亚历克斯和戴安娜当时正在一家比萨店，他们在电视上看到了我；我的手机一直响个不停，我的收件箱也塞满了，满到溢出来。这些关注当然是奉承，每个人都很友好，但我还是觉得有点空虚。

一片混乱中，我接受了《环球邮报》的电话采访，那是份加拿大国家报。有限的谈话空间内，我听上去没有应有的包容。记者问我为什么离开加拿大来到美国，我对她的问题感到很惊讶，于是坦率地回答："因为美国更善于培养伟大。"我努力控制住自己的嘴，但也意识到这句话在老家听起来会是什么感觉，于是我又加上了句："但播出时别忘了说，我仍然热爱加拿大。"她引用了整句话，这让我听起来不怎么真诚。我是真的很喜欢加拿大，但它只是给了我不同于美国的礼物。

我们还谈到了我守寡的经历，我告诉她，麦克阿瑟是如何允许我告诉两个人的。我告诉了我两个最好的朋友，我说。我希望查尔斯能看到这个故事，把这些点点滴滴串联起来。我陷入了寡居生活中最艰难的一课，那就是，你感到最幸福的时候也最孤独。我非常渴望哪一天能拥有一些爱。

然后她们就在那里，等着我挂电话——康科德的寡妇们欢呼、鼓掌，拥抱得我透不过气来。我的腿几乎要断掉了。我仍然不知道梅丽莎是如何设法把每个人都拉到我的办公室里来的，这里的空间刚好能让她们开怀大笑、张开双臂、享用午餐和一瓶瓶冰镇香槟。我们在办公室的长木桌旁坐下，尽情享受了一顿大餐。我沐浴在她们的温暖中，犹如坐在 6 个太阳旁边。

上次这么多寡妇来我的办公室还是在我考虑辞职的时候，现在她们把香槟酒喷向天花板，一些我一生中唯一真正的朋友告诉我，她们为我感到骄傲，她们为我感到高兴："你打算怎么处理这些钱，萨拉？"

获得麦克阿瑟奖是一件幸事。它能为我做的正是原定计划，它会鼓励我坚持下去，就是字面上的意思：它会给我勇气。这会给我带来专注的特权。但对我来说，寡妇是最重要的伙伴关系。在庆祝的表象下，我们都知道她们来此的真正原因，大家没必要说出来。我环视了一下房间，第一次感受到我脸上真诚的微笑。不是因为我不再悲伤了，而是因为我再也不会独自悲伤了。我举起我的空杯子，等着它被斟满。我知道它会被斟满的，寡妇们总是比我更早知道我需要什么。

————————◆◆◆————————

月底，NASA 宣布了最新的系外行星发现，这颗行星是由瑞士人布莱斯和我研究团队中的其他成员发现的。我是他们论文的合作者。3 年来，斯皮策望远镜和开普勒望远镜都被用于观测同一个神秘世界：开普勒 –7b（Kepler-7b）。在 2010 年被发现的这颗行星是开普勒发现的最早的行星之一。它是一颗比木星大 1.5 倍的热巨星，轨道离其恒星开普勒 –7 如此之近，以至于它的"一年"只有 5 天之长。定位发现，开普勒 –7 是天琴座的一部分，它的邻居是著名的织女星，也是北半球最亮的恒星之一。

开普勒 –7b 一开始就混沌不清。它的西半球比东半球亮，但我们很难知道缘由。也许开普勒 –7b 有自己的热源和光源，或许还有其他原因可以解释这种不平衡。这就是斯皮策望远镜该从开普勒望远镜接手的时候了。固定它的红外线波段，哈勃望远镜帮助我们确定了开普勒 –7b 是灼热的，温度可能高达 982.2 摄氏度（1800 华氏度），因为它接近宿主恒星，其实它本身没有那么热。最后得出结论，该行星的西半部被一层充当保护层的云层包裹着。它们反射着来自开普勒 –7 的热，就像我们的大气层让我们免受太阳辐射一样。

一位艺术家随后为我们描绘了开普勒 –7b 的第一幅肖像：东半球是深色的，用带子扎着；西半球是绿色的，被云彩包裹着。开普勒 –7b 太热了，无法维持生命，但我们瞥见了它的脸庞。就在几个世纪以前，我们还在地图上画龙来标记海洋的尽头。现在，我们已经猜到了一颗行星上的天气，它围绕着一颗恒星运行，那颗恒星位于古希腊人认为像竖琴一样的星座中。

有时候，我们似乎无法取得进步，特别是当我们记起，我们身为同一物种，却为了石油而自相残杀，用塑料填满了海洋。但重要的是，我们要花时间来欣赏已经取得的进步。这让我们更容易相信，我们还可以走得更远。

有关开普勒 –7b 的消息发出时，我正在飞往夏威夷的航班上，以各种方式翱翔。

一个叫查尔斯的高个子坐在我旁边的座位上。

———————— ◆ ◆ ————————

和我一样在一场仿佛打不赢的比赛中挣扎的，还有查尔斯。查尔斯说，他有妻子，但他们并不幸福，已经漫长而痛苦地分居了。他们的婚姻着实经历了一段相当痛苦的时期才稍微有点缓和，他在沙发上睡了将近五年。她对查尔斯说过，他就是个败笔。长久以来，他盯着镜子看，明明是那么帅气的容颜，却从中看出了那么多的绝望。每天醒来就是做着同样的工作。兄弟二人里，他继承家族企业，陷在这一场水泄不通的泥潭里，每天困在同样的十字路口上。那些在蒂尼的阳光下度过的日子，是他唯一得到解脱的岁月。那些夜里，他仰望着那些星星，属于他的大家伙。现在他已年近半百，"我到底该怎么办？"查尔斯说。

我对麦克阿瑟奖的奖金十分满意，对我做人天资所能带来的自豪感也十分满意。10月1日是查尔斯的50岁生日。我邀请他和我一起去夏威夷，马克斯和亚历克斯可以和蕾切尔待在家里。蕾切尔是他们来自阿尔伯塔省的姥姥，既风趣又乐于助人。有她在，我就可以做点工作，跟别人聊聊天，打发自己的时间。我和查尔斯可以留在莫纳克亚山，我可以给朋友打电话，安排一场特殊的旅行，去参观参观那里的望远镜。查尔斯可能不知道，他给了我很多。他让我明白，我应该得到幸福，我是有可能重新获得幸福的。所以，现在轮到我来给他点回报了。查尔斯答应了，不久，我们就在横跨太平洋的飞机上并肩而坐。

我们住在海拔2743米的天文台宿舍里，这里不是明信片上的那种夏威夷。天气很冷，呼吸困难。我在高海拔地区总是多梦，在那次旅行中，我完全臣服于山顶的朦胧魔力。我和查尔斯一起拜访了我的朋友，那些天文学家，一起参观了望远镜，这些望远镜是由地球上最能反光的玻璃建成的。

有一种大气现象非常罕见，有些人认为这是一个神话。我从未亲眼见过它，但没见到的东西不一定就不是真的。人们称之为"绿光"（Green Flash）。日落的时候，一切条件都恰到好处——平坦笔直的地平线，一尘不染的天空，一个看起来是白热而不是红色的太阳——最后一缕阳光通过大气层折射，环绕地球曲线——在极短的时间内出现的毫无疑问是绿色的光。

第一次独自看到绿光不太容易，这也解释了为什么我从来没有见到过。绿光之所以难以捉摸，有一部分原因是人们非常想看到它，却不知道自己在寻找什么。要是凝视太阳，哪怕是在日落时分，眼睛也会被灼得恍惚不清。所以就需要带个伙伴，一个愿意为了你牺牲自己见到绿光机会的人。你要背对着太阳，让别人替你看着它缓缓降落，然后，在恰当的时机、在太阳消失之前的那一刻，那个为了你做出牺牲的人要立刻告诉你："就是现在，睁开眼睛吧。"

我决定和查尔斯一起去夏威夷看绿光，我早就向他表明了我的意图。在那儿的第一晚，我们驱车前往莫纳克亚山顶，在那里可以清楚地看到海天一线。太阳是白色的，查尔斯的心理压力很大，显得几乎有点萎靡不振，他也想让我看看那道风景。但也没有说必须看到绿光，你要等着它悄然来临。

我们站在山上。天气异常寒冷，四面来风，让人无处藏身。我转过身，闭上眼睛，看着我一生中最美的一次落日。查尔斯面朝太阳，我等着他跟我说睁眼。仿佛一场漫长的等待，我坚持着闭着双眼。我能感觉到他就在我身边，等着……等着……等着……

"就是现在。"他说。我转过身来，睁开了眼睛。

然后我就看见了它，绿光充满了我的眼——翠绿色，完美而纯净。我对查尔斯笑了笑，他也对我笑了笑，我们都松了一口气，感觉自己仿佛一下子被赋予了一个新的世界。

———— ◆ ————

十一月。康科德每年秋冬都是这幅景象，再明亮的蓝色天空和再灿烂的秋叶，在撞见那彻骨的寒冷、清冷的雨水和一千种灰色的阴霾时都要甘拜下风。这也是我最忧郁的时候，双目无神，容易陷入沉思。我终于承认，我已经把心交给了查尔斯，我不可能满足于这简单的友谊了。尽管我不知道关于他分居的那些棘手的细节，我还是担心自己会不会想的太多、希望这一切来得太快。自他出生以来，春秋时节的每个周末他都会去蒂尼。他从十几岁起就在家族企业工作。在加拿大皇家天文学会的任期对他来说意义非凡，他最好的朋友也是这个学会的成员。如果他要和我在一起，就得把余生留在这里。我望着低低的云朵和空空的树枝，意识到自己犯了一个可怕的错误：我爱上了一个我力所不能及的男人。这不是我的错，真的——爱是唯一一件我们做的无可指责的事情——虽然说我在职业生涯中已经把太多时间花在无意义的事情上了。如果我是在往另一个死胡同里钻，我应该能意识到。十一月，一个下雨的早晨，我和查尔斯用 Skype 聊天。我们不能再做朋友了。不管这段关系到底是什么，我们都同意，该了结了。我崩溃了。那天早上，我一直在家工作，但现在我得开车去波士顿的国家公共电台（National Public Radio，NPR）演播室接受电台采访。我在车里给梅丽莎打了电话。生活又一次背叛了我，我现在一团糟，连红绿灯都几乎看不清了。我知道她是想提醒我。她在 7 月 4 日那天就该警告我，不要把男人太当回事，也不要把查尔斯看得比大多数人都重，但她没有。她跟我站在一边，就像所有闺蜜死党会做的那样。"生活总是一团糟，"她说，"解决事情要花时间。"她跟我说。虽然和查尔斯进展得不顺利，但一切都会好起来的。我告诉她，倒霉的是，我正开车呢，我要去参加国家公共电台的采访。一会儿在演播室，我要怎么才能熬过去呢？"好在你不是上电视。"梅丽莎说。到了演播室我还在哭，眼睛又红又肿。主持人和技术人员都惊呆了。"别担心，"我说，"没死人。"我还是感到肩上沉重不已。

为什么这么难过？我无法理解自己的感受。为什么？我们甚至都没接过吻。真的，就这一次，大家都好好的。那个月末，有其他男人约我出去了几次，我也去了。其中有一个跟我在多伦多上的是同一所蒙台梭利学校。他要去波士顿附近参加会议，冒着暴雨开车带我出去吃晚饭。与其说这是一次约会，不如说这是一次聚餐。不过既然是我和一个男人一起在餐馆吃饭，也算是一个具有统计学意义的夜晚吧。他很可爱、很聪明，非常贴心，有两个女儿，年龄跟马克斯和亚历克斯都差不多。我们有很多共同点，包括我们的童年。我们一定在学校的走廊里擦肩而过很多次了。我喜欢这一点，我真的喜欢他。但这不是重点。尽管他有这些优良品质，我还是很惊讶那些寡妇没有站在我身后大叫："你还在等什么？！"——同样的想法也时时缠绕在我的脑海："他不是查尔斯"。

———————————◆ ◆ ◆———————————

12月初，我就"在宇宙中寻找生命的问题"出席国会听证会。我会与众议院科学、空间和技术委员会的另外两名专家一起发言：NASA的玛丽·沃伊泰克博士（Dr. Mary Voytek）和国会图书馆的史蒂文·迪克博士（Dr. Steven Dick）。我们将代表外星人陈述我们的情况，然后回答问题，我需要为希望找到理由。

委员会主席拉马尔·史密斯（Lamar Smith）下令举行听证会。玛丽明智地用鼓舞人心的新进展拉开了序幕。那个晚秋的午后，我们已经发现了三千多颗可能性很大的系外行星。前一天，"哈勃"曾报告说，在五个巨大的系外行星大气中发现了水蒸气的踪迹。巨行星天空中的水不是生命的迹象，但它本身就是一种进步。我们观测的各处都有着潜在的可能性。

国会议员拉尔夫·霍尔（Ralph Hall）是一位九旬老人，他住在得州，虽然目前是共和党人，但他的政治生涯却始于民主党。他有一种老南方人的魅力。他看了看坐在证人席后面的我们三人，说我们可能是他见过的智商最高的人。"我只是不知道该怎么告诉我的理发师，或者我家乡的人，不知道该怎么跟他们解释你在这儿讲的话。"他说。

我们已经尽量简单来讲了。我们需要不断的支持，需要保证那些想成为科学家的孩子有机会看到他们的愿望成真。我所传达的大部分信息都是关于我们需要更多投资和更好的太空望远镜，关于遮星板的价值。我还向委员会介绍了天体物理角秒级空间望远镜能使研究项目（Arcsecond Space Telescope Enabling Research in Astrophysics，ASTERIA）——一个由许多小卫星组成的卫星集，每一卫星针对一颗有研究价值的恒星。

拉尔夫·霍尔打断了我："你觉得系外有生命吗？"

"做做计算就知道了。"我说。

霍尔说他做不了那个计算，问题就是这个。

他又问了我们一遍："你们觉得系外有生命吗？"

"有。"玛丽回答。

"有。"史蒂文答道。

"有。"我说。

———————————◆◆◆———————————

几周后，我前往危地马拉，为来自中美洲各地的天文系学生开设为期一周的讲习班。杰西卡和维罗妮卡帮我照看孩子。有一次亚历克斯高兴地说，我跟他还有维罗妮卡一起在电视上看美国职业棒球大联盟比赛中的波士顿红袜队时，"就像我们有四个妈妈一样"（他还邀请了戴安娜）。我当时吓了一跳，因为没有哪个妈妈想让自己的孩子有一群妈妈，而自己只是其中一个。但我仍很感激，我的孩子能从这么多地方得到爱。有更多的爱，绝不是坏事。

但我还是不敢离开他们，我对坐飞机还是心怀恐惧。我和查尔斯没再联系过，处于一种无线电完全中断的状态。但是，飞往危地马拉前，我还是决定给他发一条我们之间的老生常谈："要是我的飞机坠毁了，我还没能挺过来，我一直想告诉你……"我盯着它看了几秒钟，然后按下发送键。

从危地马拉回家时，我震惊地发现查尔斯给我写了一封很长的电子邮件。他明白我所担心的一切，他也承认，我们不该有任何超越友谊的感情，或者仅仅是朋友。因为仅仅是想一想要跨越这两种生活之间的峡谷，就已经筋疲力尽。可是现在他决定试一试，50 岁也不晚，50 岁只说明他不能再继续浪费时间。他与妻子离婚后，搬进了他弟弟家的地下室。他已经开始和他父亲谈论离开公司的事了。（"恭喜你。"他父亲后来这样说，真心祝福。）天文学会总能找到一位新会长，别人完全可以取代这个位置，而他也有一个新工作要做。

"我不想在死的时候都不开心。"他说。

许多寡妇和鳏夫都学会了保护自己，让自己的心不再受伤。他们知道，自己已不能再承受一次打击，所以他们把爱封在一个铁盒子里，锁进胸腔。绝大部分人再也没有约会过，或者说，即使约会了，也只是随意地约约，没有期望，也没有承诺。也许这就是他们的潜意识在保护他们，让他们不再受任何伤害，不会再体验失去。但如果他们不再去爱，那碎得七零八落的心也不会再回来了。梅丽莎的某任男朋友说她"很警惕"，她给我打电话说这事的时候很惊讶。她很少向我征求意见，我仔细考虑了一下该说什么。我告诉她，我不会用"警惕"这个词来形容她。她很开放，接受别人的追求，她懂得爱和承诺。她就是一个小光源，会自己发热。

挂了电话，我又想了想梅丽莎。虽然我很爱她，但我们在本质上是不同的。寡妇都死过一回，所有寡妇都是。我们对同样的创伤反应不同，但这没有对错之分。而寡妇之间为数不多的共同特征便是我们对世界报以真诚，我们在感情中都是诚实的。只不过大家的感情不尽相同，我们表达情感的方式也千姿百态。

我曾经下定决心要孑然一身，我和两个儿子要永远待在寡妇俱乐部里。我不会因为一个人一直坚持一个主意而批判他，但我不想再这样想了。我一直都觉得，想要巨额回报就得承担巨额风险。这是我父亲教我的，是迈克和加拿大北部的河流湖泊教我的，是我两个儿子教我的，也是华盛顿山和大峡谷教我的。

最重要的是，这是宇宙教我的，是恒星教我的。奇迹不会凭空发生，它由意志坚强的人所创造。我所失去的东西有时会让我的信念蒙上阴影，尤其对自己的信念。但现在，我的眼睛无比清亮，我的肺腔无比饱满。在我往后的余生里，我宁愿受苦，也不愿什么都不经历。多年前，父亲告诉过我，不要依赖任何人。他说，只有父爱是无私无限的。可是，如果我不再给它一次机会，我怎么知道爱情会有多浪漫呢？我宁愿心碎，也不愿让它永生沉寂。这是查尔斯教我的。

他问我愿不愿意年初和他一起去伦敦旅行。"愿意。"我听见自己说。

愿意！愿意！愿意！

———————— ◆ ◆ ◆ ————————

那个圣诞夜，马克斯和亚历克斯上床睡觉后，我在厨房桌子旁边坐下，拿出一张家庭信纸。奶油色硬卡片，右上角用蓝色印花标着"西格尔一家"的连笔体字样。我找出一支笔，在左上角写上日期：**12/24/2013**。我把它寄给了D医生，为迈克治疗癌症的医生。虽然我的精神崩溃快结束了，但假期仍然很难熬，还是会有一些细节会让我忍不住去看，甚至去想象别人的欢乐——他们不配拥有这种欢乐。我花了些时间整理思绪，开始写作。

"你正和家人高高兴兴地庆祝圣诞呢吧？你知道吗？我和两个儿子已经过了第三个没有迈克的圣诞节了。"

然后我开始发泄，我痛斥了他对迈克所做的事——不是因为没能救他，而是因为他在医治他时造成了那么多的伤害。"3 年前，你坚持进行第三轮化疗的时候，就已经知道成功率是 0.000000000%。直到后来我才震惊地发现，原来你在乎的只是给自己擦屁股，要是死者家属怪你没有竭尽所能，你就可以用这个数据来搪塞一切。"我本来是想让迈克以我们刚开始在一起的方式结束他最后的岁月，我本来是想让他坚强地死去。"我想要的只是癌症发作前的一个月不化疗——只是想和迈克高高兴兴地在一起待一个月。"我想让他觉得，他战胜了癌症，不是因为他活了下来，而是因为癌症从来没有影响过他的生活方式，但事实并非如此。"你毁了我和迈克在一起的珍贵时光。"我还是有点因为这件事生气。我可能永远都会这样，一提起这件事就生气。可是我想试试，让自己不再因为它而生气了。我狠狠地把笔按在纸上，告诉那位医生现在我说了算，一切尽在我的掌控之中。不是他，不是癌症，不是宇宙，是我自己。

"你欠我一个道歉，我还在等。"

我盯着这张纸看了很久，我已经把这口毒吐了出来。所有痛苦、所有伤害、所有遗憾、所有辛酸和愤怒，我都发泄在了那一页纸上。

这封信，我从来没有寄出过。

| 第二十章 |

最终汇报

　　2014 年的第一天，我和查尔斯在伦敦希思罗机场明亮的大厅里碰面。在此之前我从没想过那天半夜会痛哭流涕。我到得早，在那儿等他。我们在到达厅见到了，没有回头路可走。那晚，我们一起去吃饭。我就像刚开始恋爱的孩子似的问他："我们是男女朋友吗？"我需要弄清楚我们曾经是什么关系，将来会是什么关系。

　　"是。"查尔斯答道。

　　"你确定吗？"

　　"我确定。"

　　我们还是在酒店分开订了房间，因为——嗯，我也不知道为什么。习惯使然？心里紧张？还是说要显得矜持一点？虽说有时差的影响，但单就时差而言，我们也不会这么焦虑，这么迷糊。刚开启旅行的时候，我就发现查尔斯一直盯着我看。"你真的很漂亮。"他说着，对我的身材也赞不绝口。他说这话的口气，就好像他以前从未意识到这件事一样，好像我的好身材是个意外发现。我们坠入爱河的大部分时间是在二维空间里，直到现在他才确定我不是幽灵，而是一个实实在在的人。我们能触碰到对方，这感觉或许还挺不错。

我们一起开始了在伦敦的伟大旅程。查尔斯带我去了格林尼治皇家天文台，那里有本初子午线，将它一分为二。我们在时钟房里流连，观察计时方法的演变和星星运动的轨迹。我们两个站在一起，看着无数个"嘀嗒嘀嗒"的时钟，不知道我们的未来将如何开始，要从何处开始。

伦敦不愧是伦敦，1月的第一周：寒冷、潮湿、浓雾弥漫。查尔斯在我身边，就像是一团火焰。尽管身处这个伟大的世界级首都，我的眼睛却总黏在他一个人身上。但是，我们之间仍存在一种不确定性，一种因为不相信而催生的犹豫。

一天晚上，我们出去吃饭，又是一场不同寻常的经历——美食、美酒、美景——这一切交错在一起，就注定了终生难忘。饭后，查尔斯领着我在伦敦空荡荡的街道上散步。一路上，只有我们的靴子踩在鹅卵石上的声音。我们拐了个弯，走出迷雾。我到现在也不知道，我们是怎么站在白金汉宫前面的。

"你是我的公主。"查尔斯说道。

我们拥吻在一起。

等待是值得的。

乘飞机回家时，我们还没有计划过下一步该做什么。查尔斯打电话给我，留下了最甜蜜的语音留言，还有一件尴尬得可爱的事。"我们应该提上日程了，"他说，"咱们计划一下吧。我……嗯，我正在想……要是你想来多伦多的话。或者我去拜访你也行。"

这两件事都实现了。第一次，我去多伦多拜访他，见了他的父母。后来，我又邀请他来康科德坐坐。我想带他认识我的两个孩子，马克斯已经年满10岁，亚历克斯也8岁了。查尔斯知道我们是"一揽子交易"，他想给他们留下个好印象。我现在还留有那晚他和孩子们在一起的照片，至今我仍然可以在照片的每个像素中感受到那次见面的重量，还有对下次碰面的期待和渴望，连亚历克斯都能感觉到。他抽出一本巨大的 M. C. 埃舍尔（M. C. Escher）插图的书，他觉得查尔斯应该会喜欢这类书，然后坐在他旁边，把书打开，搭在他们腿上。

我攒了一大堆航空里程，在波士顿港酒店订了一晚，打算 2 月见面。那天杰西卡在家照顾孩子，我们俩要在波士顿共度相当奢华的一夜。那天我们在外面吃晚饭时，查尔斯开始谈未来，但他说话的方式实在让我迷惑不已。他的盘算似乎是作长期打算，十分具体，就像我谈论未来太空探索阶段一样：这个，然后这个，接着这个。他谈到等哪年夏天我可以带着孩子们怎样去蒂尼，住在他的小屋里，围着火炉烤着热狗。或许他还可以带他们看海湾上空的绿光。他已经为我们做了其他计划，秋天、接下来的冬天、还没到来的春天和那之后的下一个春天。

"查尔斯，我们才刚刚开始约会啊，一般人不会这样说话的。这也太快了，话说得太早了。"

查尔斯低头看着桌子，我怕自己说话招他烦了。我总是这样，口不择言，让别人听了不高兴。明明人家是在鼓起勇气做他所做过最勇敢的事情。

他抬起头。"这个问题我想了很久，"他说，"萨拉，你愿意嫁给我吗？"

查尔斯就是这么说的。没有前言，没有注释，没有尾注，没有他常说的笑话，没有犹豫。他直截了当，思路清晰，态度坚定，他已经没有时间再去浪费了。

我也没拐弯抹角。

"我愿意。"

第二天，我回到家，告诉马克斯和亚历克斯这个惊天好消息，我中了头彩了。"查尔斯昨晚向我求婚了，我说我愿意！"从我嘴里说出这句话听上去怪怪的。可对我来说，这听起来简直好得令人难以置信。谁知亚历克斯却不这样想。"你说什么？"他反问道。说这话时，他带着一种大吃一惊的愤怒，就好像我跟他说了一件他不愿相信的事一样。"你应该先和我们商量一下！"我在跟他们交代迈克去世的事情时非常小心，提前决定好了他们需要知道什么、什么时候告诉他们、什么事情不必跟他们说。而现在，我觉得自己仿佛在一瞬间的放纵中破坏了这些微妙的东西。那是我第一次因为爱情而粗心大意，而没有小心翼翼。

第二天晚上，我很晚才下班回家。那晚维罗妮卡帮我照顾他们，我上楼去看他们，听见亚历克斯在床上呜咽。他和已经沉入梦乡的马克斯同住一个房间，亚历克斯即使很悲伤，仍然表现得很体贴，他努力压制着自己发出的声音，可这只会让我更加心碎。

我坐在他的床上小声问他："怎么了，亲爱的？"

"我的整个人生都将改变，"亚历克斯说，"我不希望它改变，我喜欢我现在的生活。"他一直在像成年人一样审时度势，他担心我们无法再和寡妇俱乐部的成员做朋友了；担心我们不能再去旅行了；担心杰西卡、玛丽、弗拉达，还有我们小团伙里的其他人不再愿意跟我们一起生活、一起出游了。这些朋友填补了我们原本的空白，查尔斯的加入就意味着这样的空间没有了。

我告诉亚历克斯，我们的生活会改变，但不会很快，也不会变坏。不但他爱的人一个都没走，还会迎来一些他将会爱上的人。生活很美好，和查尔斯一起生活会更好。

我也不确定我所说的一切都会发生，我觉得自己犯了个大错误。万一两个孩子没有在查尔斯身上看到我在他身上看到的东西，我就会陷入一种无可救药的境地。我没有办法在他们之间做出选择，我只能希望一切都能自我纠正，就像行星会连成一线。这就是我的信念：相信查尔斯，相信我的孩子，相信他们每个人都有爱与被爱的能力。

"未来会好的。"我说。

那年 4 月，我们发表了关于遮星板项目的中期报告。我们做得很好，遮星板项目不再是纸上谈兵——甚至一些此前最严厉的怀疑论者现在也都相信了。NASA 裁决委员在早期的会议上曾对此直接挂脸表达不适。但现在他们看到我时，脸上都露出了笑容。如今，我再不是疯狂的鼓吹者，我是来自神奇未来的大使。

　　我们还有很长的路要走。之前 6 次被迫的旅行中，有几次是为了研究完美机器中的科学技术。喷气推进实验室的工程师提出了我们的最终设计方案：一朵圆心约有 12 米宽的花，花瓣从底部到顶端有 7 米长。遮星板项目的硬件精度需要达到公差以微米为单位，这意味着，很大一部分的问题在于我们的物理构造。我觉得团队应该可以应付得了，铝和复合材料制成的花瓣模型已经制作完成，看起来效果不错。看着它们像从花蕾中释放出来一般，我十分兴奋。这样特别的产物，触手可及。我们把它们折起来，再展开，最后决定添加一个机械垫片系统，从而在脆弱和强度之间找到完美的平衡。只要遮星板进入太空，我们就有机会把事情做好。光靠祈祷是不行的，我们需要认清事实。

　　目前仍然存在一些问题，其中之一就是太阳的亮度。它的光也会照在遮星板上，从某些角度上看，我们所说的"日光反射"会从花瓣边缘反射回来，干扰呈现的图像。另一个巨大的设计挑战——或许也是最大的挑战——是要弄清楚如何用与它有一定距离的太空望远镜保持遮星板飞行的阵列。望远镜会在数万公里以外的轨道上绕转运行，但需要以数学精度排列，我们的遮星板将在望远镜和目标恒星之间滑动，它还得能移动，能跳芭蕾。我们已经减少了我们可以研究的恒星系统的数量，在恒星生命周期（或者说是我的生命周期）内可能会减少到 24 个。因为移动需要燃料，而燃料意味着物质。但是，遮星板项目还是需要人类历史上最复杂的舞蹈编排。

我喜欢我们成功的概率。尽管我们最初有摩擦，但委员会发现了一种不可否认的化学反应和有目的的节奏感。我几乎可以看到，我们彼此之间紧密相连。

我在家里的生活，靠着它自己的一套方式，变得越来越完整。查尔斯每隔一个周末就会到康科德一次。我们能很迅速地了解我们想从对方那里得到什么，但我们还是故意放慢了节奏，让一切顺理成章。回想起来，那几周、几个月的探索让我有了新的想法——第一次接触外星人之后，我们会如何靠近他们。我们第一次把宇航员送上月球时很谨慎，而他们回到地球时，我们把他们隔离起来，放在海洋中央一艘船的甲板上，防止有什么不祥的东西掉在地上。在我们找到宇宙中存在另一种生命的证据后，我想我们会花时间来决定这是不是人类想要了解的生命。

我和查尔斯就是这样。我们知道彼此相爱，我们之间的关系显而易见。但我们在结束你追我赶的时候却很小心。最重要的是，我想知道马克斯和亚历克斯是否跟我一样幸福快乐。

我由内而外地感到开心。查尔斯聪明，好奇，风趣。即使在我紧张和劳累的时候，他总能找到办法逗我笑。他对我的工作表示支持，从来没有打扰过我。他没有问过我任何以"为什么"开头的问题。他知道我为什么关心星星，知道我的爱可能意味着什么。他知道用望远镜看东西的感觉，知道物体大小，知道知识和神秘。他知道我们有多么需要彼此的爱。他从不问问题，因为他知道我有时也不知道所有答案。他知道宇宙是无限的。

查尔斯的实践能力对此也很有助益，他心灵手巧，熟悉工具。他能在一个小时之内就把我多年来一直列在待办事项清单上的工作划掉，他能在我苦苦挣扎的厨房里做出美味佳肴。"我想让你成为多元宇宙中最幸福、最快乐的女人。"他告诉我。而我也想让他试试，我花了好长一段时间才接受或许他能做到这个事实。一开始，我也想过，洛奇王牌硬件公司的员工会不会想念我。我很享受自力更生的幸福感，把一份小工作完成得不错，也会带来满足感。我不一定喜欢做家务，但我喜欢工作给我的感觉。我想，我在工作中找到了一种安全感：我能承受住任何事情；我可以独立生存。但每当查尔斯面带笑容地把晚餐放在我面前，看着我微笑；每当我回到家，看到冰箱里的霜都已铲除，或烟雾报警器的电池都已更换，我便学会了去接受查尔斯想给我的东西。他想给我一种不同的平静，不止一种方法可以让你感受到，这是一个完美的家庭。

马克斯和亚历克斯最终和我一样深深地爱上了查尔斯。他们看到我和他在一起是多么快乐。也就是说，查尔斯在身边时，他们也很开心。查尔斯和我们一起过了两三个周末后，亚历克斯把我拉到一边，问："查尔斯什么时候能搬进来？"在那之后不久，亚历克斯又问我他是做什么的，我告诉了亚历克斯他的家族企业。亚历克斯事无巨细，一一记了下来。显然，孩子们有时会在学校谈起自己的父母，亚历克斯讨厌别人问到关于父亲的问题时只能沉默以对。到了那年春天，亚历克斯忍不住追问："你和查尔斯什么时候能结婚？"他的生日派对马上就要到了。他想向大家介绍，查尔斯是他的父亲。

无论是在家，还是在外地，我都做着两份差不多一样的工作，每一份都有最后期限紧紧地追在后面：我要用一堆不太可能在一起的零件组装一个优雅的机器。我知道所有人的需求——我的同事、我的家人。现在，我必须要找到一个最佳的解决方案来满足他们。这两大任务的核心不太可能相互统一。唯一不同的是，其中一个会一起熄灭光源，而另一个则会让火光传递下去。

那年 12 月，喷气推进实验室给我做了一张奇异的星际旅行的海报。我觉得很神奇。后来，他们又做了一个完整的系列。它们看起来很古老，就像已经消失的航空公司和火车序列穿越了"神秘的东方"。但既然我们已经定了不同的目标，它们的目的地一定是完全朝前看的。这些海报很受欢迎，实验室公开了下载链接，结果很快就因需求超量而网络瘫痪了。

有些海报宣传了我们要造访太阳系内的行星。有一颗是金星，有一座飘在无尽云层之上的天文台，还有一颗是木星，在那里可以乘坐热气球接近强大的极光。一颗是谷神星，小行星带的女王，也是抵达木星之前的最后一站；另一颗是木卫二，那里可能有生命在冰下等待我们光临。（我们可能再也看不到更远的卫星了，但如果你把卫星也当作可能的家园，那么其他生命存在的可能性就更大了。）重要的是，我想，还有一张地球的海报，上面有两名宇航员坐在一根圆木上，眺望着湖泊、山川和树木，想象一个外星人第一次看到地球的样子。

但我最喜欢的海报是系外行星旅游局。我们初步了解系外世界时，他们就是那群对此大肆宣扬的人。有一个是为开普勒 –16b 及其神奇的孪生太阳准备的。"在那里，你的影子总会有一个同伴。"一个未来的探险者站在重重岩石之间，长长的影子在身后延伸。有一处是为开普勒 –186f 设计的，白色的尖桩篱笆横跨一片红色的景致，"对面的草总是更红。"Trappist-1e 是七颗岩石状系外行星之一，它就像是一个跳板，一个星际中转站。HD 40307 则是高空跳伞者在超级地球的引力下碰碰运气的地方。甚至还有一张 PSO J318.5–22 的海报，这颗流浪行星被困在永恒的午夜，接受铁水风暴的肆虐。在海报上，它的形象是一对迷人的夫妇，穿着节日盛装，手挽着手摆着姿势，他们来到了一个"夜生活永不结束"的地方。

我把系外行星的海报打印出来，裱在相框里，挂在我办公室外面的大厅里。我喜欢每天上下班走过路过时都看一眼。我今天就是这样做的。看着他们，我看到了我和查尔斯的影子。

————— ◆ —————

一个周三的下午，克莉丝来麻省理工学院看我。我们做了她来访时我们通常会做的事情：谈论孩子、工作和暑假计划，我试穿了一件又一件时装。有时我也会买一两件，她总是提醒我，我身着黑衣太久了，那些登山靴也该烧掉了。我抗议说，黑色可以搭配所有衣服，而且我也几乎不再穿登山靴了。我现在只要一想到穿上登山靴，仿佛就能听到她苦口婆心的规劝。

后来，她走回面包车旁——顺便说一下，车是黑色的——她抓住我的胳膊，用较之平常更严肃的眼神看着我。

"重获新爱，是否意味着痛苦已经随风而散？"她问道。

我不知道该如何用言语来回答她，我摇了摇头。

当晚，我又做了一个关于迈克的梦：这是在他离开很长一段时间后，又重新出现在我的生活中。这一次，他处于昏迷状态。现在的不同之处是我找到了查尔斯。我告诉迈克，我和我爱的男人订婚了。迈克告诉我，他能理解——他很冷静，甚至很理性——但我必须和查尔斯结束这一切，我们必须回到原本的生活中。

我惊醒了。我意识到，在和查尔斯结婚之前，我必须先和迈克道别，让那扇门"砰"地关上。我有时会强迫自己想象，想象迈克回到了我身边，就像那个梦里他出现的样子，然后我会做我必须要做的事：我要告诉迈克，我选择了查尔斯。在我构想的场景里，我不得不一次又一次地与迈克分手。当我在火车上盯着窗外时，我和他分手；当我坐在办公室里，我和他分手；当我是深夜里最后一个还没睡的人，我和他分手。每次我都说着一句同样的话："迈克，我选择查尔斯。"

我把想象中的对话藏匿心田，我甚至没有把这件事告诉寡妇团。因为我知道，这里有些人会强烈反对我的做法。她们有些人相信，不管有没有新人出现，你都会和死去的丈夫永远保持婚姻关系。但我知道，在我放下对迈克的忠贞之前，我无法对查尔斯做出承诺。当你爱的人死了，你并没有抛弃他，而是他离开了你。你的爱深陷其中，在世界交织的转换中迷失自我：不断地把自己的心交给那些不能接纳它的人，却要让能接受它的人付出昂贵的代价。

几个月后，我又做了一个关于迈克的梦。他出现在我梦中的次数越来越少。这次他坐在轮椅上，腰部以下瘫痪。他经历了一场事故，多年之后才康复，不过他看起来不错。他的头发又变红了，不像化疗的时候都变灰白。我在看到他之前就好像听到他在屋子里找什么工具，一阵"噼里啪啦"的声音。但我看到他的时候，他似乎有些心不在焉，他有什么事瞒着我。

然后我看到了"她"。一个新的女人，比他年轻，有一头和他一样的红发。她很漂亮，但也不是漂亮得不可方物。她帮他设计了一个新装置，让他可以继续使用皮艇。这个我很赞成：在船上用不着腿。在清醒的现实生活中，我一直试着慢慢摆脱我们的船。我把我私人的"快如匕首"和我们家的"育空快艇"捐赠给了麻省理工学院的户外俱乐部（MIT Outing Club）。我想把它们放在触手可及的地方，以防我再次有划桨的冲动。剩下的大部分人都离开了。但在梦里，我明白了为什么迈克还想待在水上。只有在船上，迈克才能是他一直以来的样子。我感到了一丝惊讶——哦，原来如此，你已经向前看了——但最主要的是，我为他感到高兴。没有人受伤，再也没有人形单影只了。

我醒了。这就是它——最后一个梦。从此，我再也没梦见过迈克。

2014 年夏天，寡妇俱乐部庆祝了最后一个父亲节。克莉丝在列克星敦大酒店招待了我们。人没来全，孩子几乎都没来。马克斯和另一个男孩子联合起来欺负亚历克斯，把亚历克斯欺负哭了。我领着查尔斯去见大家，但我俩都赶时间，一会儿要直接去机场回多伦多，一切都很紧张。那次父亲节喻示着我最后一次参与寡妇团的正式聚会。以后若是再见她们，可能就是偶然事件了，可能会是在公园，或是在杂货店。不久前的一个月，我撞见了所有寡妇团成员，除了其中一个，一股电流意外地连通了长久休眠的电路。看到她们的时候，我总是很高兴，但我们的偶遇也总会伴随一些伤感。她们觉得自己应该更有目的性。

梅丽莎是唯一一个我常常碰见的寡妇，几乎每周都会碰面。她仍然是我最好的朋友，尽管我知道她还有其他最好的朋友。我也碰见过克莉丝，但次数不多。我在去波士顿的火车上遇到了梅丽莎，我们早上一起遛狗，偶尔也会一起修修指甲。她给我讲她的生活，我追问她最近交往的对象的细节，给她讲我最近研究的行星。她仍然会为我解决问题，但问题比以前小多了。和她在一起的时候，我总是面带微笑。

其余的人都已疏远，我猜是因为我们的生活变得比以前更丰富多彩了。我们的生活都已步入正轨，只是类型各不相同。时间让我们的差异之处更加显现，而相似之处却变得不那么明显。我们都在忙着做事，那些还没成为寡妇之前就在做的事。梅丽莎回到富达（Fidelity），那是她在波士顿金融区的工作；克莉丝创办了一家生意兴隆的室内装饰公司。有时，有人会尽力安排一顿晚餐。有时，我也会提出邀约。可能会来几个人，但寡妇俱乐部的全体成员似乎再也没有聚齐过。假如上次我们在一个房间里，你把我拉到一边告诉我，这将是我们在一起度过最后的几个小时。我可能会以为有什么可怕的事情要发生了：我们之中有谁要死了？但其实结局并非如此。没有创伤，没有灾难。只是我们的通话少了些，发的邮件少了些。再也没有人带植物来了，我们养的植物都够多了。有些找到了新对象，有些人没有，还有些人从未尝试过去找。一点一点地，大家就这样疏远了。最初，我们的相聚源于我们伴侣的离世；后来，我们各自的胜利似乎不尽相同。

有一天，查尔斯跟我建议，或者说是一个要求，他不喜欢我还把康科德的寡妇称作"寡妇"。

"你应该称呼她们为朋友。"他说。这就是我对那些帮助过我的人的称呼。我称我的学生为朋友，我称我的助手为朋友。用生存术语来说，这就是我康复的证据。这也是一个准确性的问题。但我仍然认为我和我的朋友是寡妇。

也许有一天，那些寡妇——我的朋友们——会重新团聚。我知道在我的内心，她们仍然在那里等着我，我也永远会在这里等着她们。一开始，我想知道她们是否像我生命中大多数其他的关系一样：功利和交易，意味着终结。寡妇们在那里帮我分担我的悲伤和痛苦；我的博士后和学生，像布莱斯、弗拉达和玛丽，都在那里给我希望；杰西卡、维罗妮卡、戴安娜、克莉丝汀——我找她们来减轻我的负担。她们一开始就是这样的，每个人都有特定的目的。但她们对我而言更重要，就像我对她们也更重要一样。我们之间的需求关系变少了，而想要的关系变多了：我想花时间和她们在一起，我想帮助她们，我想听她们倾诉。如果说寡妇也是一种工具的话，那她们比我想象中要更美丽、更精确，是一堆闪闪发光的六分仪和罗盘，不仅帮助我度过了迈克离世的时光，还帮助我度过了余生。很多方面，我们都已离开了彼此。但有时我仍然会看着她们，在我的脑海中原地等着她们，我想着那种美好的感觉——伴在我身边的是她们散发温暖的光芒，落在我掌心的是她们恰到好处的重量。

2015 年 3 月，我们发布了关于遮星板项目的最终汇报。这是一套 192 页的图表、电子表格和插图，可以归结为一句话：我们已经知道该如何构建它了。我们已经一起解决了或已经计划好解决每一个路障。在我们团队的努力下，它已经成了 NASA 的官方技术项目。也就是说，这成了一项真正的投资。它可能真的会实现，最终的方案是一朵中心巨大、花瓣多达 28 片的花：与其说是向日葵，不如说是孩子画的太阳。我确信，这是我们拍摄系外行星的最佳方式。并不是所有的系外行星都围绕着剧烈活动的红矮星运行，有可能是另一个地球，另一个太阳。我认为这是宇宙中最美丽的飞行器。

这个遮星板项目有助于太空望远镜看到不同的现象，它不同于哈勃望远镜和开普勒望远镜。想想它们让我们看到了什么。如今，现在，如果我们愿意，我们还可以做得更多。我最喜欢的一个例子是报告最后的一个戏剧性的前后对比，它展示了遮星板对太空望远镜视野的影响。遮星板启动之前，一束强大的恒星光线把望远镜晃瞎了。遮星板启动后，创造了近乎完美的黑暗环境。仿佛恒星是一团吞噬一切的火焰，而我们已经学会了如何熄灭它，就像熄灭蜡烛一样。

目前来说，我们的预算至少有 6.3 亿美元，远远低于 10 亿美元的预算。这个预算的前提是，我们让遮星板与已在报告书中指出的太空望远镜相遇——可能是个大视场红外巡天望远镜，计划在 21 世纪 20 年代中期发射。我们知道，我们仍然需要很多钱。6.3 亿美元可以买到很多东西，美国空军计划用 100 架新型 B-21 取代目前的隐形轰炸机。2017 年，国会预算办公室估计该计划的成本为 970 亿美元。换句话说，我们可以少造一架 B-21，然后用剩下的几亿美元来建造遮星板项目。作为一个国家，作为一个物种，我们只需要决定，我们想要什么样的未来。什么对我们重要，什么不重要？我们想要实现什么？我们希望别人该如何记住我们？

我们的报告在语言上必须严谨，具有学术性。我们写道："Exo-S 任务研究有力地证明：利用已证实有效的技术，执行低风险、低成本、价值 10 亿美元的'探针级'任务，能够实现具有突破性的系外行星科学研究。Exo-S 将向直接揭示附近恒星的行星系迈出的重要一步，如果能幸运地找到一颗和地球一样大小的行星……我们真诚地希望，这项研究结果有望证明它的确有助于设计未来的成像任务，用于研究可居住的系外行星。"

但现实生活中，我没有那么严谨，这是我经历了这段悲伤岁月所落下的后遗症。完成对遮星板项目的研究后，我回归 TESS 团队，这是麻省理工学院正在开发的大视场巡天望远镜。那些在迈克死后似乎难以忍受的事情，到现在又似乎相对容易了，至少与遮星板项目里的众多挑战相比如是。两者的区别在于，TESS 是实实在在的存在，它将于 2018 年 4 月发射。（从 2017 年到 2020 年，我担任该中心的科学团队副主任。）看着它在实验室里成形，我更强烈地想要制造出这种遮星板。为什么一种可能，而另一种不可能呢？为什么不能把它变成现实呢？

我借用小型遮星板在沙漠中进行测试，还有一个全尺寸的花瓣模型。这两个东西可以装在一对黑色旅行箱里。如今那些黑箱子已破旧不堪，就像我当初为了做遮星板而砸开的那些门一样。我把这些模型带到教室、机场和演讲厅，我尽量向人们展示，我们如何能比想象中更全面地探索宇宙。我们可以证明，我们并不孤单。孩子们总能听懂我想说的话，而成年人有时则不然。大人有太多理由不相信这一切，这就是为什么他们总是说"不"。孩子们则对我们更有信心，这就是为什么他们总是说"是"。

发表完最终汇报的几周后，我和查尔斯结婚了。我们去领结婚证的时候，看见镇上的牧师，问她是否可以为我们证婚。她说可以，但婚礼必须在下班后，在办公室外举行。她告诉我们街对面有个公园。我们出去看了看，那里很完美，有一座小桥架在蜿蜒流过康科德的小溪上。我和查尔斯走过那座桥，开始了新生活。

当然了，是梅丽莎帮我挑选了我的婚纱，她还帮我雇了她朋友吉吉来帮我拍照。吉吉就是为切尔西·克林顿婚礼摄影、帮寡妇俱乐部网络约会拍摄头像的摄影师。我想要一些可以握在手中的物品好证明我们相爱。我们结婚的那天，天气很冷，但很晴朗。那是一个美好的春日，一个世界似乎充满了生机的春日。我化了妆，穿上裙子，然后去了公园。那里只有牧师、吉吉、查尔斯和我，这就是我们想要的。我们彼此许下简单的誓言，真诚地表达我们的爱和承诺，有时停下来笑一笑，有时哭一哭。我愿意相信我和查尔斯互相拯救了对方。在仪式上，我的大脑不停地问自己同样的问题。"这个概率究竟有多大？我是怎么找到查尔斯的？他又是怎么找到我的？"我觉得自己就是世界上最幸运的人。我现在仍然这么觉得，感觉在受了这么久的诅咒之后，能感觉到祝福就已经足够了。

仪式结束后，梅丽莎跟我们在几个街区外的一家餐馆见面，马克斯和亚历克斯也加入了我们。维罗妮卡也来了。梅丽莎用香槟为我们祝酒。她告诉我们，真爱难寻，没准去另一个地球就容易了。我知道我有多么幸运，多年以前在山上遇见她。

孩子们开始向查尔斯大献殷勤，说他穿西装是多么英俊。我穿着漂亮的白纱裙，化着精致的妆容，可他们根本没注意到我。我的意思是，查尔斯看起来很精神——但是，嘿，新娘脸红了哦！

很快，亚历克斯问了那个困扰了他一年的问题："我们现在可以叫你爸爸了吗？"房间里的大人都觉得答案如鲠在喉，梅丽莎哭了。

"可以，"查尔斯终于开口道，"当然可以。"

然后，亚历克斯问他自己是否可以来点香槟，查尔斯给他倒了一点。

"我的头有点晕晕乎乎的。"亚历克斯说。

"查尔斯！"我说，"你当爸爸的第一天，就把孩子灌醉了。"

亚历克斯看到杯中酒的时候就已经上头了，喝完香槟和根汁汽水后，他问能不能再来一份。

"当然。"查尔斯说。

"你看那个卖冰激凌的地方——"

这就是我介入的时候了。"该回家了吧，宝贝们。"

我和查尔斯在康科德市中心的旅馆里度过了作为夫妻的第一夜。第二天我们醒来，去市政厅领取结婚证。我们拿着它一起走回家，这是幸福生活的另一种证明。

———— ◆ ◆ ————

不久之后，我们又提交了更多文件，这次是为查尔斯收养马克斯和亚历克斯提供材料。我们想让他成为正式的父亲。弗雷娅，那个我为了理发而找到的律师，为我们准备了申请。作为寡妇和律师，她有双重价值，她逃不掉的，我永远不会让她走的。

我们还不得不出现在剑桥市的家庭法庭上。马克斯和亚历克斯穿着他们的第一套制服——虽然有点不合身，但这两个年轻人又如此英俊。查尔斯长得很帅气，年纪稍长。即使是在冬天，他也保持着他的小麦肤色，我喜欢他素素白衣，衣领衬着他的下颌线。天气预报说那天会有一场大风暴，雪一直积到窗台上。我们不想冒此风险错过一早的预约，所以我们在城里的一家旅馆住了一晚。我们醒来时，一场美丽的轻雪很快烟消云散，留给我们明亮的冬日天空。那场暴风雨没有来。

弗雷娅和她的助理律师在法庭上见过我们，法官、法警是我们重要时刻的唯一见证者。家庭法庭常常让人很难堪，因为大多数家庭去那里都是因为他们的生活分崩离析，而且还是以一种需要陌生人帮助解决分歧的方式分崩离析。大厅里充斥着悲伤，法官以严厉著称，但我想，她看到我们时应该松了一口气，因为我们站在她面前是为了能走到一起。

法官宣读了我们的收养声明，先是马克斯，然后是亚历克斯。她让他们每个人都用力敲打木槌，以使对方的收养正式生效。现在查尔斯真的当爸爸了，孩子们又有了爸爸，我简直不敢相信。有那么多黑夜和不眠之夜，我从来没有想象过这样的场景，至少我没有身在其中。多年来，我一直在与最具挑战性的数学概率做斗争，而现在，它就在我面前，我亲自解决，让我们又成了四口之家。

我们整个家庭一起走下法院的台阶，我们退了房，上了车。查尔斯问孩子们是否系好安全带了。"是的，爸爸。"听到回答后，他发动引擎，把车轱辘转向家的方向。冬天的太阳依然高高悬挂，光芒四射，万里无云。世界上没有阴影。

我们问过孩子们，是想和朋友们开个大派对庆祝一下，还是想在家里安静地聚一聚，就我们四个人，围坐在四把椅子上，吃着蛋糕。

他们选择了后者，吃蛋糕。

————————————— ◆ —————————————

查尔斯刚搬进来时，他选择缓缓融入这个家庭，默默地表明自己的存在，想在一个不太像他家的房子里找到更多家的感觉。我挂在前厅天花板上的电线缠在一起，晃来晃去，真让他心烦。那团电线难看得要命，还可能很危险。他问我为什么不亮灯，我给他讲了关于灯的故事，男孩之间的决斗和我多么担心孩子会受伤，怕看到破碎的灯泡，告诉他我是如何倾尽全力解决了灯的问题。与此同时，我觉得自己既伟大又渺小。从那以后，天花板上就一直有个洞，我不知道该怎么填补它。

查尔斯总是善于接受我的暗示。有一天，趁着我上班，他抓住了机会：他拿出梯子，凿出石膏，装上一个合适的接线盒，把电线穿过接线盒，然后装上一个新的固定装置。这一次是一个跟天花板等高的安装工程，太高了，连孩子都够不着。

那天晚上我回家时，查尔斯让灯一直亮着，我们的前厅充斥着橘色的灯光，溢出了窗户，落在门前的台阶上，走在路上就能感受到它的温暖。我在外面站了很久，透过窗户往里看，然后走上台阶，打开门，听到孩子们欢快的声音，闻到晚餐的香气。

有时候，黑暗让人看清一切。而有时候，光不可或缺。

| 第二十一章 |

永恒探索

2017 年 8 月，经过多年的奋斗和努力，承载着无数希望，SpaceX 准备将"猎鹰 9 号"火箭从佛罗里达海岸发射升空。火箭没有机组人员，但搭载了阿斯忒瑞亚卫星的原型。

这是一段艰难的旅程。相机记录了一切，从我最初的构想到我们的"设计与建造"课程，从图纸和原型到新墨西哥州的旧导弹基地，再到飞机座位下方——玛丽·克纳普一路护送着它们。再之后我们麻省理工学院的经费不够了，本来最喜欢这项技术的德雷珀实验室也改了方向。好在喷气推进实验室一直对立方体卫星（尤其是阿斯忒瑞亚卫星）所能创造的可能性十分关注，于是他们从麻省理工学院和德雷珀停止的地方拾起了工作。三名麻省理工学院的毕业生，开始在该项目中发挥主导作用。他们认真对待这项工作，亲眼见证了工作的重要性。这些学生的热情态度和专业知识成就了阿斯忒瑞亚卫星——经过精准的建造和精心的布置，终于在美丽的夏末，它躺在了发射台上。火箭将切入太空，与国际空间站会合，那里的宇航员将在晚秋释放小卫星。这一切的起点只是我梦中传来的一句窃窃私语，如今竟即将奔赴太空：我无法相信，我们即将结束路漫漫其修远兮的测算工作。我上一次看火箭发射还是在开普勒卫星进入太空的时候呢。自那以后，我们发现了许多新世界。

我和查尔斯原本计划参加阿斯忒瑞亚卫星发布会，但这场发布会推迟了几天，刚好让我们可以带着孩子去旅行。发射当天，我转乘火车来到剑桥市，步行到格林大楼，乘电梯到我所在的楼层。经过走廊墙壁上贴着的一幅幅开启遥远世界之旅的海报，我走进办公室，关上了门。我一个人静静地坐着，打开笔记本电脑，调出在线视频流。此次发布对很多人来说意义重大，原因很多。全世界的目光，都注视着那枚仍在发射台上等待发射的火箭。

我拉开了窗帘，不时从屏幕上佛罗里达州万里无云的天空镜头上抬起头，看向窗外波士顿市中心水晶般透明的夜色。所见之处尽是晴朗夜空，发射时间定于凌晨 0 点 31 分。

我花了大约 30 分钟安静地写了封电子邮件，向阿斯忒瑞亚卫星团队的其他成员表达我的感谢。最后一秒，我决定不发送出去。我知道迷信不科学，我也明白棒球运动员是否穿着幸运衫对宇宙来说也无关紧要——他能否击中球，主要取决于他和投手本身。但火箭是精密仪器，脾气暴躁得很。当初俄罗斯人将火箭从哈萨克斯坦的草原上发射入轨之前，他们召唤了一名东正教的牧师，向助推器和他的胡须与斗篷上泼洒圣水，结果圣水在风中飘散了。我不会那么走火入魔，但在我们安全抵达失重之境之前，我是不会把电子邮件发出去的。

看着倒计时开始计时，我紧张不已，这让我自己都感到十分惊讶。最后，倒计时数到零，我都快贴在屏幕上了，要是有人看见，肯定以为我想从屏幕爬进去。从某种程度上讲，没错，我是想这样。

引擎被一团巨大的纯火球点燃，发射塔倒塌，火箭开始慢慢脱离发射台。火箭在发射的最初几秒钟内几乎可以说是慢得惊人，与其说像火箭，倒不如说更像是一艘装满集装箱的船要从港口驶出。但几秒钟后，那枚

"猎鹰 9 号"真的开始动了。它直接飞了起来，上升轨迹开始有点弯曲，把它闪亮的前端推向了未来的轨道。机载摄像机记录了它的拱形飞行轨迹，几乎在几秒钟内，火箭周围的天空从蓝色变为紫色，再变成黑色，火箭已经进入了太空。助推器分离，剩下的箭体继续爬升到最深的夜空，蓝色的地球在它身后闪闪发光，而它前方则是无可救药的黑暗。空间站以每小时 27358.8 千米的速度在轨道上自顾自地奔跑，火箭需要一段时间才能赶上它。不过，我们的火箭和卫星都在前进的路上。

我想着，每件无畏的事情都一定会从某个地方开始。

但并非所有无畏的事情都必须有个结果。

2016 年底，我和查尔斯结婚后，还没发射卫星时，《纽约时报》杂志就先刊登了我的长篇介绍。这种关注让我受宠若惊，但我对此又有点担心，我仍然很难敞开心扉。认识的人在故事刊载后跟我交谈，说我竟然分享了这么多自己的生活，着实令人惊讶。"这些都是个人私事，萨拉。"一位同事说。他说得没错，这些确实很私人。有位好朋友还生了气："执笔作者太过分了。"我还以为我所有秘密都暴露了呢。

不过，我也从那个故事中学到了一些关于自己的东西。鲍勃·威廉姆斯看到这篇文章后，给我发了电子邮件。他的妻子正是一位经验丰富的自闭症专家，读懂了故事的字里行间。她从远处就能分辨出一个人是不是自闭症患者，比如观察他们走路的方式，摆手的样子。这种人常常独自待着。要是近距离看，这些迹象就变得更加明显了，仿佛他们眼中写满了"自闭症"三个字。从声音也能分辨——声音单调。自闭症患者痴迷于观察机器和事物的运作方式，仿佛他们的关注点永远都不会无法动摇。

"她觉得你有自闭症，"鲍勃写道，"我从来没有遇到过像你一样这么能集中注意力的人。"我告诉他，他妻子错了，我不可能有自闭症的。我都这么大年纪了，还不知道自己是怎么回事吗？从小大家就都说我是个古怪的小孩，长大了也是个奇怪的成年人。来来回回，循环往复，最后我终于去看了一位专门诊断精神疾病的医生，她证实了鲍勃和他妻子的已知事实，我才第一次看清了自己。

我无法解释这个诊断背后的真相，只是感觉一切尘埃落定，仿佛自己被什么东西击中了，犹如物理冲击一般。我生命中的大部分时间突然说得通了，我想起了自己孤独的童年，想起了自己对广阔空间及其无尽奥秘的渴望，想起我孤独地追求着和别人的联系，想起我试图跟人交谈时对方看我的眼神。我想到了我对逻辑、对星星的热爱，想到我坚决不相信人类是宇宙中孤独的存在，别无伴侣。

是啊，说得通了。

有时我们觉得我们知道自己会找到什么，知道我们会在哪里找到它，但实际上我们不知道。有时，就像阿斯忒瑞亚卫星和另一个地球一样，我们知道我们想要找到什么，而且我们相信自己的方法没错，但我们还是不知道自己到底能不能找到它。有时，就像我和查尔斯一样，我们会找到这世上我们最想要的，但我们可能永远不明白，我们如何找寻，又为何如此。

有时，如果我们足够幸运，我们能够发现一些甚至自己都不知道会需要的东西，这样的机会或许一生只有一两次。

我开始怀疑这是否是最好的科学：意外和必不可少的启示、偶然的必然性。这难道不是最刺激的探索方式吗？这种满足感比开放性问题更甚，比没有答案的问题更深刻。没有什么比回答一个我们从未想过要问的问题堪称更大的突破了。

宇宙中还有其他生命吗？我一直觉得这是自己需要回答的问题。或许我从一开始就错了。或许试图看到宇宙中最小的光，并不关乎我们会在那里遇到谁。或许外星人的真实面貌和生活模式都不重要，或许我们的搜索目标本就不该关于他们，或许向来不是如此。

我相信宇宙中还有其他生命吗？

是的，我相信。

但更好的问题是：我们搜寻其他生命，这能说明什么问题？说明我们很好奇，说明我们充满希望，说明我们有能力创造奇迹，创造美妙的事物。

每台望远镜的中心都有一面镜子，我记得这并非偶然。如果我们想找到另一个地球，那就意味着我们想找到另一个我们，我们认为自己值得被了解。我们想成为别人天空中的一盏明灯，只要我们继续寻找彼此，我们就永远都不会孤单。

致谢

直到克里斯·琼斯在《纽约时报》杂志上细致用心地写下关于我的故事,我的一生才首次公布于众。感谢克里斯对本书的帮助。

我和克里斯犹如宇宙中遥远的两颗星星,在制片公司 6th & Idaho 的马特·里夫斯(Matt Reeves)、拉菲·克罗恩(Rafi Crohn)、亚当·卡桑(Adam Kassan)的牵线下才认识,这其中的弯弯绕绕我都说不清楚。创新艺人经纪公司(Creative Artists Agency,CAA)的莫利·格利克(Mollie Glick)也为我在这个新宇宙环境提供了导航式的重要帮助。感谢他们十分善良地施以援手。

感谢皇冠公司(Crown)的蕾切尔·克莱曼(Rachel Klayman)看到了拙作的潜力;感谢吉利安·布雷克(Gillian Blake)、梅格汉·豪斯(Meghan Houser)和劳伦斯·克劳萨(Lawrence Krauser)的指导和编辑,他们慧眼如炬;感谢马克·伯基(Mark Birkey)的细心制作和编辑工作;感谢艾琳娜·吉雅瓦迪(Elena Giavaldi)漂亮的封面设计;感谢格温妮丝·斯坦斯菲尔德(Gwyneth Stansfield)和蕾切尔·阿尔德里奇(Rachel Aldrich)为本书所做的宣传工作。

贝丝和威尔在我的生命中极其重要,却在书中出现的篇幅甚短。在此对他们的关爱和慷慨表达我最深切的感谢!在我们全家最落魄的时候,他们的圣诞树农场就是安全的堡垒。

　　我也十分有幸，拥有很多其他避风港。非常感谢我在麻省理工学院的同事、博士后和学生，如果没有他们，我可能无法在撰写本书时所经历的困难时期振作起来，感谢我的父辈和朋友，对我的慷慨支持，感谢我的校友。

　　我也对喷气推进实验室、诺斯罗普·格鲁曼公司，以及全国其他地区的科学家和工程师表示无限钦佩，他们兢兢业业地致力于研究遮星板项目以及基于空间的直接摄影任务。总有一天，我们会找到我们最想看到的东西。

　　我必须对康科德寡妇团致以我最诚挚的感谢，感谢她们理解我，坚定不移地支持我，为我提供无可挑剔的时尚建议。我从没想到过自己会这样需要你们的帮助，在困顿交迫之时，你们施我援手，我会永远感激与你们的友谊。

　　致杰西卡、维罗妮卡、戴安娜和克莉丝汀，你们永远是我的家人。

　　感谢我的好孩子马克斯和亚历克斯，我爱你们！感谢你们的耐心，给我的生活带来无尽快乐。我为你们感到骄傲。

　　还有你，查尔斯·达罗，感谢你在雷湾的沙拉吧台向我介绍了你，感谢你从那以后每天对我的救赎。我永远爱你！

图书在版编目（CIP）数据

宇宙中最微小的光 /（美）萨拉·西格尔著；刘晗，
林海博译. --北京：北京联合出版公司，2022.9
ISBN 978-7-5596-6402-0

Ⅰ.①宇… Ⅱ.①萨… ②刘… ③林… Ⅲ.①传记文
学—美国—现代 Ⅳ.①I712.55

中国版本图书馆CIP数据核字（2022）第152900号

The Smallest Lights in the Universe by Sara Seager

Copyright © 2020 by Sara Seager

Published by arrangement with Creative Artists Agency acting in conjunction with

Intercontinental Literary Agency Ltd.

through The Grayhawk Agency Ltd.

Simplified Chinese translation copyright © 2022 by Beijing Xiron Culture Group Co., Ltd.

All Rights Reserved.

北京市版权局著作权合同登记 图字：01-2022-3575

宇宙中最微小的光

作　　者：［美］萨拉·西格尔
译　　者：刘　晗　林海博
出 品 人：赵红仕
责任编辑：徐　樟
封面设计：別境Lab

北京联合出版公司出版
（北京市西城区德外大街 83 号楼 9 层　100088）
三河市冀华印务有限公司印刷　新华书店经销
字数 220 千字　700 毫米 × 980 毫米　1/16　印张 17.25
2022 年 9 月第 1 版　　2022 年 9 月第 1 次印刷
ISBN 978-7-5596-6402-0
定价：59.00元